U0066571

瑞蘭國際

瑞蘭國際

瑞蘭國際

瑞蘭國際

絕對合格！新日檢N2模擬試題+完全解析 新版

こんどうともこ、王愿琦 著／元氣日語編輯小組 總策劃

新試験に効率よく備える

1984年から開始された日本語能力試験が、2010年より新たな形で実施され、すでに数年が経ちますが、その形式にまだ慣れない方もいらっしゃるようです。本書は、主催者団体から事前に提出されたデータを基に、過去の試験との比較を重ね、変わる点と変わらない点を分析して完成させました。さらに、母語による翻訳と解説をつけることで、自分の弱点が即座に分かるようになっています。改定がなされたことで不安になっている受験者のみなさまの、不安解消に役立てれば幸いです。

新しい試験では、読解や聴解に新しいタイプの問題が登場し、言語知識（文字・語彙・文法）でも、運用力を問う問題の比重が高くなりました。今までのように丸暗記して、読解がほぼできれば合格できる、というものではなくなりました。改定の最大のポイントは、その言語知識を利用したコミュニケーション能力の測定にあるようです。

受験者の多くが苦手とする「読解」ですが、新聞の記事や解説、平易な評論など、論旨が明快な文章をふんだんに取り入れ、表現意図を汲み取るテクニックを必要とする問題を用意しました。また「聴解」には幅広い場面での、まとまりのある会話やニュースなどを盛り込みました。自然に近いスピードの会話を聞いて、如何にして話の流れや内容、要旨を把握できるかがポイントとなります。

この模擬試験には、公表された試験内容と全く同じ形式の模擬テストが3回分入っています。使用されている漢字や語彙も「日本語能力試験出題基準」に従っています。後半部の「完全解析」と合わせ、何度か練習を重ねることで、自信をもって試験に臨めることと思います。

試験終了時には合格通知が届くよう、お祈りしています！

こんどうともこ

因為堅持，所以有了這本一定會讓您考上新日檢N2的好書

2010年起，日語檢定大幅改革，考試新增許多往年未出現過的新題型，除了日語相關文法、字彙知識之外，新制日語檢定更重視「活用日語」的能力，希望應考者所學的日語，能更貼近日本日常生活，因此特別在題目中加重溝通能力的測驗。

本書作者こんどうともこ專事研究現代日語、日語教育，並獲日本文部科學省文化廳派遣來台，於大學內教授日文。結合日語專門知識與多年現場專業教學經驗，在日方公佈革新方向後，即著手研擬試題方向，於2010年完成《新日檢N2模擬試題＋完全解析》一書。然而，我們一致認為，唯有隨著實際出題情況不斷微調，才無愧於讀者公認最精準的模擬試題之名，因此，我們依新日檢實行數年至今的考題修訂內容，並增加一回全新的模擬試題，於2015年推出《新日檢N2模擬試題＋完全解析　全新升級版》，讓讀者能夠擁有與新日檢最相近的模擬試題、最詳盡的完全解析。而之後的《新日檢N2模擬試題＋完全解析　QR Code版》又因應讀者要求，於解答處增加了計分方式，讓讀者在自我檢測的同時，能預估自己的實力與不足。此外，也因應時代潮流，音檔之呈現改以QR Code方式，讓讀者用手機下載，學習更方便。

本書除了依照最新公布的考試題型、題數出題之外，最重要的就是在考題的精準度上下了許多功夫。這本書在一、考試題型，即各個考試科目的各個大題的走向；二、考試題數，即各個大題、小題的題數；三、考試範圍，即單字和文法的難易度；四、考試面向，即文章和聽力的活潑度，皆完全符合新日檢規格，絕非一般市面上其他濫竽充數的檢定書所能比擬。

現在距離日檢還有多久呢？如果時間還很長，那麼排定計畫，好好背單字，一天讀一點點文法，偶爾上網閱讀日本的新聞，每天早上聽個十分鐘的日文，循序漸進累積實力，必能手到擒來。而如果時間緊迫，則考前一週猛K文法，考前三天猛背單字，臨陣磨槍，或許不亮也光。但是無論如何，不可或缺的，都要買本「模擬試題」寫一下。

只要有一本好的模擬試題，不管時間充裕與否，把裡面的單字通通背起來、把文法通通弄懂、讀熟文章抓住考試重點、多聽幾次音檔讓耳朵習慣日文，這樣的準備，有時候比讀好幾個月、或是比買好幾本參考書還來得有效。但是儘管如此，想要提升應考戰力，除了做模擬試題之外，還是得靠「完全解析」。為了讓讀者更能掌握自我學習狀況，這本《新日檢N2模擬試題＋完全解析　新版》，每一回的每一題考題，我們都附上考題的翻譯與解析。翻譯過程中幾經討論與思量，決定直接將日語翻譯為相對應的中文，以「信」、「達」為宗旨，雖然無法兼顧文學性的「雅」，難免與日常口語略有差異，卻是最符合外語學習的思考模式。

本書是市面上品質最好、也最精準的新日檢模擬試題，但如有疏漏之處，尚祈讀者不吝指正。我們誠摯希望讀者能善加利用反覆練習，並仔細閱讀我們的完全解析，相信本書一定能助您一臂之力。有堅持就有完美，莘莘學子們，讓我們一起努力戰勝新日檢，高分過關吧！

元氣日語編輯小組

戰勝新日檢，掌握日語關鍵能力

元氣日語編輯小組

日本語能力測驗（**日本語能力試験**）是由「日本國際教育支援協會」及「日本國際交流基金會」，在日本及世界各地為日語學習者測試其日語能力的測驗。自1984年開辦，迄今超過30年，每年報考人數節節升高，是世界上規模最大、也最具公信力的日語考試。

新日檢是什麼？

近年來，除了一般學習日語的學生之外，更有許多社會人士，為了在日本生活、就業、工作晉升等各種不同理由，參加日本語能力測驗。同時，日本語能力測驗實行30多年來，語言教育學、測驗理論等的變遷，漸有改革提案及建言。在許多專家的縝密研擬之下，自2010年起實施新制日本語能力測驗（以下簡稱新日檢），滿足各層面的日語檢定需求。

除了日語相關知識之外，新日檢更重視「活用日語」的能力，因此特別在題目中加重溝通能力的測驗。目前執行的新日檢為5級制（N1、N2、N3、N4、N5），新制的「N」除了代表「日語（Nihongo）」，也代表「新（New）」。

新日檢N2的考試科目有什麼？

新日檢N2的考試科目為「言語知識・讀解」與「聽解」二大科目，詳細考題如後文所述。

至於新日檢N2總分則為180分，並設立各科基本分數標準，也就是總分須通過合格分數（＝通過標準）之外，各科也須達到一定成績（＝通過門檻），如果總分達到合格分數，但有一科成績未達到通過門檻，亦不算是合格。各級之總分通過標準及各分科成績通過門檻請見下表。

<table>
<tr><th colspan="4">N2總分通過標準及各分科成績通過門檻</th></tr>
<tr><td rowspan="2">總分通過標準</td><td>得分範圍</td><td colspan="2">0~180</td></tr>
<tr><td>通過標準</td><td colspan="2">90</td></tr>
<tr><td rowspan="6">分科成績
通過門檻</td><td rowspan="2">言語知識（文字・語彙・文法）</td><td>得分範圍</td><td>0~60</td></tr>
<tr><td>通過門檻</td><td>19</td></tr>
<tr><td rowspan="2">讀解</td><td>得分範圍</td><td>0~60</td></tr>
<tr><td>通過門檻</td><td>19</td></tr>
<tr><td rowspan="2">聽解</td><td>得分範圍</td><td>0~60</td></tr>
<tr><td>通過門檻</td><td>19</td></tr>
</table>

從上表得知，考生必須總分90分以上，同時「言語知識（文字・語彙・文法）」、「讀解」、「聽解」皆不得低於19分，方能取得N2合格證書。

而從分數的分配來看，「言語知識（文字・語彙・文法）」、「聽解」、「讀解」各為60分，分數佔比均為1/3，表示新日檢非常重視聽力與閱讀能力，要測試的就是考生的語言應用能力。

此外，根據官方新發表的內容，新日檢N2合格的目標，是希望考生能理解日常生活中各種狀況的日語，並對各方面的日語能有一定程度的理解。

<table>
<tr><th colspan="3">新日檢程度標準</th></tr>
<tr><td rowspan="2">新日檢N2</td><td>閱讀
（讀解）</td><td>・對於議題廣泛的報紙、雜誌報導、解說、或是簡單的評論等主旨清晰的文章，閱讀後理解其內容。
・閱讀與一般話題相關的讀物，理解文脈或意欲表現的意圖。</td></tr>
<tr><td>聽力
（聽解）</td><td>・在日常生活及一些更廣泛的場合下，以接近自然的速度聽取對話或新聞，理解話語的內容、對話人物的關係、掌握對話要義。</td></tr>
</table>

新日檢N2的考題有什麼？

要準備新日檢N2，考生不能只靠死記硬背，而必須整體提升日文應用能力。考試內容整理如下表所示：

考試科目（考試時間）		題型			
		大題		內容	備註
言語知識（文字・語彙・文法）・讀解（105分鐘）	文字・語彙	1	漢字讀音	選擇漢字的讀音	5
		2	表記	選擇適當的漢字	5
		3	語形成	派生語及複合語	5
		4	文脈規定	根據句子選擇正確的單字意思	7
		5	近義詞	選擇與題目意思最接近的單字	5
		6	用法	選擇題目在句子中正確的用法	5
	文法	7	文法1（判斷文法型式）	選擇正確句型	12
		8	文法2（組合文句）	句子重組（排序）	5
		9	文章文法	文章中的填空（克漏字），根據文脈，選出適當的語彙或句型	5
	讀解	10	內容理解（短文）	閱讀題目（包含生活、工作等各式話題，約200字的文章），測驗是否理解其內容	5
		11	內容理解（中文）	閱讀題目（評論、解說、隨筆等，約500字的文章），測驗是否理解其因果關係、理由、或作者的想法	9
		12	綜合理解	比較多篇文章相關內容（約600字）、並進行綜合理解	2
		13	主旨理解（長文）	閱讀主旨較清晰的評論文章（約900字），測驗是否能夠掌握其主旨或意見	3
		14	資訊檢索	閱讀題目（廣告、傳單、情報誌、書信等，約700字），測驗是否能找出必要的資訊	2

考試科目（考試時間）	題型			
	大題		內容	備註
聽解（50分鐘）	1	課題理解	聽取具體的資訊，選擇適當的答案，測驗是否理解接下來該做的動作	5
	2	重點理解	先提示問題，再聽取內容並選擇正確的答案，測驗是否能掌握對話的重點	6
	3	概要理解	測驗是否能從聽力題目中，理解說話者的意圖或主張	5
	4	即時應答	聽取單方提問或會話，選擇適當的回答	12
	5	統合理解	聽取較長的內容，測驗是否能比較、整合多項資訊，理解對話內容	4

其他關於新日檢的各項改革資訊，可逕查閱「日本語能力試驗」官方網站 http://www.jlpt.jp/。

台灣地區新日檢相關考試訊息

測驗日期：每年七月及十二月第一個星期日

測驗級數及測驗時間：N1、N2在下午舉行；N3、N4、N5在上午舉行

測驗地點：台北、桃園、台中、高雄

報名時間：第一回約於三～四月左右，第二回約於八～九月左右

實施機構：財團法人語言訓練測驗中心

（02）2365-5050

http://www.lttc.ntu.edu.tw/JLPT.htm

如何使用本書

《新日檢N2模擬試題＋完全解析　新版》依照「日本國際教育支援協會」及「日本國際交流基金會」所公布的新日檢N2範圍內的題型與題數，100%模擬新日檢最新題型，並加以解析，幫助讀者掌握考題趨勢，發揮實力。

STEP 1 測試實力

《新日檢N2模擬試題＋完全解析　新版》共有三回考題。每一回考題均包含實際應試時會考的二科，分別為第一科：言語知識（文字・語彙・文法）・讀解；第二科：聽解。詳細說明如下：

言語知識（文字・語彙・文法）・讀解　時間105分鐘

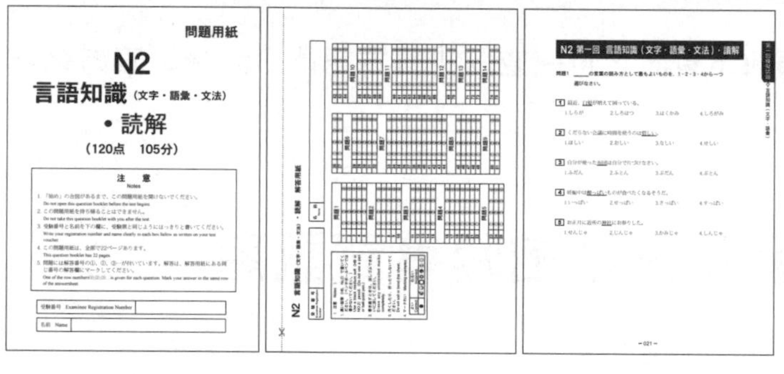
問題用紙
N2
言語知識（文字・語彙・文法）
・読解
（120点　105分）
注　意
Notes

N2 第一回 言語知識（文字・語彙・文法）・読解

設計仿照實際考試的試題冊及答案卡形式，並完全模擬實際考試時的題型、題數，因此請將作答時間控制在105分之內，確保應試時能在考試時間內完成作答。

Part II 聽解　時間50分鐘

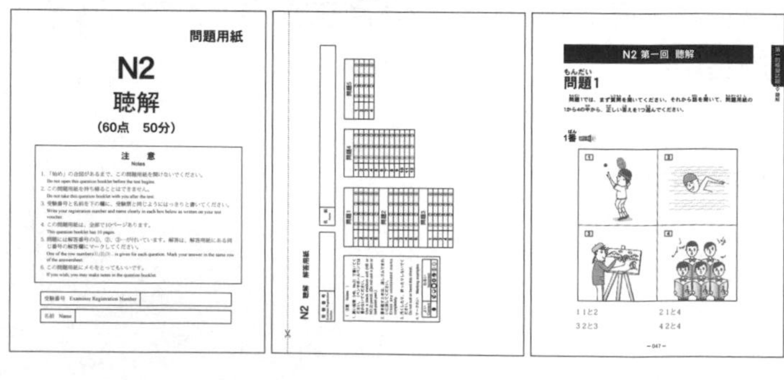
問題用紙
N2
聴解
（60点　50分）
注　意
Notes

N2 第一回 聴解
問題1

模擬實際考試的試題冊及答案卡，依據實際考試時的題型、題數，並比照正式考試說話速度及標準語調錄製試題。請聆聽試題後立即作答，培養實際應試時的反應速度。

STEP 2 厚植實力

在測試完《新日檢N2模擬試題＋完全解析　新版》各回考題後，每一回考題均有解答、中譯、以及專業的解析，讓您不需再查字典或句型文法書，便能有通盤的了解。聽力部分也能在三回的測驗練習之後，實力大幅提升！

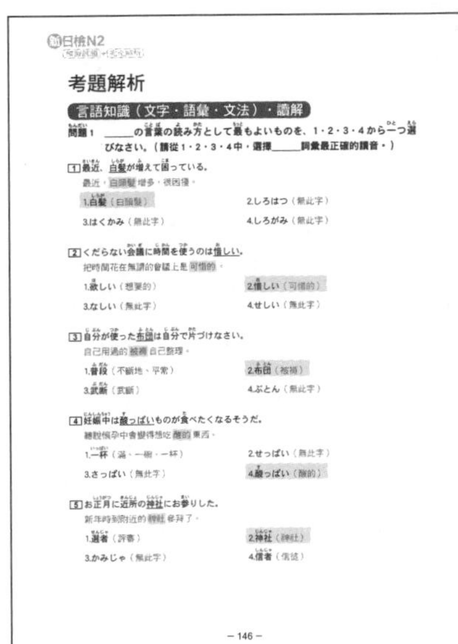

新日檢N2

考題解析

言語知識（文字・語彙・文法）・讀解

問題1　＿＿＿の言葉の読み方として最もよいものを、1・2・3・4から一つ選びなさい。（請從1・2・3・4中，選擇＿＿＿詞彙最正確的讀音。）

1 最近、白髪が増えて困っている。
最近，白頭髮增多，很困擾。
1.白髪（白頭髮）　2.しろはつ（無此字）
3.はくかみ（無此字）　4.しろがみ（無此字）

2 くだらない会議に時間を使うのは惜しい。
把時間花在無謂的會議上是可惜的。
1.欲しい（想要的）　2.惜しい（可惜的）
3.なしい（無此字）　4.せしい（無此字）

3 自分が使った布団は自分で片づけなさい。
自己用過的被褥自己整理。
1.普段（不斷地、平常）　2.布団（被褥）
3.武断（武斷）　4.ぶとん（無此字）

4 妊娠中は酸っぱいものが食べたくなるそうだ。
聽說懷孕中會變得想吃酸的東西。
1.一杯（滿、一碗、一杯）　2.せっぱい（無此字）
3.さっぱい（無此字）　4.酸っぱい（酸的）

5 お正月に近所の神社にお参りした。
新年時到附近的神社參拜了。
1.選者（評審）　2.神社（神社）
3.かみじゃ（無此字）　4.信者（信徒）

－146－

Part I 考題解析：言語知識（文字・語彙・文法）・讀解

新日檢N2考試題型多變，句子、文章皆長，更有許多比較分析的題目。本書所有題目及選項，均加上標音並有中文翻譯與重點解析，建議除了確認正確答案外，也要熟悉其他選項，藉此了解學習上的盲點，掌握自我基本實力。

Part II 考題解析：聽解

完全收錄聽解試題內容，所有題目及選項均加上標音並有中文翻譯，可藉此釐清應考聽力的重點；針對測驗時聽不懂的地方，請務必跟著音檔複誦，熟悉日語標準語調及說話速度，提升日語聽解應戰實力。

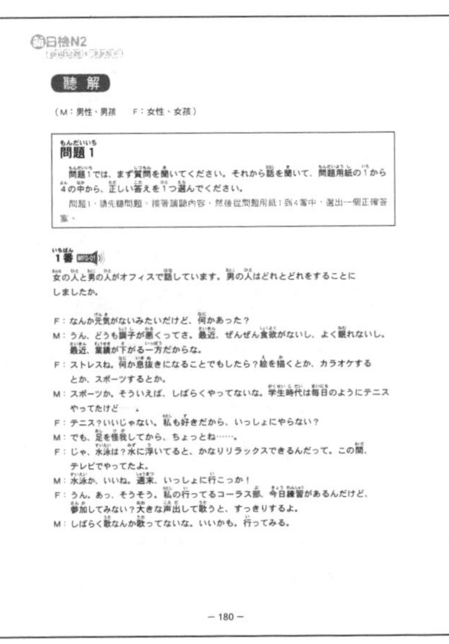

新日檢N2

聽解

（M：男性、男孩　F：女性、女孩）

問題1

問題1では、まず質問を聞いてください。それから話を聞いて、問題用紙の1から4の中から、正しい答えを1つ選んでください。

問題1，請先聽問題，接著請聽內容，然後從問題用紙1到4當中，選出一個正確答案。

1番

女の人と男の人がオフィスで話しています。男の人はどれとどれをすることにしましたか。

F：なんか元気がないみたいだけど、何かあった？
M：うん、どうも調子が悪くってさ。最近、ぜんぜん食欲がないし、よく眠れないし。最近、業績が下がる一方だからな。
F：ストレスね。何か息抜きになることでもしたら？絵を描くとか、カラオケするとか、スポーツするとか。
M：スポーツか。そういえば、しばらくやってないな。学生時代は毎日のようにテニスやってたけど……。
F：テニス？いいじゃない。私も好きだから、いっしょにやらない？
M：でも、足を怪我してから、ちょっとね……。
F：じゃ、水泳は？水に浮いてると、かなりリラックスできるんだって。この間、テレビでやってたよ。
M：水泳か、いいね。週末、いっしょに行こっか！
F：うん。あっ、そうそう。私の行ってるコーラス部、今日練習があるんだけど、参加してみない？大きな声出して歌うと、すっきりするよ。
M：しばらく歌なんか歌ってないな。いいかも。行ってみる。

－180－

如何掃描 QR Code 下載音檔

1. 以手機內建的相機或是掃描 QR Code 的 App 掃描封面的 QR Code。
2. 點選「雲端硬碟」的連結之後，進入音檔清單畫面，接著點選畫面右上角的「三個點」。
3. 點選「新增至「已加星號」專區」一欄，星星即會變成黃色或黑色，代表加入成功。
4. 開啟電腦，打開您的「雲端硬碟」網頁，點選左側欄位的「已加星號」。
5. 選擇該音檔資料夾，點滑鼠右鍵，選擇「下載」，即可將音檔存入電腦。

目　次

作者序 002

編者序 004

戰勝新日檢，掌握日語關鍵能力 006

如何使用本書 010

N2第一回模擬試題 015

言語知識（文字・語彙・文法）・讀解 017

聽解 043

N2第二回模擬試題 057

言語知識（文字・語彙・文法）・讀解 059

聽解 085

N2第三回模擬試題 099

言語知識（文字・語彙・文法）・讀解 101

聽解 127

N2模擬試題解答、翻譯與解析 141

第一回考題解答 142
考題解析：言語知識（文字・語彙・文法）・讀解 146
考題解析：聽解 180

第二回考題解答 215
考題解析：言語知識（文字・語彙・文法）・讀解 219
考題解析：聽解 252

第三回考題解答 289
考題解析：言語知識（文字・語彙・文法）・讀解 293
考題解析：聽解 327

N2

第一回模擬試題

問題用紙

N2
言語知識（文字・語彙・文法）
・読解
（120点　105分）

注　意
Notes

1. 「始め」の合図があるまで、この問題用紙を開けないでください。
Do not open this question booklet before the test begins.
2. この問題用紙を持ち帰ることはできません。
Do not take this question booklet with you after the test.
3. 受験番号と名前を下の欄に、受験票と同じようにはっきりと書いてください。
Write your registration number and name clearly in each box below as written on your test voucher.
4. この問題用紙は、全部で22ページあります。
This question booklet has 22 pages.
5. 問題には解答番号の①、②、③…が付いています。解答は、解答用紙にある同じ番号の解答欄にマークしてください。
One of the row numbers①,②,③…is given for each question. Mark your answer in the same row of the answersheet.

受験番号　Examinee Registration Number	

名前　Name	

N2 言語知識（文字・語彙・文法）・読解　解答用紙

受験番号 Examinee Registration Number		名前 Name	

〈 注意　Notes 〉

1. 黒い鉛筆（HB、No.2）で書いてください。（ペンやボールペンでは書かないでください。）
   Use a black medium soft (HB or NO.2) pencil. (Do not use a pen or ball-point pen.)
2. 書き直すときは、消しゴムできれいに消してください。
   Erase any unintended marks completely.
3. 汚くしたり、折ったりしないでください。
   Do not soil or bend this sheet.
4. マークれい　Marking examples

よい Correct	わるい Incorrect
●	⊘ ◒ ◯ ◎ ⊜ ⦶ ◍

問題1				
1	①	②	③	④
2	①	②	③	④
3	①	②	③	④
4	①	②	③	④
5	①	②	③	④
問題2				
6	①	②	③	④
7	①	②	③	④
8	①	②	③	④
9	①	②	③	④
10	①	②	③	④
問題3				
11	①	②	③	④
12	①	②	③	④
13	①	②	③	④
14	①	②	③	④
15	①	②	③	④
問題4				
16	①	②	③	④
17	①	②	③	④
18	①	②	③	④
19	①	②	③	④
20	①	②	③	④
21	①	②	③	④
22	①	②	③	④
問題5				
23	①	②	③	④
24	①	②	③	④
25	①	②	③	④

26	①	②	③	④
27	①	②	③	④
問題6				
28	①	②	③	④
29	①	②	③	④
30	①	②	③	④
31	①	②	③	④
32	①	②	③	④
問題7				
33	①	②	③	④
34	①	②	③	④
35	①	②	③	④
36	①	②	③	④
37	①	②	③	④
38	①	②	③	④
39	①	②	③	④
40	①	②	③	④
41	①	②	③	④
42	①	②	③	④
43	①	②	③	④
44	①	②	③	④
問題8				
45	①	②	③	④
46	①	②	③	④
47	①	②	③	④
48	①	②	③	④
49	①	②	③	④
問題9				
50	①	②	③	④
51	①	②	③	④

52	①	②	③	④
53	①	②	③	④
54	①	②	③	④
問題10				
55	①	②	③	④
56	①	②	③	④
57	①	②	③	④
58	①	②	③	④
59	①	②	③	④
問題11				
60	①	②	③	④
61	①	②	③	④
62	①	②	③	④
63	①	②	③	④
64	①	②	③	④
65	①	②	③	④
66	①	②	③	④
67	①	②	③	④
68	①	②	③	④
問題12				
69	①	②	③	④
70	①	②	③	④
問題13				
71	①	②	③	④
72	①	②	③	④
73	①	②	③	④
問題14				
74	①	②	③	④
75	①	②	③	④

N2 第一回　言語知識（文字・語彙・文法）・讀解

問題1　＿＿＿の言葉の読み方として最もよいものを、1・2・3・4から一つ選びなさい。

1 最近、白髪が増えて困っている。

1.しらが　2.しろはつ　3.はくかみ　4.しろがみ

2 くだらない会議に時間を使うのは惜しい。

1.ほしい　2.おしい　3.なしい　4.せしい

3 自分が使った布団は自分で片づけなさい。

1.ふだん　2.ふとん　3.ぶだん　4.ぶとん

4 妊娠中は酸っぱいものが食べたくなるそうだ。

1.いっぱい　2.せっぱい　3.さっぱい　4.すっぱい

5 お正月に近所の神社にお参りした。

1.せんじゃ　2.じんじゃ　3.かみじゃ　4.しんじゃ

問題2 ＿＿＿の言葉を漢字で書くとき、最もよいものを1・2・3・4から一つ選びなさい。

6 彼女は先生の前ではおとなしい。

1.大人しい　　2.音無しい　　3.内気しい　　4.温駿しい

7 車のライトがまぶしくて思わず目をつぶった。

1.眩しくて　　2.鋭しくて　　3.輝しくて　　4.亮しくて

8 今年から親元をはなれて生活することになった。

1.離れて　　2.放れて　　3.外れて　　4.別れて

9 駅前のきっさてんでコーヒーでもどうですか。

1.飲茶店　　2.喫茶店　　3.珈琲店　　4.軽食店

10 あなたは一体どちらのみかたなんですか。

1.味方　　2.三方　　3.見方　　4.身方

問題3　（　　　）に入れるのに最もよいものを、1・2・3・4から一つ選びなさい。

11 妹は歌手になる夢をどうしてもあきらめ（　　　）ようだった。

1.ならない　　2.きれない　　3.ぬけない　　4.きらない

12 お年寄り（　　　）の食事を用意してください。

1.ぬき　　2.おき　　3.つき　　4.むき

13 試合は（　　　）天候にみまわれたため、中止となった。

1.不　　2.灰　　3.悪　　4.低

14 うっかりしていて銀行を（　　　）過ぎてしまった。

1.とおり　　2.あるき　　3.すすみ　　4.しかり

15 結婚相手は収入も多く（　　　）学歴なので、両親は喜んでいる。

1.名　　2.良　　3.高　　4.優

問題4　（　　　）に入れるのに最もよいものを、1・2・3・4から一つ選びなさい。

16 父は体の（　　　）が悪いようで、最近はずっと薬に頼りきりだ。

1.調整　　2.調子　　3.調度　　4.調節

17 植物の成長は天候と深い（　　　）があるそうだ。

1.関継　　2.関節　　3.関与　　4.関連

18 中国は豊かになったとはいえ、生活（　　　）はまだ高いとは言えない。

1.水準　　2.標準　　3.基盤　　4.基準

19 最近の携帯電話にはさまざまな（　　　）がついている。

1.容器　　2.機能　　3.物事　　4.装置

20 彼女の業績は5ヶ月（　　　）トップだそうだ。

1.持続　　2.接続　　3.継続　　4.連続

21 同僚は来月、アメリカへの海外（　　　）を命じられた。

1.出張　　2.出場　　3.出動　　4.出陣

22 ドイツでパスポートの盜難（　　　）に遭い、大変な思いをした。

1.受害　　2.被害　　3.損害　　4.強害

問題5 ＿＿＿の言葉に意味が最も近いものを、1・2・3・4から一つ選びなさい。

23 今夜はおおいに飲みましょう！

1.たくさん　2.みんなで　3.たいして　4.こっそり

24 こんなにひどい雨では、彼はおそらく来ないだろう。

1.きっと　2.たぶん　3.めったに　4.とっくに

25 もっとバランスのとれた食事を心がけるべきだ。

1.調節　2.調和　3.調合　4.調進

26 あつかましいお願いで恐縮ですが……。

1.しぶとい　2.おそろしい　3.そうぞうしい　4.ずうずうしい

27 彼女のなごやかな笑顔が忘れられない。

1.かわいい　2.おんわな　3.ゆたかな　4.うつくしい

問題6 次の言葉の使い方として最もよいものを、1・2・3・4から一つ選びなさい。

28 要領

1.危険な要領を含んでいるので、やめたほうがいいと思う。

2.彼の解説は要領を得ているので、とても分かりやすい。

3.ボールが要領に当たり、あまりの痛さに倒れた。

4.健康を保つ要領は早起きすることだそうだ。

29 実物

1.買うか買わないかは、<u>実物</u>を見ないと決められない。

2.彼は<u>実物</u>の知れない人間なので、近づかないほうがいい。

3.<u>実物</u>がなく飢えている子供が、世界にはたくさんいる。

4.上司と<u>実物</u>を検討した上で、再度報告することにした。

30 限度

1.彼は<u>限度</u>を見計らって、話し合いに加わった。

2.<u>限度</u>を過ぎた果物は、水分がなくてまずい。

3.私はめったに怒らない人間だが、我慢にも<u>限度</u>がある。

4.<u>限度</u>の飲み食いは体によくないので、気をつけなさい。

31 講演する

1.来月、アメリカの牛肉問題について<u>講演する</u>ことになっている。

2.都内の公民館で、子供のための人形劇を<u>講演する</u>予定だ。

3.学校の授業をさぼったので、父親にひどく<u>講演された</u>。

4.弁護人は被告人の立場に立って、法廷で<u>講演した</u>。

32 面接

1.子宮の病気で入院している友人の病室に、<u>面接</u>に行った。

2.昨日、新聞の求人広告を見て、バイトの<u>面接</u>に行った。

3.買い物をしている最中に、マイクを持った人に<u>面接</u>された。

4.元旦の朝、日本国中の人間が天皇陛下に<u>面接</u>に行く。

問題7　次の文の（　　　）に入れるのに最もよいものを、1・2・3・4から一つ選びなさい。

33 遺産相続（　　　）、家族関係が悪化した。

1.をめぐって　2.をよそに　3.について　4.にかけて

34 たとえ両親の賛成が得られ（　　　）、彼と結婚するつもりだ。

1.なければ　2.なくては　3.なくとも　4.ないのなら

35 大学に合格した（　　　）、一流の学校ではない。

1.といっても　2.としたら　3.としても　4.といったら

36 どんなに（　　　）、最後までやり遂げるつもりだ。

1.つらければ　2.つらくても　3.つらかったら　4.つらいのに

37 姉は英語は（　　　）、イタリア語やスペイン語もペラペラだ。

1.ともかく　2.もとより　3.かまわず　4.からして

38 薬のおかげで下痢が（　　　）と思いきや、また痛くなった。

1.なおった　2.なおる　3.なおれ　4.なおって

39 まるで映画のワンシーン（　　　）、彼は私にキスした。

1.のごとに　2.のごとと　3.のごとき　4.のごとく

40 彼は一国の代表として、信頼する（　　　）人物である。

1.に至る　2.に足る　3.に対する　4.に合う

41 単身赴任で海外に住んでからというもの、家族に（　　　）。

1.会いたくてやまない　　2.会いたいにすぎない

3.会いたいにほかならない　　4.会いたくてしようがない

42 一人暮らしをしている娘が病気と聞けば、（　　　）。

1.心配しないではいられない　　2.心配しないでやまない

3.心配するまでのことだ　　4.心配しないにこしたことはない

43 彼が辞職したとの知らせに、誰もが驚き（　　　）でいた。

1.にすぎない　　2.に他ならない　　3.を禁じえない　　4.に相違ない

44 授業終了のベルが（　　　）、彼女は教室を飛び出していった。

1.鳴ったついでに　　2.鳴ったあげく　　3.鳴るに際して　　4.鳴るが早いか

問題8　次の文の＿★＿に入る最もよいものを、1・2・3・4から一つ選びなさい。

（問題例）

あの黄色い ＿＿＿ ＿＿＿ ＿★＿ ＿＿＿ 私の息子です。

1.のが　　2.を　　3.着ている　　4.シャツ

（解答の仕方）

1. 正しい文はこうです。

あの黄色い ＿＿＿ ＿＿＿ ＿★＿ ＿＿＿ 私の息子です。

4.シャツ　2.を　3.着ている　1.のが

2. ＿★＿に入る番号を解答用紙にマークします。

（解答用紙）

（例）	①②●④

---

45 コンピューター ＿＿＿ ＿＿＿ ＿★＿ ＿＿＿ 出る者はいないだろう。

1.彼の　2.この学校で　3.にかけては　4.右に

46 それは子供の ＿＿＿ ＿＿＿ ＿★＿ ＿＿＿ 決めたい。

1.かかわる　2.慎重に　3.ことだから　4.将来に

47 誰でも ＿＿＿ ＿＿＿ ＿★＿ ＿＿＿ 持っているものだ。

1.忘れ　2.がたい　3.一つは　4.思い出を

48 会社の社長を ＿＿＿ ＿＿＿ ＿★＿ ＿＿＿ だけなんです。

1.といっても　2.社員は　3.私一人　4.している

49 いつも偉そうな ＿＿＿ ＿＿＿ ＿★＿ ＿＿＿ と何もできない。

1.言っている　2.いざとなる　3.わりには　4.ことを

問題9　次の文章を読んで、50 から 54 の中に入る最もよいものを、1・2・3・4 から一つ選びなさい。

浩平は留守だった。家に電話をしたら、パチンコに出かけている、と母親が答えた。携帯電話を持っていないので、帰ってくるまで連絡はとれない、とも。

つい電話で「浩平」と呼び捨てにしたら、母親は懐かしそうに「安西くん、変わらないわねえ」と笑った。**50** だ。そういう性格の母親だから、浩平はいつも上機嫌なのだろう。

たまがわ中央駅のそばに二軒、街道沿いに三軒あるパチンコ店を端から回ったが、浩平の姿は見あたらなかった。電車に乗ってパチンコに行くときも多いから、と母親は言っていた。最初から店を決めているのではなく、**51**、その駅でふらりと降りる。いままでいちばん遠かった店は、新宿の手前で電車を乗り換えて、直通運転の地下鉄の終点近く——もう千葉県だったらしい。

パチンコの軍資金は一日千円。あっさり負けて帰ってくることがほとんどだが、何台も打ち止めにして、閉店時間まで過ごすときもたま **52** ある。

でも、今日はすぐに負けるだろ、と勝手に決めた。

あと五分、あと五分……を繰り返してバス停で待っていると、子どもの頃のことを、ふと思い出した。

たとえば昼間の雨があがった夕方、誰かと遊びたくなって、団地のいちばん大きな公園に出かけ、クラスの男子が通りかかるのを待っていたことが何度かあった。

公衆便所の壁に掛かった時計を何度も見て、あと五分、あと五分と粘っていても、**53**、仲良しの連中は姿を見せない。たまに通っても、母親に連れられて歯医者に行くところだったり、お使いだったり、これから塾があったり……。

ピアノ教室に向かう真理子が、歩道から「ジャイアン、なにやってんの？」と声をかけてきたこともあった。「バーカ、ブス、関係ねえだろ、あっち行けよ！」と毒づき、足元の小石を投げつけて追い払って、**54** 五時のチャイムにしかたなく公園をひきあげるときには、一つだけいいことがあった、と胸がほんのりと温もって、にやにや笑ってしまった。実際の記憶はあやふやでも、たぶんそうだったはずだ——これも勝手に決めた。

（重松清『トワイライト』による）

50

1.のんきでいるひと　　2.のんきなひと

3.ひとがのんき　　4.ひとはのんき

51

1.電車の窓から店を見たなら　　2.電車の窓から店があると
3.電車の窓から店を見れば　　4.電車の窓から店を見つけると

52

1.に　　2.は　　3.なら　　4.とは

53

1.そういうときにしては　　2.そういうときといったら
3.そういうときにかぎって　　4.そういうときにおうじて

54

1.それにも　　2.それでも　　3.それには　　4.それなら

問題10　次の文章を読んで、後の問いに対する答えとして最もよいものを、1・2・3・4から一つ選びなさい。

体をめぐった血液は、体の隅々で不要になった物質を運びます。一部は「尿」として体の外に排出されますが、大部分は肝臓に運ばれて解毒（げどく）されます。肝臓は汚くなった血液をきれいに浄化する「工場」のような役割をしています。

この工場が一番よく働くのは、夜寝ているとき。日中に汚れた血液を浄化します。そして、朝までにきれいな血液に戻してくれます。よく眠ると、①きちんと浄化された血液が体をめぐるので、顔色もほんのりピンクに見えます。

（上田隆勇『顔ツボ1分マッサージ』による）

55 筆者が言う血液の役割とは何か。

1.尿をつくり、体の外に排出すること

2.体の中でいらなくなった物質を運ぶこと

3.肝臓の中の不要になった物質を浄化すること

4.よく眠れるように、体温を高めること

56 筆者はここで「肝臓はどんな働きをする」と言っているか。

1.食べたものを消化させる作用

2.顔色をよくする血液循環作用

3.汚れた血液を浄化する作用

4.尿を排出させるポンプ作用

57 筆者がここで「工場」という言葉を使ったのはどうしてか。

1.肝臓の汚れた血をきれいに作り変える様が「工場」に似ているから。

2.肝臓の尿と血液を分布させる様が、まるで「工場」のようだから。

3.肝臓は「工場」の機械のように、寝ずに作動することができるから。

4.汚れた血液をピンク色に変える様が、化学「工場」と同じだから。

58 ①きちんとと同じ意味の使い方をしているのは次のどれか。

1.決められた時間にきちんと集合しなければいけない。

2.今日は野球の試合で疲れたので、きちんと眠ってしまった。

3.何度も試験を受けた結果、ついにきちんと合格した。

4.あの先生はいつもきちんとした服装をしている。

59 「顔色もほんのりピンクに見えます」とあるが、どうしてか。

1.肝臓がよく働いたため、よく眠れたから。

2.よく眠り、きれいな血液が体をめぐったから。

3.汚かった血液が、ピンク色になったから。

4.よく眠ったことで、心身共にリラックスしたから。

問題11　次の文章を読んで、後の問いに対する答えとして最もよいものを、1・2・3・4から一つ選びなさい。

下の文章は、人気の女性精神科医が豊富な臨床経験を活かし、現代人の心の問題を描いたエッセイである。

「①誰にも迷惑をかけずに、世を去りたい」という思いが強いのは、高齢者だけではない。最近、"おひとりさま"と呼ばれるシングル女性の中にも、四十代前後から「自分の終焉（しゅうえん）（注1）をどのように迎えるか」という問題に真剣に取り組み、その準備のためにお金と時間とエネルギーを使い続ける人が増えている。

二〇〇九年五月三十日、中野サンプラザで②「『これでおひとりさま大丈夫！』フォーラム（注2）」というイベントが開催された。

シングル生活を送っていても、病気で末期を迎えたら尊厳死を選び、ひっそりと家族葬で送られて小さな納骨堂に入るか、散骨されるか。そして死後の部屋の片付けは遺品整理屋に依頼し、必要な事務手続きは専門の弁護士に……。

③あくまで人に迷惑をかけることなく、自分で自分の後始末をする。そのために、まだ健康なうちからお金を蓄え、情報を集め勉強をして、しかるべき（注3）専門家にあれこれと依頼しておこう、という女性が昨今、増えているのだ。このフォーラムも五月が二回目なのだが、一回目を上回る二〇〇人が集まったと聞いた。

出席者の中には、「④一度、自分の終焉としっかり向かいあっておけば、あとは⑤余計な悩みから解放されて安心して人生を謳歌（おうか）（注4）できる」と言う人もいる。たしかにその通りだと納得する一方で、⑥ここまで死の前後のことをしっかり用意しておかなければならないものだろうか。ちょっとくらい誰かの手を煩わせ、"あの人ったら、こんなだらしない面もあったとは"とあきれられるようなことがあってもいいのではないか、とも思う。「どうしてもきれいに世を去らなくては」と情報を集め、手続きをする"おひとりさま"たちも、ある意味で「生・老・病・死」を自分でコントロールしなくては、と思い詰める人たちと言えるのではないだろうか。

人は、生まれれば必ず年を重ね、若さを失って老いを迎え、少しずつあるいは急速に衰えて死を迎える。⑦それじたいのいったいどこに、悪い点やマイナス点があるというのか。そして、老いを迎えた人たちが、若い人に多少の手間を取らせたり迷惑をかけたりするのも、当然のことなのではないだろうか。

（香山リカ『しがみつかない生き方』による）

（注1）終焉（しゅうえん）：死を迎えること

（注2）フォーラム：討論会

（注3）しかるべき：適当な、ふさわしい

（注4）謳歌（おうか）：幸せを楽しみ喜ぶこと

60 ①誰にも迷惑をかけずに、世を去りたいとあるが、別の言い方をするとしたら、どのように言い換えられるか。

1.面倒なことは誰かに任せて、ひっそりと安心して死にたい。

2.誰かといっしょではなく、たった一人で静かにこの世を去りたい。

3.お金や生活面などで誰かに世話になることなく、死を迎えたい。

4.死にきちんと直面して、恐れることなくひっそり最後を迎えたい。

61 ②「『これでおひとりさま大丈夫！』フォーラム」というこのイベント名に含まれた意味と、かけ離れたものはどれか。

1.「これでちゃんと一人で暮らせる！」

2.「シングルでも安心して死を迎えられる！」

3.「死後のことは心配いらない！」

4.「自分で自分の終焉を！」

62 このようなイベントには出席しないだろうと考えられるのは、次のどの人か。

1.大手商社の秘書でバツ一、子なしの独身女性

2.仕事一筋で、恋愛経験一切なしの女性アナウンサー

3.老後は田舎で一人のんびり暮らす予定のキャリア・ウーマン

4.将来に不安を抱いている、子持ちの再婚女性

63 ③あくまでと同じ、正しい使い方をしているものは、次のどれか。

1.部長のその提案にはあくまで反対だ。

2.計画はあくまで失敗に終わるだろう。

3.長い話し合いの末、あくまで結論が出た。

4.この映画は実際の話にあくまで作られた。

64 ④一度、自分の終焉としっかり向かいあっておけばとあるが、向かいあっておくものの例として、正しくないのは次のどれか。

1.死後の部屋の片付けを遺品整理屋にお願いしておく。

2.残された人のことを考えて、がん保険に加入しておく。

3.死後の事務手続きを専門の弁護士に依頼しておく。

4.死の前後に関する情報を集め、勉強しておく。

65 ⑤余計な悩みとはどんなことか。

1.自分の死の前後に、誰かに迷惑をかけてしまうかもしれないということ

2.死後事務手続きの委任契約を請け負う弁護士の値段が高額なこと

3.シングルだと小さな納骨堂に入れられてしまい、散骨してもらえないこと

4.死後の手続きを請け負う、優秀な専門家たちが見つからないこと

66 ⑥ここまで死の前後のことをしっかり用意しておかなければならないものだろうかとあるが、筆者はどうしてそう考えるのか。

1.死ぬときは誰もが、だらしなくてみっともなくなるものだから。

2.生や老いや死などは、自分でコントロールするものではないから。

3.人に迷惑をかけることなく死ぬことなど、不可能だから。

4.たとえ独身でも、両親や兄弟、親戚などのことも考えるべきだから。

67 ⑦それは何を指しているか。

1.老いてだらしなくなること

2.年を重ねて病気になること

3.老いて衰え死を迎えること

4.年をとっても独身でいること

68 筆者がここで挙げている彼女たちの問題点は何か。

1.老いを迎えた人たちが、若い人たちに迷惑をかけるのは当たり前のことなのに、自分で自分の後始末をきれいにしようとする考え方。

2.誰にも迷惑をかけないで死を迎えられるように、若いうちから一生懸命働き、お金をたくさん蓄えておこうとする考え方。

3.老いや死は孤独なものではないのに、シングル女性はそれを恐れ、死を一人で迎えるためのフォーラムなどに参加していること。

4.病気になったり老いたりすることはいけないことなので、そうならないためにも仕事を持ち、若さを保とうとすること。

問題12　次の文章は、「相談者」からの相談と、それに対するAとBからの回答である。三つの文章を読んで、後の問いに対する答えとして、最もよいものを、1・2・3・4から一つ選びなさい。

相談者：

三十代の女性。夫と幼い子の三人暮らしです。私は今まで母に愛された記憶がありません。どうして母は私を愛してくれないのだろうかと、悲しくなります。

母は妹に対しては過保護なくらい優しいのですが、姉の私にはとても厳しいです。私より妹のほうがずっと可愛いと言われたこともあります。産後、私が体調を崩した時でさえ、母は見舞いにも来てくれませんでした。それ以来、母の顔を見るとつい愚痴を言ってしまい、喧嘩になってしまいます。

ここ五年間は実家にはまったく帰っていません。このままだと、永遠に会うことができなくなりそうで不安です。今後、母との関係をどうしたらいいのか悩んでいます。主人は、実家を訪ねて母に①私の気持ちを伝えたほうがいいと言います。でも、また喧嘩になったり、拒否されたらと思うと怖いです。どうしたらよいのでしょうか。

回答者：A

子供にとって、母親に愛されないほどつらいことはないですね。あなたはその中を成長し、愛する人を見つけ、家庭を作りました。今のあなたの幸せを、母親のかかわりで曇らせてはいけません。

人間はみんなによく思われたいという思いがあり、とりわけ母親には愛してもらいたいと願うものです。しかし、中には肉体的には母親にはなれても、精神的には母親になれない女性がいて、あなたの母親もそうした人なのだと思います。

あなたが愛されたいと願い、拒否される悲しみがあるのは当然です。でも、あなたはもう母親の愛がなくてもやっていけるように成長し、新しい家族があるのです。自分を不快にする場に近づき、拒否される相手に愛を求めて手を伸ばすのはやめ、愛することに焦点を当ててはいかがでしょうか。母親から距離を作ることが、あなたの心の自立と自信を作ってくれるはずです。

回答者：B

他人であれば、嫌な相手と関わらなければよいのですが、肉親の場合、血のつながりは切れないだけに、つらい思いをしていることと思います。でも、どんな事情があれ、母親があなたをこの世に送り出してくれたからこそ、今日のあなたがいることを忘れないでください。

母親に優しくされなかったそのつらさを知っているあなただからこそ、他人には人一倍優しくしてあげられているとは思いませんか。あなたに優しくなれないお母様を許し、代わりにあなたが優しくしてあげては？

お母様の大好物を持って、久しぶりに実家を訪れてみたらいかがでしょうか。たとえ喧嘩になってもいいではありませんか。親子なのですから。

69 ①私の気持ちとは、どんな気持ちか。

1.母に愛されている妹がひどく妬ましい

2.母に愛されないことがとても悲しい

3.見舞いに来てくれなかった母が憎い

4.母といっしょにいられなくて寂しい

70 「相談者」の相談に対するA、Bの回答について、正しいのはどれか。

1. AもBも相談者に同情を示し、そんなひどい母親には二度と会わないほうがいいとアドバイスしている。

2. AもBも親子なのだから、多少喧嘩になっても、ひどいことを言われても距離を置くべきではないとアドバイスしている。

3. Aは実家とは距離を置くべきだとし、Bは実家を訪れて、母親と距離を置くべきではないと述べている。

4. Aは実家を訪れてよく話し合うべきだとし、Bは実家とは距離を置き、母親には近づかないほうがいいと述べている。

問題13　次の文章を読んで、後の問いに対する答えとして最もよいものを、1・2・3・4から一つ選びなさい。

戦争にかかわったなら、後でその政策決定に至る過程を①きちんと分析し、是非を判断する。それは国家としての責務ではないか。ましてや、間違った戦争となればなおさらである。

イラク戦争の開戦から来年で7年になる。当時の米ブッシュ政権は、フセイン政権が大量破壊兵器（WMD）を開発・保有していると主張し、国連安保理決議を盾に軍事侵攻した。ところが、結局WMDは見つからず、2001年の「9・11」テロを実行したアルカイダとのつながりもなかった。開戦以来の犠牲者は、米軍と多国籍軍の将兵が約4千人、イラク側は市民も含めて少なくとも10万人に達する。

何が間違っていたのか。米国の情報活動に問題があった。開戦直前、安保理で戦争の「大義」を主張した当時のパウエル国務長官はその後、自らの「人生の汚点」と振り返った。米国とともに参戦し、200人近い将兵を失った英国では、ブラウン首相の指示による検証が昨年始まった。内容はすべてネット（注1）上で公開されている。部隊を派遣したオランダでも、昨年、独立調査委員会がつくられ検証が進められている。

あの戦争を支持した日本はどうだろう。国際法上の根拠を欠き、中東情勢を混乱させ、世界を分断させたイラク戦争。日本のかかわりについて検証をしないままでは、国家として無責任とのそしり（注2）を免れまい。

（中略）

小泉首相や閣僚は当時、どんな国際認識を抱いていたのか。米国支持の背景には、北朝鮮の脅威に対して日米の協調を損なってはならないとの配慮もあったのだろう。だが結果的に、北朝鮮は核実験を繰り返し、「核保有」を宣言した。

検証作業に抵抗もあるだろう。しかし、貴重な先例がある。第二次大戦後の1951年、吉田茂首相は外務省にある調査を命じた。なぜ日本が軍部の暴走を許して戦争に突き進み、敗戦に至ったのか、関係者から聞き取り、考察せよというのだ。まとめられた調書「日本外交の過誤」が公開されたのは半世紀後だったが、そこでは戦争回避を進める理念と勇気の欠如がもたらした敗戦という結果から考える姿勢が貫かれている。

イラク戦争は日本に直接、深刻な打撃を与えたわけではない。だが②現代の戦争に部外者はない。まして、日本はそれに関与したのだ。

現代史の真実を厳正に探求し、政策決定のゆがみがあれば、勇気を持って正す。将来、再び難しい外交選択を迫られた時、それがきっと役立つ。

（「朝日新聞朝刊・社説 2010年2月22日」による）

（注1）ネット：インターネット（internet）のこと

（注2）そしり：非難、とがめ

71 ①きちんと分析し、是非を判断するとあるが、どうすることか。

1.敗戦に陥った原因を追究し、調書を完成させること

2.戦争に至った経緯を政府内で討論し、ネット上で公開すること

3.関係者から聞き取り、判断ミスや暴走した者たちを罰すること

4.調査委員会を設け、戦争の是非について検証を進めること

72 ②現代の戦争に部外者はないとはどういうことか。

1.現代行われる戦争には、敗者は存在しないということ

2.この時代行われる戦争に、無関係な者などいないということ

3.今の戦争には武器ではなく、外交関係が大事だということ

4.現代の戦争は、参加したくないでは済まされないということ

73 筆者がこの文章で一番言いたいことはどんなことか。

1.日本がイラク戦争にかかわらざるを得ないように、米国が北朝鮮の脅威を理由に協力を強制したことは間違いであった。

2.戦争にかかわったのに、まるで無関係であるかのように検証もしない英国やオランダの対応には無責任さを感じる。

3.将来、難しい外交選択を迫られた時のためにも、真実を厳正に検証し、是非を判断すること、それが国家としての責務である。

4.イラク戦争では多くの犠牲者を生んだが、結果的にはフセイン独裁政権を倒すことができ、よかったと判断できる。

問題14　次は「すみよし市」の市立美術館の利用案内である。下の問いに対する答えとし、最もよいものを、1・2・3・4から一つ選びなさい。

74 すみよし市に住んでいる中学生の男の子が、クラスメート9人とゴールデンウィークに美術館を訪れるつもりだ。その場合、彼の支払う値段はいくらか。

1. 520円　　2. 460円　　3. 260円　　4. 230円

75 すみよし市のお祭りの際、開館時間は何時から何時までか。

1.午前9時30分から午後5時まで

2.午前9時30分から午後8時まで

3.午前10時30分から午後8時まで

4.午前11時から午後8時まで

すみよし市立美術館の利用案内

☆ 開館時間について

▶午前9時30分から午後5時まで

▶ゴールデンウィークと市内の行事（すみよし市内の運動会や花火大会など）、お花見シーズン（桜の開花時季）時には、午後8時まで延長いたします。
ただし、開館時間は1時間半遅れとなります。

☆ 休館日について

月曜日（ただし祝日の場合は翌日）、年末年始（12月28日から1月2日まで）。
設備整備のため、臨時に休むことがあります。

☆ 入館料について

▶ 一般1550円 / 小中高生520円

▶ 団体20名以上は10%の割引がございます。一般1550円→1390円 / 小中高生520円→460円。代表者の方は事前にすみよし市立美術館の事務所までお電話ください。参観の一週間前にお電話をいただいた場合は、すみよし市の携帯ストラップまたはマスコット人形を人数分さし上げます。

▶ すみよし市在住の方は、住民証明など住民である証明書をご持参ください。その場合、半額で入館することができます。

▶ 障害者の方は無料です。

☆ 交通手段

▶ 東武伊勢崎線すみよし市駅下車タクシー利用、15分

▶ JR両毛線すみよし駅下車、徒歩10分

▶ 東北自動車道利用の場合、すみよしインター下車15分、美術館通り、旧60号交差点付近

▶ 大駐車場あり（美術館利用者は8時間以内無料）

すみよし美術館

TEL：0288-42-2900（担当：杉田）

問題用紙

N2
聴解
（60点　50分）

注　　意
Notes

1. 「始め」の合図があるまで、この問題用紙を開けないでください。
   Do not open this question booklet before the test begins.
2. この問題用紙を持ち帰ることはできません。
   Do not take this question booklet with you after the test.
3. 受験番号と名前を下の欄に、受験票と同じようにはっきりと書いてください。
   Write your registration number and name clearly in each box below as written on your test voucher.
4. この問題用紙は、全部で10ページあります。
   This question booklet has 10 pages.
5. 問題には解答番号の①、②、③…が付いています。解答は、解答用紙にある同じ番号の解答欄にマークしてください。
   One of the row numbers①,②,③…is given for each question. Mark your answer in the same row of the answersheet.
6. この問題用紙にメモをとってもいいです。
   If you wish, you may make notes in the question booklet.

受験番号　Examinee Registration Number	

名前　Name	

N2 聴解　解答用紙

受験番号 Examinee Registration Number	

名前 Name	

〈 注意 Notes 〉

1. 黒い鉛筆（HB、No.2）で書いてください。（ペンやボールペンでは書かないでください。）
   Use a black medium soft (HB or NO.2) pencil. (Do not use a pen or ball-point pen.)
2. 書き直すときは、消しゴムできれいに消してください。
   Erase any unintended marks completely.
3. 汚くしたり、折ったりしないでください。
   Do not soil or bend this sheet.
4. マークれい　Marking examples

よい Correct	わるい Incorrect
●	⊗ ◒ ◯ ◐ ⊜ ⦶ ◌

問題1				
1	①	②	③	④
2	①	②	③	④
3	①	②	③	④
4	①	②	③	④
5	①	②	③	④

問題2				
1	①	②	③	④
2	①	②	③	④
3	①	②	③	④
4	①	②	③	④
5	①	②	③	④
6	①	②	③	④

問題3				
1	①	②	③	④
2	①	②	③	④
3	①	②	③	④
4	①	②	③	④
5	①	②	③	④

問題4			
1	①	②	③
2	①	②	③
3	①	②	③
4	①	②	③
5	①	②	③
6	①	②	③
7	①	②	③
8	①	②	③
9	①	②	③
10	①	②	③
11	①	②	③
12	①	②	③

問題5				
1	①	②	③	④
2	①	②	③	④
3	①	②	③	④
4	①	②	③	④

N2 第一回　聽解

問題1

問題1では、まず質問を聞いてください。それから話を聞いて、問題用紙の1から4の中から、正しい答えを1つ選んでください。

1番 MP3-01

1　1と2　　　　2　1と4

3　2と3　　　　4　2と4

2番（ばん） MP3-02

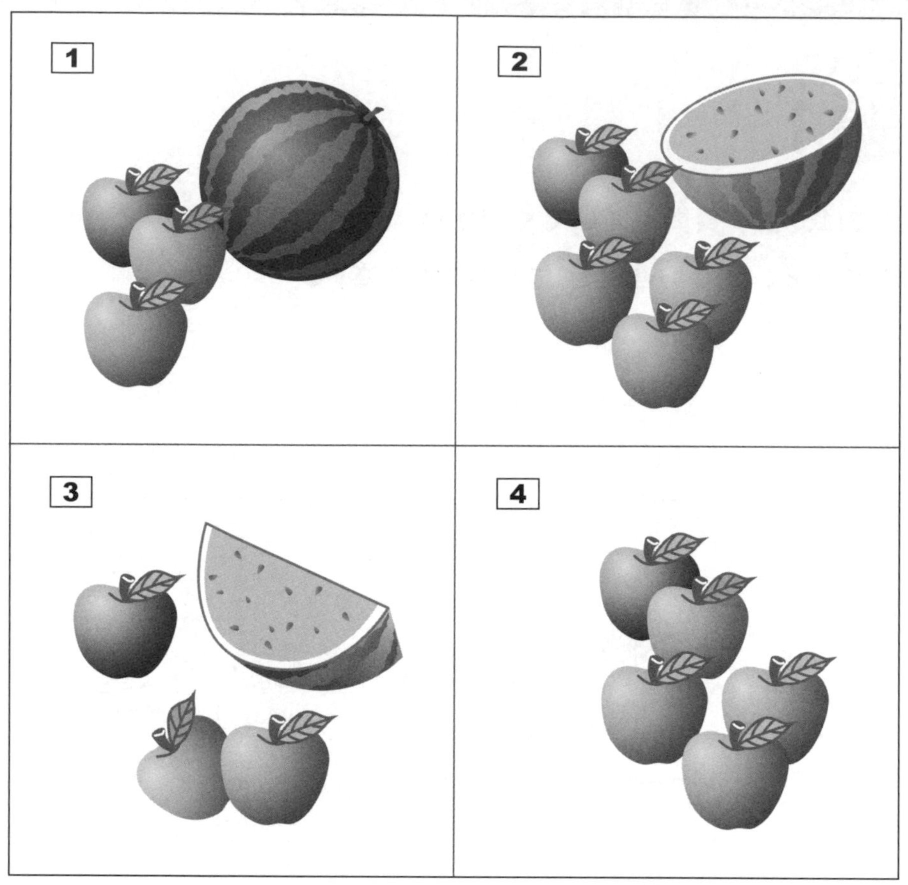

1 西瓜（すいか）を1つとりんごを3つ

2 西瓜（すいか）を2分（ぶん）の1とりんごを5つ

3 西瓜（すいか）を5分（ぶん）の1とりんごを3つ

4 西瓜（すいか）は買（か）わずにりんごを5つ

3番 MP3-03

1 報告書を書く

2 コピーをとる

3 グラフを整理する

4 英語を翻訳する

4番 MP3-04

1 図書館の掲示板でチェックする

2 先生が送るメールでチェックする

3 職員室の掲示板でチェックする

4 インターネットでチェックする

5番 MP3-05

1 原稿の裏表をひっくり返していた

2 原稿の上下をひっくり返していた

3 原稿の裏表をひっくり返さなかった

4 原稿の上下をひっくり返さなかった

問題2

問題2では、まず質問を聞いてください。そのあと、問題用紙の選択肢を読んでください。読む時間があります。それから話を聞いて、問題用紙の1から4の中から、正しい答えを1つ選んでください。

1番 MP3-06

1 優子と映画を見に行ったから

2 親友と手をつないでいたから

3 自分と同じ服を親友も着てたから

4 自分と映画を見に行かなかったから

2番 MP3-07

1 アメリカの音楽を聴いて

2 ラジオ放送で

3 インターネットで

4 英語のテキストで

3番 MP3-08

1 作家の描く世界が心地いいから

2 小説を書くいい勉強になるから

3 ぐっすり眠れるようになるから

4 生きる勇気と元気がもらえるから

4番 MP3-09

1 女の子がみんな普通だから

2 美人がたくさんいるから

3 おしゃべりが上手だから

4 スタイルがいいから

5番 MP3-10

1 間違って届いてしまうから

2 国際的な規則だから

3 届くのが遅れるから

4 海外への小包だから

6番(ばん) MP3-11

1 自分(じぶん)はまだまだ遊(あそ)びたいから

2 相手(あいて)は家(いえ)も車(くるま)も持(も)ってないから

3 相手(あいて)の給料(きゅうりょう)が少(すく)なすぎるから

4 結婚(けっこん)は5年後(ねんご)と言(い)われたから

問題3

問題3では、問題用紙に何も印刷されていません。まず話を聞いてください。それから、質問と選択肢を聞いて、1から4の中から正しい答えを1つ選んでください。

— メモ —

1番 

2番 MP3-13

3番 MP3-14

4番 MP3-15

5番 MP3-16

問題4

問題4では、問題用紙に何も印刷されていません。まず文を聞いてください。それから、それに対する返事を聞いて、1から3の中から正しい答えを1つ選んでください。

— メモ —

1番 MP3-17

2番 MP3-18

3番 MP3-19

4番 MP3-20

5番 MP3-21

6番 MP3-22

7番 MP3-23

8番（ばん） MP3-24

9番（ばん） MP3-25

10番（ばん） MP3-26

11番（ばん） MP3-27

12番（ばん） MP3-28

問題5

問題5では長めの話を聞きます。この問題には練習はありません。

原稿用紙に何も印刷されていません。まず、話を聞いてください。それから、質問と選択肢を聞いて、1から4の中から、正しい答えを1つ選んでください。

— メモ —

1番 MP3-29

2番 MP3-30

3番 MP3-31

4番 MP3-32

N2

第二回模擬試題

問題用紙

N2
言語知識（文字・語彙・文法）・読解

（120点　105分）

注　　意
Notes

1. 「始め」の合図があるまで、この問題用紙を開けないでください。
   Do not open this question booklet before the test begins.
2. この問題用紙を持ち帰ることはできません。
   Do not take this question booklet with you after the test.
3. 受験番号と名前を下の欄に、受験票と同じようにはっきりと書いてください。
   Write your registration number and name clearly in each box below as written on your test voucher.
4. この問題用紙は、全部で22ページあります。
   This question booklet has 22 pages.
5. 問題には解答番号の①、②、③…が付いています。解答は、解答用紙にある同じ番号の解答欄にマークしてください。
   One of the row numbers①,②,③…is given for each question. Mark your answer in the same row of the answersheet.

受験番号　Examinee Registration Number	

名前　Name	

N2 言語知識（文字・語彙・文法）・読解　解答用紙

受験番号 Examinee Registration Number		名前 Name	

〈 注意 Notes 〉

1. 黒い鉛筆（HB、No.2）で書いてください。（ペンやボールペンでは書かないでください。）
   Use a black medium soft（HB or NO.2）pencil.（Do not use a pen or ball-point pen.）
2. 書き直すときは、消しゴムできれいに消してください。
   Erase any unintended marks completely.
3. 汚くしたり、折ったりしないでください。
   Do not soil or bend this sheet.
4. マークれい　Marking examples

よい Correct	わるい Incorrect
●	⊘ ◔ ◯ ⓞ ⊜ ⦶ ◍

問題1				
1	①	②	③	④
2	①	②	③	④
3	①	②	③	④
4	①	②	③	④
5	①	②	③	④
問題2				
6	①	②	③	④
7	①	②	③	④
8	①	②	③	④
9	①	②	③	④
10	①	②	③	④
問題3				
11	①	②	③	④
12	①	②	③	④
13	①	②	③	④
14	①	②	③	④
15	①	②	③	④
問題4				
16	①	②	③	④
17	①	②	③	④
18	①	②	③	④
19	①	②	③	④
20	①	②	③	④
21	①	②	③	④
22	①	②	③	④
問題5				
23	①	②	③	④
24	①	②	③	④
25	①	②	③	④

26	①	②	③	④
27	①	②	③	④
問題6				
28	①	②	③	④
29	①	②	③	④
30	①	②	③	④
31	①	②	③	④
32	①	②	③	④
問題7				
33	①	②	③	④
34	①	②	③	④
35	①	②	③	④
36	①	②	③	④
37	①	②	③	④
38	①	②	③	④
39	①	②	③	④
40	①	②	③	④
41	①	②	③	④
42	①	②	③	④
43	①	②	③	④
44	①	②	③	④
問題8				
45	①	②	③	④
46	①	②	③	④
47	①	②	③	④
48	①	②	③	④
49	①	②	③	④
問題9				
50	①	②	③	④
51	①	②	③	④

52	①	②	③	④
53	①	②	③	④
54	①	②	③	④
問題10				
55	①	②	③	④
56	①	②	③	④
57	①	②	③	④
58	①	②	③	④
59	①	②	③	④
問題11				
60	①	②	③	④
61	①	②	③	④
62	①	②	③	④
63	①	②	③	④
64	①	②	③	④
65	①	②	③	④
66	①	②	③	④
67	①	②	③	④
68	①	②	③	④
問題12				
69	①	②	③	④
70	①	②	③	④
問題13				
71	①	②	③	④
72	①	②	③	④
73	①	②	③	④
問題14				
74	①	②	③	④
75	①	②	③	④

N2 第二回　言語知識（文字・語彙・文法）・讀解

問題1　＿＿＿の言葉の読み方として最もよいものを、1・2・3・4から一つ選びなさい。

1 引き出しに名刺と文房具が入っている。

1.なさつ　　2.めいつ　　3.めいし　　4.なさし

2 退社時間は大変混雑するので、早めに出かけよう。

1.こんざつ　　2.こんさつ　　3.ふんざつ　　4.ふんさつ

3 彼は初めて会った時、印象がとてもよかった。

1.いんそう　　2.いんしょう　　3.いんぞう　　4.いんしゃん

4 この辺は最近、強盗事件が多発しているそうだ。

1.きょうとり　　2.きょうどう　　3.ごうどう　　4.ごうとう

5 妹は公務員試験に無事合格して、とても喜んでいる。

1.むし　　2.むじ　　3.ぶじ　　4.ふじ

問題2　＿＿＿の言葉を漢字で書くとき、最もよいものを1・2・3・4から一つ選びなさい。

6 昨日、デパートでぐうぜん中学校時代の同級生に会った。

1.遇然　　2.偶然　　3.隅然　　4.寓然

7 息子はたった一人でプラモデルをくみたてた。

1.組み立てた　　2.接み立てた　　3.設み立てた　　4.作み立てた

8 彼は営業のじっせきをあげて自信をつけたようだ。

1.実際　　2.実蹟　　3.実力　　4.実績

9 父は新事業に失敗し、ざいさんをすべて失ってしまった。

1.財銭　　2.財金　　3.財産　　4.財算

10 地球のしんりんは急激に減少しているそうだ。

1.深林　　2.森林　　3.針林　　4.真林

問題3　（　　　）に入れるのに最もよいものを、1・2・3・4から一つ選びなさい。

11 この喫茶店はとても（　　　）暗いので、あまり好きではない。

1.薄　　2.灰　　3.黄　　4.高

12 テニスの大会の結果は全国で第三（　　　）だった。

1.位　　2.名　　3.個　　4.台

13 私は学生時代、六（　　　）一間の部屋に住んでいた。

1.枚　　2.場　　3.畳　　4.個

14 日本語学科の林先生は甘い物に（　　　）がないそうだ。

1.目　　2.舌　　3.腹　　4.口

15 思い（　　　）お客が訪ねてきてびっくりした。

1.たりない　　2.がけない　　3.きれない　　4.しれない

問題4　（　　　）に入れるのに最もよいものを、1・2・3・4から一つ選びなさい。

16 どうもすみません。（　　　）父は朝から出かけております。

1.どうやら　2.せっかく　3.あいにく　4.さいわい

17 （　　　）文句ばっかり言ってないで、少しは手伝いなさい。

1.ぶつぶつ　2.のろのろ　3.ぞくぞく　4.しみじみ

18 棚の上に置いておいた荷物を（　　　）盗まれてしまった。

1.あっさり　2.ぴったり　3.そっくり　4.たっぷり

19 死を目前にした祖母の（　　　）的苦痛を取り除いてあげたい。

1.精神　2.精進　3.誠真　4.誠心

20 人間はみな平等に生きる（　　　）を持っている。

1.権利　2.人権　3.権力　4.主権

21 今回発売の切手は「動物（　　　）」の五回目にあたる。

1.モデル　2.シリーズ　3.スタイル　4.シーズン

22 小学生の時、人種（　　　）をしてはいけないと教えられた。

1.判別　2.区別　3.分別　4.差別

問題5　＿＿＿の言葉に意味が最も近いものを、1・2・3・4から一つ選びなさい。

23 彼女の顔を見るとドキドキしてしまい上手に話せない。

1.熱中して　2.心配して　3.緊張して　4.期待して

24 ここからは富士山の姿がはっきり見える。

1.くっきり　　2.すっきり　　3.さっぱり　　4.きっぱり

25 自分の欠点に気づかない人はあんがい多いものだ。

1.意外に　　2.意表に　　3.不意に　　4.意内に

26 いまさらくやんでも遅いというものだ。

1.あらためて　　2.うらんで　　3. にくんで　　4.こうかいして

27 彼はゆたかな自然資源に囲まれた土地で育った。

1.豪華な　　2.贅沢な　　3.裕福な　　4.豊富な

問題6　次の言葉の使い方として最もよいものを、1・2・3・4から一つ選びなさい。

28 のんき

1.彼は生まれつきのんきな性格だ。
2.お風呂に入ってのんきにするのが好きだ。
3.今から行けば電車にのんきに間に合う。
4.どうぞ、ごのんきにしてください。

29 おしゃべり

1.一人でインドに行くなどというおしゃべりはやめなさい。
2.彼はおしゃべりが分からない、つまらない人間だ。
3.彼女はおしゃべりで、秘密が守れない人なので嫌いだ。
4.あの外国人は、日本語を上手におしゃべりする。

30 あわただしい

1.今日は合格発表の日なので、家族はみなあわただしい。

2.そんなにあわただしいと、怪我をしますよ。

3.今日のご飯はあわただしくて、おいしくない。

4.あわただしく出かけたので、携帯を忘れてしまった。

31 チャンス

1.チャンスが合わなくて失敗した。

2.君にもう一度だけチャンスをあげよう。

3.あなたに話したいチャンスがあります。

4.天気に恵まれたのはチャンスだった。

32 心得る

1.言いたかった言葉をぐっと心得た。

2.それは自分の義務だと心得ております。

3.あなたの得意分野なのだから、しっかり心得なさい。

4.大学院ではロボットの開発に心得ている。

問題7　次の文の（　　　）に入れるのに最もよいものを、1・2・3・4から一つ選びなさい。

33 田中さん（　　　）、娘の自慢話しかできないのだから困ったものだ。

1.というなら　　2.ときたら　　3.ともなると　　4.となったら

34 日本で生活する（　　　）、日本語が少しは話せるようにしておくべきだ。

1.からには　　2.からでは　　3.からとて　　4.からので

35 姉は努力に努力を重ね、ついに教員の資格を（　　　）に至った。

1.得て　2.得た　3.得る　4.得ず

36 日本語教師の活躍の場は、国内（　　　）国外にも広がっている。

1.にひきかえ　2.に限らず　3.に至っては　4.において

37 あの店は一流レストラン（　　　）サービスも味もよくない。

1.ならでは　2.にとっては　3.だけあって　4.にしては

38 関係者以外は無断で入る（　　　）。

1.べからず　2.べきだ　3.べしなり　4.べきなり

39 彼の失礼（　　　）態度にはとても腹が立った。

1.やまない　2.きわまる　3.たえない　4.ほかない

40 この仕事はやり（　　　）なので、まだ帰れない。

1.ちゅう　2.かけ　3.のこり　4.きれ

41 どんなに試合に出たくても、怪我をしているのでは見ている（　　　）。

1.ほかないだろう　2.にすぎないだろう
3.までもないだろう　4.にかたくないだろう

42 一日も早いご回復を（　　　）。

1.願ってしょうがないです　2.願うに相違ないです
3.願うしまつです　4.願ってやみません

43 私（　　　）、みんなが言うほど自信があるわけではありません。

1.といったら　2.としたところで
3.ともなると　4.とあいまって

44 一日たりとも彼の声を（　　　）。

1.聞かずにはたえない　　2.聞かずにはいられない

3.聞くまでもありえない　　4.聞かずにはおかない

問題8　次の文の ＿★＿ に入る最もよいものを、1・2・3・4から一つ選びなさい。

今、教室に ＿＿＿ ＿＿＿ ＿★＿ ＿＿＿ 一人です。

1.のは　　2.残って　　3.いる　　4.佐藤さん

1. 正しい文はこうです。

今、教室に ＿＿＿ ＿＿＿ ＿★＿ ＿＿＿ 一人です。 **2.残って　3.いる　1.のは　4.佐藤さん**

2. ＿★＿ に入る番号を解答用紙にマークします。

（解答用紙）

（例）	● ② ③ ④

---

45 彼は歌が ＿＿＿ ＿＿＿ ＿★＿ ＿＿＿ 離そうとしない。

1.マイクを　　2.下手な　　3.くせに　　4.握って

46 中国人であり ＿★＿ ＿＿＿ ＿＿＿ ＿＿＿ なんて恥ずかしい。

1.知らない　　2.中国の　　3.ながら　　4.歴史を

47 大雨にも ＿＿＿ ＿★＿ ＿＿＿ ＿＿＿ ありがとうございます。

1.かかわらず　　2.いただき　　3.わざわざ　　4.お越し

48 あの時の ＿＿＿ ＿＿＿ ＿＿＿ ＿★＿ ほどでした。

1.言葉では　　2.といったら　　3.うれしさ　　4.言い表せない

49 わさび ＿★＿ ＿＿＿ ＿＿＿ ＿＿＿ おいしくない。

1.抜き　　2.寿司は　　3.ぜんぜん　　4.の

問題9　次の文章を読んで、50 から 54 の中に入る最もよいものを、1・2・3・4から一つ選びなさい。

私たちフランス人から見ると、社員が土曜日に本を読もうと、釣りをしようと、芝刈りをしようと、それは個人の趣味の問題であって、会社の介入すべき問題ではないように思える。そして、釣りや芝刈りが人間性の向上に役立たず、読書のみが人間性を向上させ、ひいては会社に貢献するとは、間違っても思わない。

私たちの **50** は、仕事とは生活と余暇のための費用をかせぎ出す手段にすぎず、仕事と苦役とを同義語と考えている友人 **51** いる。日本人のよく用いる言葉に「忙中閑（ぼうちゅうかん）（注1）」というのがあるが、私たちはたまたま忙しいと、「忙中閑」と受けとめてうんざりする。

私はかつてニューヨークで暮らしていたころ、アメリカ人があまりに本を読まないのに驚いたが、日本にきて **52**、日本人が余りに熱心に本を読むのにまた驚いた。この国では、国営鉄道の各駅や地下鉄の各駅に数多くのブックスタンドがあって、おびただしい数の週刊誌、新聞、単行本が並んでいる。

フランスからきた人たちが驚くのは、目の前で **53** 買われていく新聞雑誌と、電車の中でそれに読みふけっている人々の真剣な表情にぶつかったときである。ここでも日本人たちは異常な集中力をもって活字に見入っている。彼らの表情を見ていると、とても読書が楽しみであるとは断定できない。彼らにとっては読書もまた仕事の延長なのであり、だからこそ週休二日制の会社が社員の個人的な図書購入費を負担するという、欧米人には理解できない制度も **54** 。

（ポール・ボネ『不思議の国ニッポンVol.1』による）

（注1）忙中閑：忙しい時でもわずかな暇はあること

50

1.基本的の考え方　　2.基本的な考え方

3.考える基本　　4.考え方の基本

51

1.なら　　2.には　　3.こそ　　4.すら

52

1.暮らすようになってから

2.暮らすようになったとはいえ

3.暮らすようになれば

4.暮らすようになるには

53

1.どきどき　　2.いよいよ　　3.どんどん　　4.いちいち

54

1.生まれるおそれがある

2.生まれるのであろう

3.生まれずにはすまない

4.生まれるまでもない

問題10　次の文章を読んで、後の問いに対する答えとして最もよいものを、1・2・3・4から一つ選びなさい。

（前略）言葉の裏付けになる体験を豊富にするには、①やはり現地に住むのが一番です。**56**、海外赴任を命じられたら喜んで行くべきでしょう。そして、これが肝心なのですが、できるだけ日本人と付き合わないようにすることです。不安を抱えていますから、どうしても日本人の中に入りたくるのですが、それは最低限にとどめないと、何年いても言葉になじめません。

また、本当の国際人とは、日本人として培った伝統や文化や行動形式を持ち、そのうえで相手の文化を理解し、知識・教養として身につけている人を言います。英語が下手でも、相手に交わり、積極的に話すことが必要です。

苦しくても、耳に慣らすこと。わからなくても、英語のニュースを聞いていると、だんだん聞き取れるようになるものです。

（プレジデント編集部編『キヤノンの掟』による）

55 ①やはりと同じ使い方をしているのは、次のどれか。

1.彼女は病気が治りやはりな姿になった。

2.いろいろ考えたがやはり行くことにした。

3.彼にしてはやはりよくやったと思う。

4.やはり見渡したところ、見つかった。

56 ここにはどんな接続詞が適当か。

1.ところで

2.もっとも

3.けれども

4.ですから

57 上記の文章にタイトルをつけるとしたら、どれが適当か。

1.外国語を上手に身につける方法

2.外国での人との付き合い方

3.国際人としてあるべき姿

4.英語は下手でもいいという姿勢

58 外国語を早く身につけるにはどうするのが一番いいと言っているか。

1.現地に住んで、現地のおいしいものを食べること

2.日本人の伝統や文化を、現地の人に教えること

3.現地の人と交わり、積極的に声を出すこと

4.家の中にこもり、英語のニュースを聞くこと

59 筆者がここでもっとも言いたいことは何か。

1.外国語を身につけるには、まず日本の伝統や文化をきちんと理解することが大切だ。

2.外国暮らしに不安はつきものなので、まずは現地の日本人と付き合い、慣れることが大切だ。

3.外国語を習得するには、とにかく英語のニュースを聞いて、現地の人とは付き合わないことが大切だ。

4.外国語を身につけるには、英語が下手でも相手に交わり、積極的に声を出すことが大切だ。

問題11　次の文章を読んで、後の問いに対する答えとして最もよいものを、1・2・3・4から一つ選びなさい。

下の文章は、かつて朝日新聞のコラム「天声人語」を担当していた作者が、文章を上手に書く秘訣を紹介したものである。

よく引用されることですが、英文学者の中野好夫に「あんたのおばあさんが聞いてもわかるように①ちゃんと訳してくれ」という言葉があります。教室で学生にいった言葉だそうです。英米文学者の佐伯彰一はこれを「②万古不易（ばんこふえき）（注1）の翻訳論の名言」といっています。

岡本文弥は随筆家としても知られた人ですが、いい文章というのはどんなのをいうんですかと弟子に尋ねられて「こたつに入って、おばあさんに話して聞かせて、それでわかってもらえる文章がいい文章だ」と答えたそうです。

③中野好夫も岡本文弥も、いっていることは同じです。「おばあさん」というのはいささか（注2）型にはまった発想で、昨今では、年配の女性こそ、もっとも知的水準の高い存在なのにと思いますが、まあ、それはそれとして、中野好夫の文章を読んでいて、ふと④福沢諭吉の文章に似ているな、と思うことがあります。複雑なこと、深い内容の話を中野好夫はきわめてざっくばらん（注3）に、平明な文章で書いています。福沢諭吉に「⑤なんとしてもわかってもらいたい情熱」があったように、中野好夫の文章にも⑥それがあふれていました。たとえば、沖縄の施政権返還前後の論文に気合が入っているのは、なんとしてもこの思いを人びとにわかってもらいたいという⑦______があったからでしょう。ただ、ここではこの問題に深入りするわけにはいきません。

（辰濃和男『文章の書き方』による）

（注1）万古不易（ばんこふえき）：ずっと変わらないこと

（注2）いささか：少し

（注3）ざっくばらん：遠慮なく率直なさま、気取らないさま

60 ①ちゃんとを別の言葉に言い換えるとどうなるか。

1.さっさと

2.きちんと

3.しいんと

4.せっせと

61 「②万古不易（ばんこふえき）の翻訳論の名言」とあるが、別の言葉に置き換えるとどうなるか。

1.「ずっと変化しつづける翻訳論の名言」

2.「今も昔も普遍的な翻訳論の名言」

3.「万人が大切にしてきた翻訳論の名言」

4.「永久に変わることのない翻訳論の名言」

62 筆者が述べている「②万古不易（ばんこふえき）の翻訳論の名言」とは、どのような言葉か。

1.「あんたのおばあさんが聞いてもわかるようにちゃんと訳してくれ」という言葉

2.「こたつに入って、おばあさんに話して聞かせて、それでわかってもらえる文章がいい文章だ」という言葉

3.「年配の女性こそ、もっとも知的水準の高い存在なのだ」という言葉

4.「いい文章とは、なんとしてもわかってもらいたいという情熱のある文章だ」という言葉

63 ③中野好夫も岡本文弥も、いっていることは同じです。とあるが、共通していっているのはどんなことか。

1.難しい英文が、おばあさんにも分かるような簡単な日本語になっているものがいい訳だと言える。

2.おばあさんとおしゃべりする時のように、しみじみと語られた文章こそがいい文章だと言える。

3.知的水準の低い人にも理解できるような、読みやすいものこそが、本当のいい翻訳文である。

4.年配の女性にも理解できるような、分かりやすいものがいい文章である。

64 ④福沢諭吉の文章に似ているなとあるが、以下の中でその理由としてあげられていないものはどれか。

1.どちらの文章にも「なんとしてもわかってもらいたい情熱」があふれていた。

2.どちらの作品も、複雑なことをざっくばらんに、平明な文章で書かれている。

3.どちらの作家も、もともとは簡単な内容の話を、複雑かつ気取って書いている。

4.どちらも深い内容の話を、気取ることなく、分かりやすい文章で書いている。

65 ⑤なんとしてもと同じ、正しい使い方をしているものは次のどれか。

1.今年の夏はなんとしても暑かった。

2.大勢の中からなんとしても彼を選んだ。

3.次の試験にはなんとしてもパスしたい。

4.理由がなんとしても喧嘩はまちがいだ。

66 ⑥それは何を指しているか。

1.複雑で深い内容の話を平明に書こうとする気持ち

2.思いを人びとにわかってもらいたいという情熱

3.おばあさんに理解してほしいという優しい願い

4.いい文章を書いてみんなに読んでほしいという思い

67 ⑦＿＿＿＿に入る適当な言葉は次のどれか。

1.人情

2.熱血

3.真心

4.情熱

68 筆者がここで重視している「平明な文章」とは、どのような文章か。

1.気合の入った情熱のある人の文章

2.読む人の立場に立って書かれた文章

3.ざっくばらんな文体で書かれた文章

4.老人の立場に立った弱者のための文章

問題12　次の文章は、「相談者」からの相談と、それに対するAとBからの回答である。三つの文章を読んで、後の問いに対する答えとして、最もよいものを、1・2・3・4から一つ選びなさい。

相談者

結婚して4年目の専業主婦です。子供はまだいません。夫のことで悩んでいます。じつは最近、①夫の行動が怪しいんです。いつも携帯電話を気にしていて、時には携帯を持ってトイレに入り、誰かと話している声が聞こえます。何を話しているのかは、聞き取れません。それから残業だといって、深夜12時ごろ帰宅することも多くなり、出張の数も増えたように思います。その上、結婚当初はよくキスしてくれたり、プレゼントをくれたりしたのに、最近はまったくありません。夫は浮気しているのではないでしょうか。そう思うと、夜も眠れません。直接聞いてみるべきでしょうか。

回答者：A

　残念ですが、ご主人は浮気していると思います。私も同じような経験があるので、そう思います。つらいでしょうね。ただ、直接聞くのはやめたほうがいいでしょう。「はい、浮気しています」なんて答えるバカな人はいませんから。そうではなくて、ご主人が帰宅したら、あなたのほうから積極的にキスしてみるとか抱きついてみるとか、または将来について語り合ってみるとか。自分のほうから何かしてみることも、時には必要です。可愛い女性を嫌いな男性はいません。私はこうして、主人の気持ちを取り戻しました。簡単なことではありませんが、がんばってください。

回答者：B

　問題は、あなた自身にあるのではないでしょうか。まず第1に、あなたはご主人のことを疑っているのに、そのことを直接聞けないことです。夫婦なのですから、思ったことは何でも口に出すべきです。第2に、ご主人が携帯を持ってトイレに入り、誰かと話しているのをこっそり聞こうとしていること。これはプライバシーの侵害ではないでしょうか。第3に、ご主人のことを何も理解していないこと。おそらく今のあなたでは、ご主人も話したい気にはならないでしょう。最後に、あなたが現実を見ていないことです。結婚してもう4年目ですよね。ご主人は仕事が順調で、さらに出世するため、がんばっているのかもしれません。仕事が楽しくてしょうがない時期かもしれません。お金を貯めて、家を買おうとしているのかもしれません。浮気をしているのかどうかを確かめることより、大事なことがあるはずです。ご主人にあなたの不安な気持ちを伝えることから始めてみてはいかがですか。

69 ①夫の行動が怪しいとあるが、怪しいことの例として挙げられていないのはどれか。

1.携帯電話を使うようになった。

2.家に帰る時間がだいぶ遅くなった。

3.キスしてくれなくなった。

4.前より出張の数が増えた。

70 「相談者」の相談に対するA、Bの回答について、正しいのはどれか。

1. AもBも、ご主人に浮気をしているかどうか、きちんと確かめてみるべきだと言っている。

2. AもBも、ご主人は浮気しているので、離婚したほうがいいと言っている。

3. Aは相談者に同情を示した上で励まし、Bは相談者を批判した上でアドバイスしている。

4. Aは相談者を批判した上でアドバイスし、Bは相談者に同情を示した上で励ましている。

問題13　次の文章を読んで、後の問いに対する答えとして最もよいものを、1・2・3・4から一つ選びなさい。

（次は日本の同志社大法科大学院で法律を教えるアメリカ人の書いた文章である。）

「正解は何ですか」。日本の学生は常に求められているようだ。期待される答えは何かということに、学生が敏感になっている。受験システムでこうなるのだろうか。

日本の学生は「正解」に対して素直だ。ある問題の正解Aと別の問題の正解Bとの間の矛盾（むじゅん）に気づかない面さえある。

日本の司法試験は、何か正解があって、それを書かせようとする傾向がかなり強い。日本では、司法試験が終わると、法務省が出題趣旨を公表する。それを知った時、私はびっくりした。

米国領グアムで司法試験を受けた時のことを思い出す。家族法で次のような長文問題が出た。

「ある夫婦と未成年の子どもがいた。夫が秘書と浮気し、同棲(どうせい)（注1）を始めた。離婚の際、子どもの親権はどうなるか」

私は「問題の設定では、秘書は男性なのか女性なのかがはっきり示されていないため答えかねる。しかも、『秘書イコール女性』というジェンダー（注2）的な仮定には①問題がある」といった趣旨の答えを書き、それでも合格した。

この問題でどのくらい得点できたかはわからないが、試験で求められているのは「正解」ではないとは言える。一般的には、思考プロセス（注3）をしっかり表現できるかであり、グアムの場合には、設問についての問題点を指摘したこと自体が一種の能力と評価された可能性もある。

法律家に求められるのは、情報としての法律をどれだけ知っているかではなく、いかに法律情報を処理できるか、なのだ。

弁護士の場合、今抱えている具体的な事件と、これまでの判例とはどこが同じでどこが違うのか、的確に判断する能力が求められる。言い換えれば、②「有意義な事実」を識別する能力だ。何が重要で何がそうではないのか。理由を説明しながら体系的に整理し、他の状況と論理的に区別する技能である。

今、目の前にあるケースは、どの点が判例と違うから、異なる結論を出さなければいけないのかを明確にする。前例を攻撃し、比喩(ひゆ)や類推の力を使い、法律を道具として使いこなす――そうした思考様式こそ、私が法科大学院の学生に伝えようとしているつもりのものだ。

正解や、想定される筋書(すじがき)（注4）の裏から攻められたときにどうするか。悪用された場合はどうするか。常に考えないといけない。それが実世界では重要だ。

（コリン・ジョーンズ「朝日新聞 グローブ第34号」による）

（注1）同棲（どうせい）：1つの家にいっしょに住むこと

（注2）ジェンダー：社会的、文化的に形成される男女の差異（gender）

（注3）プロセス：過程（process）

（注4）筋書（すじがき）：大体の内容を書いたもの。あらすじ

71 ①問題があると言っているが、ここで述べている問題とはどういう問題か。

1.離婚の際に子どもの親権がどうなるかという問題

2.秘書が男性なのか女性なのか、はっきり示していないこと

3.秘書なのだから女性に決まっているという仮定

4.正解などないのに、それを求める司法試験の問題点

72 ②「有意義な事実」を識別する能力とは、どういう能力か。

1.具体的な事件の内容を明らかにする能力

2.これまでの判例に意義を持たせる能力

3.情報をたくさん集め、きちんと整理する能力

4.今までの判例と比べ、正しく判断する能力

73 筆者がこの文章で一番言いたいことはどんなことか。

1.法律家に必要なのは、「正解」に素直にならず、「有意義な事実」を的確に識別する能力である。

2.法律家に求められているのは、多くの情報を集め、それを元に「正解」を素直に導き出す能力である。

3.法律家にとって一番大事なことは、「正解」は何なのかを常に探し求める探究心である。

4.法律家に大切なのは、結果をあせらずに、今抱えている事件と今までの判例を比較する技能である。

問題14　次は、新聞に掲載された海外旅行の広告である。下の問いに対する答えとして、最もよいものを、1・2・3・4から一つ選びなさい。

74 9月13日出発のツアーに参加する老夫婦は、3日目の京劇鑑賞を希望しています。この夫婦がこの旅行で使うお金は、全部でいくらか。

1. 211,800円　　2. 217,700円
3. 221,800円　　4. 351,600円

75 36歳の女性が10月29日出発のツアーに、中学生の子どもを連れて参加する予定です。2人にはどんな得なことがありますか。

1.鳥の巣と故宮博物院が無料で見学できるほか、シルクの製品がもらえる。
2.シルクのパジャマかパンダのぬいぐるみが、それぞれもらえる。
3.シルクのパンダのぬいぐるみとシルクのパジャマがそれぞれにプレゼントされる他、子どもは天津甘栗ももらえる。
4.シルクの製品がもらえるほか、「全聚徳」の北京ダックが1匹多く食べられる。

日本ハッピー旅行社の広告

☆ 旅行先について

▶北京で見て食べて大満足の4日間！！
▶4つの世界遺跡を巡る。
（万里の長城・故宮博物院・天壇公園・明の十三陵）
▶北京オリンピックで有名な「鳥の巣」の中も見学！※(注)

☆ 旅行代金について

▶6～21万円
▶上記の金額はお1人様・2名様1室ご利用の場合。

☆ **出発日について**

8月：8 9 11 12 15 22　6万円

8月：25 26 27 29　7.5万円

9月：1 2 3 5 6 9 12 13 20 21　10万円

9月：18 22 24 25　16.99万円

9月：10 11 17 18 19 28　17.5万円

10月：16 17 19 20 28 29 30　19.98万円

10月：3 6 9 25 26 27 31　21万円

☆ **宿泊先について**

▶5つ星のシェラトンホテル

▶3泊

☆ **スケジュールについて**

		朝	昼	夜
1	17:25～18:10：成田発（直行便にて北京へ） 20:32～21:30：北京着（北京泊）	―	―	機内
2	午前：北京観光（万里の長城、明の十三陵） 午後：「鳥の巣」の見学※(注)。民芸品店と工芸品店にてショッピング。昼食は広東料理、夜食は中華風しゃぶしゃぶをいただきます。 夜：中国雑技団の鑑賞（お1人様3,900円にてOP）（北京泊）	ホテル	広東料理	中華風しゃぶしゃぶ
3	午前：北京観光（天安門広場、故宮博物院、天壇公園） 午後：胡同の散策。昼食は麺料理、夕食は老舗「全聚徳」にて北京ダックと北京料理をいただきます。 夜：京劇鑑賞（お1人様5,900円にてOP）（北京泊）	ホテル	麺料理	北京ダックと北京料理

4	08:25～08:45：北京発（直行便にて成田へ） 12:50～13:05：成田着。通関後、解散。	お弁当	機内	｜

※OP：オプションは別料金となります。

☆ **スペシャル特典について**

▶ 10/25～31出発のプランにご参加の方には、シルクのパンダのぬいぐるみ（28センチ）かシルクのパジャマをプレゼント！さらに小学生以下のお子様は全員、天津甘栗がもらえます。

☆ **その他**

▶ 国内空港施設使用料、旅客保安サービス料、及び海外空港諸税が別途必要 / 5,000円（お1人様）

▶ お1人様の部屋追加代金 / 22,000円

▶ このツアーでは、幼児（2歳未満）の参加はご遠慮いただいております。

▶ 添乗員は同行しません。現地の係員がお世話致します。

▶ このツアーには10名以上の参加が必要です。

▶ 利用予定航空会社 / JALまたはANA（エコノミークラス）

※（注）：イベントなどで「鳥の巣」が入場見学できない場合は、入場料50元（円換算：約960円、2015年2月現在）を現地にて返金します。

ハッピー旅行社

TEL：03-9907-9018（担当：坂田・北村・陳）

問題用紙

N2

聴解

（60点　50分）

注　　意

Notes

1. 「始め」の合図があるまで、この問題用紙を開けないでください。
   Do not open this question booklet before the test begins.
2. この問題用紙を持ち帰ることはできません。
   Do not take this question booklet with you after the test.
3. 受験番号と名前を下の欄に、受験票と同じようにはっきりと書いてください。
   Write your registration number and name clearly in each box below as written on your test voucher.
4. この問題用紙は、全部で10ページあります。
   This question booklet has 10 pages.
5. 問題には解答番号の①、②、③…が付いています。解答は、解答用紙にある同じ番号の解答欄にマークしてください。
   One of the row numbers①,②,③…is given for each question. Mark your answer in the same row of the answersheet.
6. この問題用紙にメモをとってもいいです。
   If you wish, you may make notes in the question booklet.

受験番号　Examinee Registration Number	

名前　Name	

N2 聴解　解答用紙

受験番号 Examinee Registration Number	

名前 Name	

〈 注意　Notes 〉

1. 黒い鉛筆（HB、No.2）で書いてください。（ペンやボールペンでは書かないでください。）
   Use a black medium soft (HB or NO.2) pencil. (Do not use a pen or ball-point pen.)
2. 書き直すときは、消しゴムできれいに消してください。
   Erase any unintended marks completely.
3. 汚くしたり、折ったりしないでください。
   Do not soil or bend this sheet.
4. マークれい　Marking examples

よい Correct	わるい Incorrect
●	⊗ ◒ ◯ ⓪ ⊜ ⦶ ◉

問題1				
1	①	②	③	④
2	①	②	③	④
3	①	②	③	④
4	①	②	③	④
5	①	②	③	④

問題2				
1	①	②	③	④
2	①	②	③	④
3	①	②	③	④
4	①	②	③	④
5	①	②	③	④
6	①	②	③	④

問題3				
1	①	②	③	④
2	①	②	③	④
3	①	②	③	④
4	①	②	③	④
5	①	②	③	④

問題4			
1	①	②	③
2	①	②	③
3	①	②	③
4	①	②	③
5	①	②	③
6	①	②	③
7	①	②	③
8	①	②	③
9	①	②	③
10	①	②	③
11	①	②	③
12	①	②	③

問題5				
1	①	②	③	④
2	①	②	③	④
3	①	②	③	④
4	①	②	③	④

N2 第二回　聴解

問題1

問題1では、まず質問を聞いてください。それから話を聞いて、問題用紙の1から4の中から、正しい答えを1つ選んでください。

1番 MP3-33

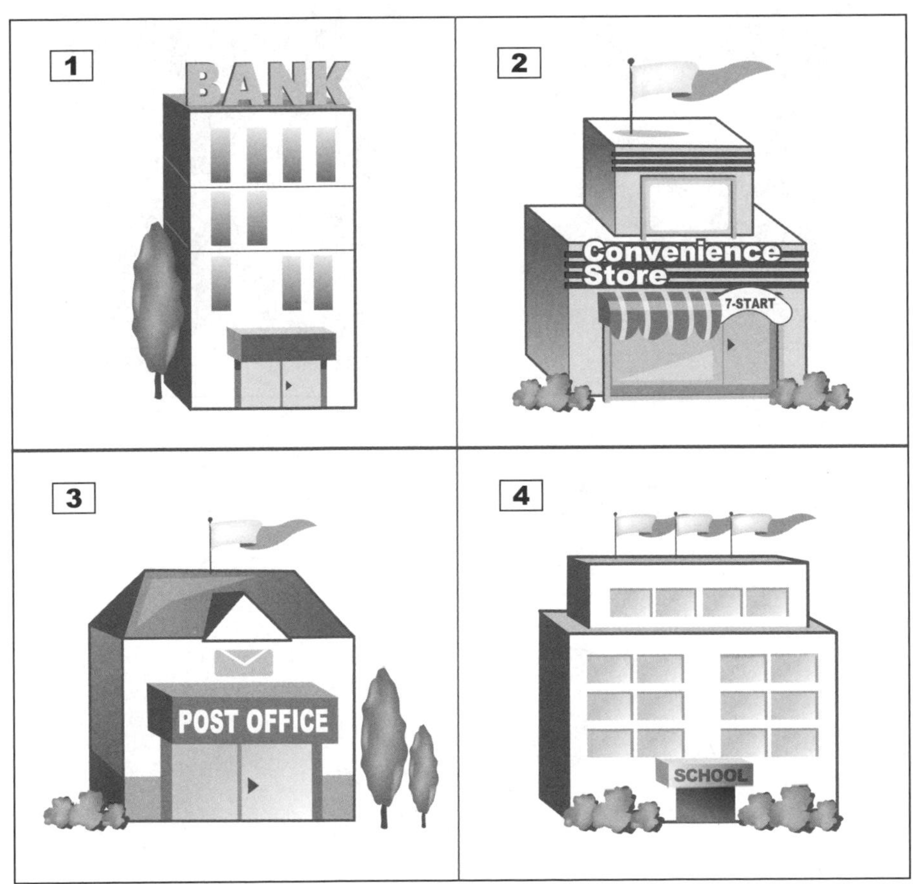

1 1と3　　2 2と4

3 1と4　　4 2と3

2番（ばん） MP3-34

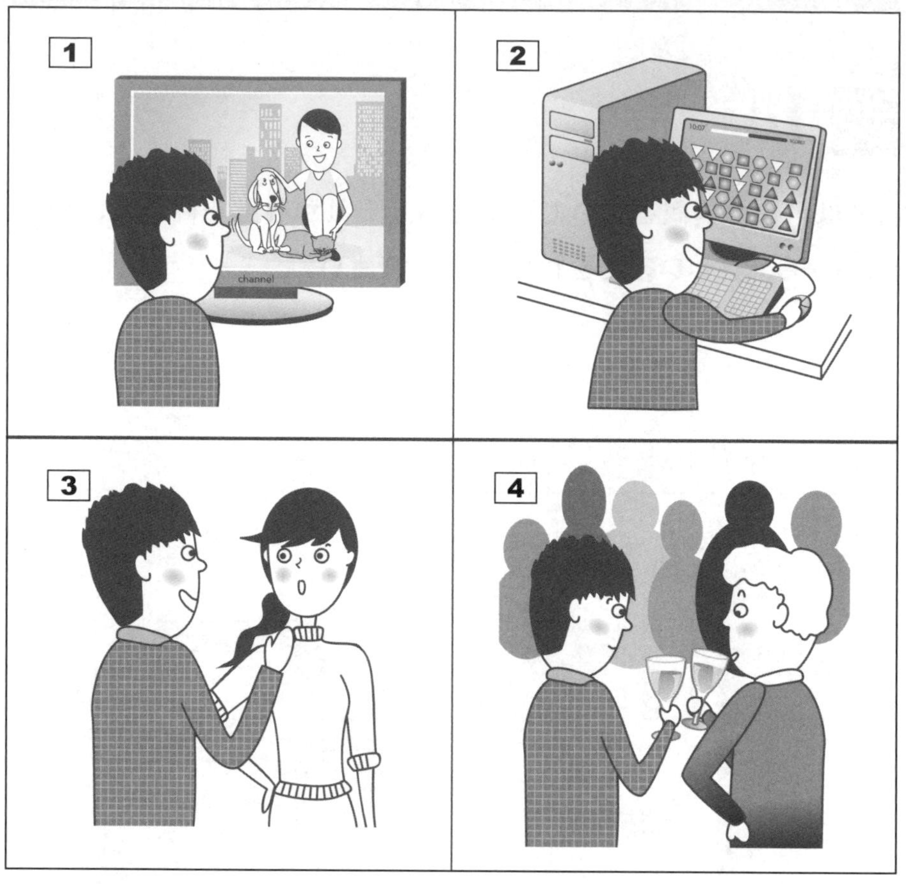

1 ドラマを見（み）ていたから

2 ゲームをしていたから

3 彼女（かのじょ）とデートしていたから

4 お酒（さけ）を飲（の）んでいたから

3番 MP3-35

1 ダンスを披露する

2 大道具を作る

3 脚本を書く

4 服を作る

4番 MP3-36

1 白のハイヒール

2 茶色のブーツ

3 黒のハイヒール

4 黒のロングブーツ

5番 MP3-37

1 ハンバーガーとホットコーヒーとフライドポテト

2 ハンバーガーとアイスコーヒーとバニラアイス

3 ハンバーガーとアイスコーヒーとフライドポテト

4 ハンバーガーとホットコーヒーとストロベリーアイス

問題2

問題2では、まず質問を聞いてください。そのあと、問題用紙の選択肢を読んでください。読む時間があります。それから話を聞いて、問題用紙の1から4の中から、正しい答えを1つ選んでください。

1番 MP3-38

1 母親が手術をするから

2 母親が胃の検査をするから

3 祖母が手術をするから

4 祖母が亡くなったから

2番 MP3-39

1 8日の12畳の和室

2 8日の広めの洋室

3 4日の6畳の和室

4 4日の広めの洋室

3番 MP3-40

1 奥さんが出かけているから

2 奥さんが忙しいから

3 子供に頼まれたから

4 子供に食べさせたいから

4番 MP3-41

1 誕生日だから

2 バレンタインデーだから

3 相手が置き間違えたから

4 クリスマスプレゼント

5番 MP3-42

1 画面が大きくて、見やすいから

2 画面が大きくて、操作もしやすいから

3 メールが送れて、ビデオ撮影も可能だから

4 操作が簡単で、見た目がいいから

6番 MP3-43

1 体の調子が悪いから

2 彼氏とうまくいっていないから

3 同僚にいじめられているから

4 父親の看病が大変だから

問題3

問題3では、問題用紙に何も印刷されていません。まず話を聞いてください。それから、質問と選択肢を聞いて、1から4の中から正しい答えを1つ選んでください。

— メモ —

1番 MP3-44

2番 MP3-45

3番 MP3-46

4番 MP3-47

5番 MP3-48

問題4

問題4では、問題用紙に何も印刷されていません。まず文を聞いてください。それから、それに対する返事を聞いて、1から3の中から正しい答えを1つ選んでください。

— メモ —

1番 MP3-49

2番 MP3-50

3番 MP3-51

4番 MP3-52

5番 MP3-53

6番 MP3-54

7番 MP3-55

8番（ばん） MP3-56

9番（ばん） MP3-57

10番（ばん） MP3-58

11番（ばん） MP3-59

12番（ばん） MP3-60

問題5

問題5では長めの話を聞きます。この問題には練習はありません。

原稿用紙に何も印刷されていません。まず、話を聞いてください。それから、質問と選択肢を聞いて、1から4の中から、正しい答えを1つ選んでください。

— メモ —

1番 MP3-61

2番 MP3-62

3番 MP3-63

4番 MP3-64

N2

第三回模擬試題

問題用紙

N2
言語知識（文字・語彙・文法）・読解
（120点　105分）

注　　意
Notes

1. 「始め」の合図があるまで、この問題用紙を開けないでください。
   Do not open this question booklet before the test begins.
2. この問題用紙を持ち帰ることはできません。
   Do not take this question booklet with you after the test.
3. 受験番号と名前を下の欄に、受験票と同じようにはっきりと書いてください。
   Write your registration number and name clearly in each box below as written on your test voucher.
4. この問題用紙は、全部で22ページあります。
   This question booklet has 22 pages.
5. 問題には解答番号の①、②、③…が付いています。解答は、解答用紙にある同じ番号の解答欄にマークしてください。
   One of the row numbers①,②,③…is given for each question. Mark your answer in the same row of the answersheet.

受験番号　Examinee Registration Number	

名前　Name	

N2 言語知識（文字・語彙・文法）・読解　解答用紙

受験番号 Examinee Registration Number	

名前 Name	

〈 注意 Notes 〉

1. 黒い鉛筆（HB、No.2）で書いてください。（ペンやボールペンでは書かないでください。）
   Use a black medium soft (HB or NO.2) pencil. (Do not use a pen or ball-point pen.)
2. 書き直すときは、消しゴムできれいに消してください。
   Erase any unintended marks completely.
3. 汚くしたり、折ったりしないでください。
   Do not soil or bend this sheet.
4. マークれい　Marking examples

よい Correct	わるい Incorrect
●	⊗ ◌ ◯ ◍ ⊜ ⦶ ○

問題1				
1	①	②	③	④
2	①	②	③	④
3	①	②	③	④
4	①	②	③	④
5	①	②	③	④
問題2				
6	①	②	③	④
7	①	②	③	④
8	①	②	③	④
9	①	②	③	④
10	①	②	③	④
問題3				
11	①	②	③	④
12	①	②	③	④
13	①	②	③	④
14	①	②	③	④
15	①	②	③	④
問題4				
16	①	②	③	④
17	①	②	③	④
18	①	②	③	④
19	①	②	③	④
20	①	②	③	④
21	①	②	③	④
22	①	②	③	④
問題5				
23	①	②	③	④
24	①	②	③	④
25	①	②	③	④

26	①	②	③	④
27	①	②	③	④
問題6				
28	①	②	③	④
29	①	②	③	④
30	①	②	③	④
31	①	②	③	④
32	①	②	③	④
問題7				
33	①	②	③	④
34	①	②	③	④
35	①	②	③	④
36	①	②	③	④
37	①	②	③	④
38	①	②	③	④
39	①	②	③	④
40	①	②	③	④
41	①	②	③	④
42	①	②	③	④
43	①	②	③	④
44	①	②	③	④
問題8				
45	①	②	③	④
46	①	②	③	④
47	①	②	③	④
48	①	②	③	④
49	①	②	③	④
問題9				
50	①	②	③	④
51	①	②	③	④

52	①	②	③	④
53	①	②	③	④
54	①	②	③	④
問題10				
55	①	②	③	④
56	①	②	③	④
57	①	②	③	④
58	①	②	③	④
59	①	②	③	④
問題11				
60	①	②	③	④
61	①	②	③	④
62	①	②	③	④
63	①	②	③	④
64	①	②	③	④
65	①	②	③	④
66	①	②	③	④
67	①	②	③	④
68	①	②	③	④
問題12				
69	①	②	③	④
70	①	②	③	④
問題13				
71	①	②	③	④
72	①	②	③	④
73	①	②	③	④
問題14				
74	①	②	③	④
75	①	②	③	④

N2 第三回　言語知識（文字・語彙・文法）・讀解

問題1　＿＿＿の言葉の読み方として最もよいものを、1・2・3・4から一つ選びなさい。

1　このかばんの持ち主はあなたですか。

1.もちしゅ　　2.もちじゅ　　3.もちぬし　　4.もちなし

2　最近はおもしろい番組がぜんぜんない。

1.ばんくみ　　2.ばんぐみ　　3.はんくみ　　4.はんぐみ

3　岡田さんの家は、昨夜、泥棒に入られたそうだ。

1.どろぼう　　2.とろぼう　　3.でんぼう　　4.てんぼう

4　課長は寝不足のようだ。

1.ねふそく　　2.ねぶそく　　3.しんふそく　　4.しんぶそく

5　神様にお願いしましょう。

1.かんさま　　2.おみさま　　3.しんさま　　4.かみさま

問題2　＿＿＿の言葉を漢字で書くとき、最もよいものを1・2・3・4から一つ選びなさい。

6　祖母の家には今もまだいどがある。

1.居間　　2.井戸　　3.井室　　4.居屋

7 夏はちゃんとひるねをしたほうがいい。

1.好寝　2.早寝　3.昼寝　4.長寝

8 ここにはんこを押してください。

1.半子　2.判子　3.印子　4.範子

9 息子は、試合のさいちゅうにけがをしてしまった。

1.途中　2.再中　3.際中　4.最中

10 外がそうぞうしくて眠れない。

1.騒々しくて　2.煩々しくて　3.慌々しくて　4.甚々しくて

問題3　（　　）に入れるのに最もよいものを、1・2・3・4から一つ選びなさい。

11 これはじっくり考え（　　）出した結論です。

1.かけて　2.ぬいて　3.きって　4.ついて

12 野球（　　）おもしろいスポーツはない。

1.まで　2.ほど　3.ばかり　4.さえ

13 （　　）冬の北海道は、寒さが厳しい。

1.剛　2.正　3.盛　4.真

14 彼女は誰に（　　）もとても優しい。

1.ともなって　2.かわって　3.たいして　4.そって

15 父は（　　）大な魚が釣れて、とても喜んだ。

1.超　2.特　3.巨　4.非

問題4 （　　　）に入れるのに最もよいものを、1・2・3・4から一つ選びなさい。

16 政府は明日、中国との外交（　　　）について話し合う。

1.征索　　2.制作　　3.製作　　4.政策

17 今は頭が（　　　）していて、考えられない。

1.混乱　　2.混雑　　3.混同　　4.混合

18 この辺は（　　　）と家が建っているだけで、他には何もない。

1.的々　　2.塊々　　3.点々　　4.中々

19 老後は田舎で（　　　）と暮らしたい。

1.ゆうゆう　　2.のろのろ　　3.まあまあ　　4.うろうろ

20 息子はクラスの中でいちばん（　　　）です。

1.文句　　2.究極　　3.結構　　4.丈夫

21 今日は鈴木教授が環境汚染について（　　　）するそうだ。

1.会講　　2.講会　　3.講演　　4.演講

22 （　　　）に反することはやめなさい。

1.エチケット　　2.コンセント　　3.アクセサリー　　4.ビタミン

問題5 ＿＿＿の言葉に意味が最も近いものを、1・2・3・4から一つ選びなさい。

23 父はときどき出張で、アメリカへ行く。

1.よく　　2.たまに　　3.めったに　　4.ほとんど

24 赤ちゃんは今、深く眠っている。

1.ぐっすり　2.がっかり　3.ゆっくり　4.すっきり

25 彼のその考え方はとてもおもしろいと思う。

1.アンテナ　2.ナイロン　3.サイレン　4.アイデア

26 生きることはすなわち戦いだ。

1.そこで　2.つまり　3.それとも　4.すると

27 準備は順序よく進められているので、安心してください。

1.まごまご　2.どきどき　3.うろうろ　4.ちゃくちゃく

問題6　次の言葉の使い方として最もよいものを、1・2・3・4から一つ選びなさい。

28 始末

1.これほどひどい始末では、合格しないだろう。
2.二人の結婚生活は、そろそろ始末しそうだ。
3.上司に重要な書類の始末を頼まれ、困っている。
4.新しいズボンをあきらかに始末してはどうだろうか。

29 気楽

1.将来は、田舎で気楽な生活をしたい。
2.明日は友だちと郊外で気楽をするつもりだ。
3.おいしいものを食べたら、気楽になった。
4.兄の彼女はやさしくて気楽な性格の女性だ。

30 夢中

1.赤ちゃんは今、ぐっすり夢中です。

2.父は最近、英語の勉強に夢中になっている。

3.昨日はずっと夢中で、よく眠れなかった。

4.夢中で死んだ祖母に会えて、とてもうれしかった。

31 機嫌

1.この機嫌に、わが社も新商品を開発しよう。

2.兄の機嫌は、父にとても似ている。

3.妹は宿題を忘れたので、先生が機嫌になった。

4.弟が100点をとったので、母は今日とても機嫌がいい。

32 放送

1.車を運転するときは、ラジオで放送しているニュースを聞く。

2.彼は毎年、わたしの誕生日にプレゼントを放送してくれる。

3.今日から、サクラデパートで洋服の大放送が開催される。

4.彼女は、地震の被災地にたくさんの日常品を放送してくれた。

問題7　次の文の（　　　）に入れるのに最もよいものを、1・2・3・4から一つ選びなさい。

33 本日は祝祭日（　　　）お休みします。

1.につき　　2.にして　　3.につれて　　4.にかわり

34 父は英語は（　　　）フランス語もドイツ語も話せる。

1.とたんに　　2.ともかく　　3.もちろん　　4.はじめ

35 このまま不景気が続くと、会社はつぶれる（　　　）。

1.しだいだ　　2.のみならない　　3.いっぽうだ　　4.おそれがある

36 いっしょうけんめい勉強した（　　　）、合格できなかった。

1.とおりに　　2.のみならず　　3.からといって　　4.にもかかわらず

37 あの先生は独身（　　　）、子どもが4人もいるそうだ。

1.どころか　　2.どころも　　3.どころに　　4.どころが

38 風邪をひいて、頭が痛くて（　　　）。

1.かかわらない　　2.たまらない　　3.しかない　　4.かまわない

39 祖母はテレビを見ている（　　　）寝てしまった。

1.とたんに　　2.たびに　　3.うえに　　4.うちに

40 空港で別れるとき、寂しさの（　　　）泣いてしまった。

1.かぎり　　2.とおり　　3.かわり　　4.あまり

41 天気予報に（　　　）、大きな台風が来るそうだ。

1.くらべ　　2.よると　　3.ついて　　4.そって

42 先生が（　　　）、何もできない。

1.来ないことには　　2.来ないわりには

3.来ないおかげで　　4.来ないまでも

43 主人の病気はだいぶ（　　　）。

1.治りかけだ　　2.治りっぽい　　3.治りやすい　　4.治りつつある

44 食べなければ、（　　　）。

1.やせるといわないこともない　　2.やせるということになる

3.やせるというものでもない　　4.やせるというわけになる

問題8　次の文の ＿★＿ に入る最もよいものを、1・2・3・4から一つ選びなさい。

（問題例）

日本語 ＿＿＿ ＿＿＿ ＿★＿ ＿＿＿ 仕事に役立つ。

1.おもしろい　2.は　3.ばかり　4.か

（解答の仕方）

1. 正しい文はこうです。

日本語 ＿＿＿ ＿＿＿ ＿★＿ ＿＿＿ 仕事に役立つ。
2.は　1.おもしろい　3.ばかり　4.か

2. ＿★＿ に入る番号を解答用紙にマークします。

（解答用紙）

（例）	①②●④

---

45 ちょっと ＿＿＿ ＿＿＿ ＿★＿ ＿＿＿ なら、がまんしなさい。

1.頭　2.痛い　3.ぐらい　4.が

46 大学に ＿＿＿ ＿＿＿ ＿★＿ ＿＿＿ 研究したい。

1.日本の　2.文化　3.について　4.入ったら

47 さすが ＿＿＿ ＿＿＿ ＿★＿ ＿＿＿ がぺらぺらだ。

1.英語　2.留学経験　3.だけあって　4.がある

48 やる ＿＿＿ ＿＿＿ ＿★＿ ＿＿＿ やるしかない。

1.には　　2.と　　3.から　　4.言った

49 宝くじ ＿＿＿ ＿＿＿ ＿★＿ ＿＿＿、何がほしいですか。

1.したら　　2.と　　3.が　　4.当たった

問題9　次の文章を読んで、50 から 54 の中に入る最もよいものを、1・2・3・4 から一つ選びなさい。

父の日課は、こんなふうだ。午前中は海辺を散歩する。昼はひやむぎを自分で茹(ゆ)でて食べる。ハワイで食べるひやむぎは最高なのって、緑川のおばちゃまが。そう言いながらひやむぎとめんつゆをトランクにつめたのは母だったのだが、まだこちらに来てから、母自身は **50** ひやむぎを食べていない。

午後、父は、初日に母に連れられて行ったショッピングモールで買ったというヘミングウェイの『老人と海』のペーパーバック（注1）を、 **51** 、ていねいに読む。辞書なんか、持ってきたんだ。私が言ったら、 **52** ここは英語を使う国なんだろう、と、珍しくふくみ笑い（注2）をしながら、父は答えた。

三人が揃(そろ)うのは、夕食のときだけだ。母と私で作った、ステーキやら名前のわからない大きな魚をグリルしたものやらを、父はもくもくと食べる。食卓で喋(しゃべ)るのは、もっぱら母だけだ。けれど食事の終わりごろになると、その母も黙りがちになるので、父がリモコンを手に取って、部屋に備えつけのテレビをつける。地元のニュースをやっているケーブルテレビに、必ず父はチャンネルをあわせる。

「うちって、夫婦の会話が、ほとんどないんだね」食事が終わって一緒にお皿を洗いながら、私は母に言ってみた。軽い気持ちで口にした言葉だったが、母は珍しく考えこむような表情になった。

やだ、気にしないでよ。私が言うと、母は **53** 。ま、まさか、夫婦仲が冷えきってたりして。冗談のつもりで私がつづけると、母はゆっくりと首をかしげ、私の顔をじっと見つめた。

「じつは、おかあさん、離婚を考えてるの」今にも母がそう **54** 気がしてきて、私はいそいで洗剤をスポンジに絞り出した。お皿を洗う手に力をこめる。

「あのね」母がそう言ったのは、何十秒かたった後だった。

私は身構えた。ちらりと母を盗み見ると、母は目をぱっちりとみひらいていた。

「あたしとおとうさんは、ちゃんと愛しあってるのよ」一語一語を区切るようにして、母は言った。

（川上弘美『ざらざら』による）

（注1）ペーパーバック：紙表紙だけによる略装本。「ソフトカバー・ブック」ともいう

（注2）ふくみ笑い：声に出さないで笑うこと

50

1.一言も　2.一瞬も　3.一度も　4.一目も

51

1.辞書をひきながら　2.辞書をもちながら
3.辞書をかきながら　4.辞書をしきながら

52

1.だって　2.ならば　3.すると　4.または

53

1.さらにねむい顔をする　2.さらに冷たい顔をする
3.さらに沈んだ顔をする　4.さらにくさい顔をする

54

1.言いような　2.言いながら　3.言いたくも　4.言いそうな

問題10　次の文章を読んで、後の問いに対する答えとして最もよいものを、1・2・3・4から一つ選びなさい。

もしも、自在に、つまりどんな文章でも向田邦子なり、須賀敦子なりのスタイルで書くことができるとしたら、これはかなりの文章の達人だといえるでしょう。

分解し、分析をするのは、真似るためではありません。まず第一に、自分が上手い、あるいは好きだと思う文章の構造を①徹底的に認識するためです。と、同時に、その認識に従って、自分がその文章に感じている魅力は何なのか、何が自分にとって文章のよさなのか、を知ること。これは書いていく②うえでとても大事なことです。

（福田和也『ひと月百冊読み、三百枚書く私の方法』による）

55　筆者が言う文章の達人とはどんな人か。

1.向田邦子なり、須賀敦子とまったく同じ文章を書ける人
2.向田邦子や須賀敦子のように、いろいろな文章が自由自在に書ける人
3.向田邦子や須賀敦子のように、たくさんの賞をもらい活躍している人
4.文章の達人・向田邦子のように、自由なスタイルの珍しい文を書く人

56　筆者は「分解し、分析をする」のは、何のためだと言っているか。

1.文章の上手い向田邦子とか須賀敦子とかの文体を真似するため
2.向田邦子や須賀敦子のようなすばらしい文体を身につけるため
3.好きな作家のすごさを理解し、自分の文のひどさを知るため
4.自分の好みの文を知り、自分にとっての文章のよさを知るため

57　①徹底的にと同じ意味の使い方をしているのは次のどれか。

1.今回の研究は徹底的に失敗したと言えるだろう。
2.姉は分からないことがあると、徹底的に調べる。
3.彼のように徹底的に生きていきたい。
4.妹が交通事故に遭い、徹底的に心配している。

58 ②うえでとちがう意味の使い方をしているのは次のどれか。

1.休日は読書を楽しむうえで、映画もよく見ます。

2.日本語を学ぶうえで、もっとも難しいのは敬語かもしれません。

3.これから働くうえで、あなたの語学力は有利になるはずです。

4.一人で生きていくうえで必要なのは、まずは経済力です。

59 ここにはどんなことが書かれているか。

1.筆者は向田邦子や須賀敦子の文が好きだということ

2.文章を書くうえで大事なことは何かということ

3.自分の好きな文だけがいい文章なのだということ

4.文章がうまくなるには、まず真似ることだということ

問題11　次の文章を読んで、後の問いに対する答えとして最もよいものを、1・2・3・4から一つ選びなさい。

下の文章は、経営コンサルティング会社など複数の会社を経営する筆者が、アメリカで出会った大金持ちから「幸せに成功する秘訣」を教わる過程を紹介した書から抜粋したものである。

「そのとおり。多くの成功者は、関係するすべての人に『あなたがいたから、いまの自分があるんだ』ということを感じてもらえるように努力をしている。そうして彼らは多くのファンを獲得し、さらなる成功を実現しているのだよ。

一方、自力で成功したと考える人間は、①どんどん傲慢（ごうまん）になっていく。そうすると、②気がつかないうちに彼の周りから人が離れ始める。周りの人すべてに支えられて、いまの自分がある③というふうに感謝をして毎日を過ごす人間と、『④これは俺がやったから、これくらいの成功は当然だ』と傲慢に開き直る（注1）人間とでは、どれだけ将来の差が出てくるだろうか。

⑤このことが本当に理解できると、実は多くの人に支えられる人間ほど成功するのが早く、その成功も安定したものになることがはっきりわかるだろう」

「よくわかりました。本当にそのとおりですね。僕は、⑥てっきり自力でやり遂げたというほうがかっこいいと思っていました」

「もう一つ大事なのは、助けてもらうことで、実は助けてあげることができるという事実だ。

人は本来誰かを助けたいものだと、私は思っている。だから、誰か人を助けることができたとき、⑦その人は精神的な安らぎと満足感を得るものだ。⑧そう考えると、できるだけ多くの人に助けてもらうだけの人間としての器をもつことがとっても大事になってくるのがわかるだろう。

もし自分でできたとしても、できるだけ多くの人を巻き込んで助けてもらうことだ。そしてその人たちに感謝して喜んでもらうことが君の成功のスピードを速めるのだよ。だから決してすべてを一人でやろうというふうには思わないように。

（本田健『ユダヤ人大富豪の教え』による）

（注1）開き直る：急に大胆不敵な態度になること

60 ①どんどん傲慢（ごうまん）になっていくとあるが、これと似たような言い方はどれか。

1.ますますおごり高ぶって、人を見下すようになっていく。

2.人をお金で動かすようになり、友達がどんどん増えていく。

3.いよいよ誰にも頼らなくなり、孤独になっていく。

4.自力で成長したことを自慢して、さらに成功していく。

61 ②気がつかないうちに彼の周りから人が離れ始めるとあるが、どういうことか。

1.彼は目が悪く、友人が消えてしまったことに気づいていない。

2.周囲の友人は、彼に気がつかれないようにこっそり離れていく。

3.周りで支えてくれた人がいたことに、彼はぜんぜん気づいていない。

4.気づいたときには、彼を支えてくれていた人たちはいなくなっている。

62 ③<u>というふうに</u>と同じ、正しい使い方をしている文は、次のどれか。

1.いつかアメリカに移住するというふうに、それはどうですか。

2.ご主人はベンツ、息子さんはBMWというふうに、あの家族はみんな高級車に乗っている。

3.昨日の夜、飲みすぎたいうふうに、今朝は頭が痛くて、吐き気もする。

4.朝ごはんはもう食べたというふうに、ダイエットすると効果があるそうだ。

63 ④<u>これは俺がやったから、これくらいの成功は当然だ</u>とあるが、これとちがうことをいっている文は次のどれか。

1.他人に頼らず自分でやれば、このくらいの成功は当たり前である。

2.いつもたくさんのファンが助けてくれるので、成功して当然だ。

3.自分の実力なら、これくらい成功しても不思議ではない。

4.俺は才能があるので、これくらいの成功も大したことではない。

64 ⑤<u>このこと</u>とあるが、どのことか。

1.自分には実力があるから、成功できて当たり前だと考える人間と、周囲の助けがあって初めて今の自分があるのだと感謝する人間とでは、いつか差が出てくるということ。

2.自分に自信があるのなら、まずは自力でやってみるべきだ。しかし、成功できなかった場合、周りの人の力に頼ることも大切であるということ。

3.自分の力で成功したと考える人は、感謝の気持ちをどんどん忘れ、毎日お金もうけのことだけを考えるため、周りの友だちがどんどんいなくなってしまうということ。

4.自分には力がないから、周りの人すべてに支えられてやっと成功できたのだと考える人は、他人に依頼しすぎて、みんなの負担になりやすいということ。

65 ⑥てっきりの使い方で、ふさわしくないものは、次のどれか。

1.今日はてっきり雨だと思っていたのに、晴れてうれしい。

2.泥棒はてっきり逃げたと思っていたら、まだ家の中にいたそうだ。

3.あまりにうれしくて、てっきり寝てしまった。

4.てっきり合格すると思っていたら、だめだった。

66 ⑦その人とはどんな人を指しているか。

1.多くの人に支えられている人

2.いろいろな人から助けてもらった人

3.ふだん誰かを助けたいと思っている人

4.人に助けてもらえる人間としての器のある人

67 ⑧そうは何を指しているか。

1.人は誰かに助けられると、自分も助けてあげたいと思う生き物だ。その気持ちが精神的な安らぎや満足感を与え、将来、お金持ちになれる。

2.実は多くの人に支えられる人間ほど成功するのが早く、その成功も安定したものになるものだ。

3.成功するためにいちばん大事なことは、できるだけ多くの人に助けてもらうだけの人間としての器をもつことである。

4.人はもともと誰かを助けたい生き物だから、誰かを助けることができたとき、精神的な安らぎと満足感を得ることができる。

68 この文章にタイトルをつけるとしたらどれが適当か。

1.成功するためには、最後までやり通そう

2.一人で成功している人はいない

3.成功は自分一人で勝ち取るもの

4.助けられたら、自分も助けてあげよう

問題12　次の文章は、「相談者」からの相談と、それに対するAとBからの回答である。三つの文章を読んで、後の問いに対する答えとして、最もよいものを、1・2・3・4から一つ選びなさい。

相談者

三十代の専業主婦です。弟夫婦に、もっと実家の母を遊びに連れて行ったり、休みの日などに泊まりに来たりしてくれないかと、メールでお願いしました。すると、①どうしてそんなメールをするのかと、弟からひどく怒鳴られてしまいました。そして、弟の奥さんもそのメールを読んでしまい、ひどく怒っているというのです。そのことを弟が母や兄に言い、今度は母たちからも叱られてしまいました。

弟はお正月以外はほとんど実家に帰らず、母もしばらく会っていないので、会いたいだろうと思ってやったことなのです。それなのに、みんなに叱られてしまい、落ち込んでいます。

弟夫婦の事情も考えずに、兄弟だからと気軽に送ってしまった私も悪いのかもしれませんが、怒鳴られるほど悪いことをしたとは、思えないのです。みなさんはどう思いますか。

回答者：A

まずは、どうしてそのメールを送ったのですか。あなた自身はお母様に何をしてあげてるのですか。まさか、「自分は子育てや仕事が忙しくて親孝行できないから、お願いね」、そんな気持ちで弟さんにメールしたのではないでしょうね。それに、お母様だって、メールをもらったから来てくれたって、ぜんぜんうれしくないと思いますよ。

親孝行というのは、自分の意思でするものです。もし忙しいのなら、同行しなくてもいいのです。例えば、温泉宿を予約してあげるとか、旅行券やお芝居のチケットを買ってプレゼントしてあげるとか。とにかく、自分にできないことを他人に要求するのはよくないと思います。

それに、もしあなたのご主人の兄弟から同じようなことをされたら、あなたはどう思いますか。私だったら、弟さんと同じように怒鳴りたくなると思います。これからは、もう少し考えて行動してください。

回答者：B

あなたはぜんぜん悪くないと思います。いちばん悪いのは弟さんじゃないですか。私に言わせれば、あなたの弟さんは礼儀知らずです。お姉さんに対する態度とは思えませんし、メールを奥さんに見られてしまったのも、弟さんが悪いのですから、あなたにあやまるのが先なのではないでしょうか。

それに、奥さんが怒るのも意味が分かりません。弟さんにしても奥さんにしても、家族とは思えない態度です。自分たちの親のことなのですから、兄弟みんなで助け合うのは当たり前です。

あなたがメールしたのは、弟さんと相談したかったからですよね。電話だと隣で奥さんが聞いているかもしれないとか、弟さんが仕事中だったら悪いかなとか、いろいろ考えて最終的にメールを選んだのだと思います。そんなあなたがみんなに叱られるのは、おかしいです。

69 ①どうしてそんなメールをするのかとあるが、どうしてしたのか。

1.弟夫婦が親孝行をしないので、たまには母を遊びに連れて行ったり、泊まりに来たりするべきだと思ったから。

2.自分は毎日仕事が忙しくて、母をどこにも遊びに連れて行ってあげられないから。

3.弟夫婦がほとんど実家に帰っていないので、母が会いたいだろうと思ったから。

4.弟はお正月にも家に帰らなかったので、母が会いたがっているから。

70 「相談者」の相談に対するA、Bの回答について、正しいのはどれか。

1.AもBも相談者に同情を示し、すべて弟夫婦が悪いと述べている。

2.AもBも相談者に問題があるのではといい、親孝行は人に言われてするものではないと述べている。

3.Aは親孝行は人に言われてするものではないし、もし相談者が同じようなことをされたらどう感じるのかと、相談者に問題があるとし、Bは相談者は悪くない、悪いのは弟だと述べている。

4.Aは相談者はまず電話で弟さんと話し合うべきだと述べ、Bは相談者と弟さんは家族なのだから、いっしょに親孝行すべきだと述べている。

問題13 次の文章を読んで、後の問いに対する答えとして最もよいものを、1・2・3・4から一つ選びなさい。

大きく様変わりするのは、仕事の環境や内容だけではない。仕事に対する私たちの意識も変わる。産業革命は、大量消費市場をつくり出し、消費や富の獲得に対する強い欲求を生み出した。では、テクノロジー（注1）の進化とグローバル化（注2）の進展は、私たちの仕事に対する意識をどう変えるのか。

おそらく、①これから社会に出る世代の働き方は、②これまでと似ても似つかないものに変わるだろう。すでに仕事に就いている世代も、いままで想像もしなかったような形態で働くようになる。再生可能エネルギーやインターネットの発展、働き方に対する意識の変化を土台に、まったく新しい産業が誕生する可能性もある。

未来のあらゆる側面を完全に予測することは不可能だ。将来、コンピュータの処理速度が増し、いまより強靭（きょうじん）な（注3）素材が開発され、医学・薬学が進歩して寿命が延びることは、ある程度確信をもって予測できる。しかし、地球規模の人口移動の傾向や地球の気温、世界の国々の政府の政策など、もっと予測しづらい側面もある。私たちが互いにどのように関わり合い、どのような夢をいだくのかという点にいたっては、それに輪をかけて予測が難しい。

不確実性がある以上、柔軟な計画を立てて、さまざまな状況に耐えうる強力なアイデアを追求するのが賢明だ。要するに、不確実性を前提に戦略を練る必要がある。

とはいえ、予測の正確性を磨くこともおこたってはならない。未来を正しく予見できれば、落とし穴を避け、チャンスを手早くつかめる場合があるからだ。どういう能力を身につけ、どういうコミュニティ（注4）や人的ネットワーク（注5）を大切にし、どういう企業や組織と深く関わるべきかを判断する際に、その点が重要になる。

（リンダ・グラットン 著・池村千秋 訳『ワーク・シフト』による）

（注1）テクノロジー：科学技術のこと
（注2）グローバル化：物事が地球規模に拡大発展すること
（注3）強靭（きょうじん）な：強くて粘りがあること
（注4）コミュニティ：生活を共にする集団。地域社会。共同体
（注5）ネットワーク：網状組織（network）のこと。

71 ①<u>これから社会に出る世代</u>を言い換えた場合、ふさわしくないのは次のどれか。

1.まだ仕事に就いていない人たち
2.自分で稼いで生活している人たち
3.大学や専門学校などで学ぶ学生たち
4.親の給料に頼り生活している若者たち

72 ②<u>これまでと似ても似つかないものに変わるだろう</u>とはどういうことか。

1.グローバル化が進み、テクノロジーも進化し、人々の働き方に対する意識も変化するなどして、今までとは異なるものになるだろうということ。

2.これから社会に出る世代は、インターネットをよく使用しているので、インターネットがさらに発展するということ。

3.これから産業革命がおこり、大量消費市場をつくり出し、消費や富の獲得に対する強い欲求を生み出す社会になっていくということ。

4.近い将来、地球規模の人口移動がおこり、地球の気温がどんどん上がり、世界の国々で戦争が勃発したりして、地球は破滅するということ。

73 筆者がこの文章で一番言いたいことはどんなことか。

1.将来、グローバル化が進み、世界が一つになる時代が来る。世界中の人がいっしょに仕事をするようになるので、英語力がますます重要になる。

2.テクノロジーの進化とグローバル化の進展が、人々の仕事に対する意識を変えていく。世界中が豊かになり、仕事の内容も楽になっていく。

3.これから産業革命がおこる。まずは再生可能エネルギーやインターネットが発展し、今までなかった新しい産業も誕生し、仕事を失う人が増える。

4.これからは仕事の内容や環境が変わり、人々の仕事に対する意識も変わっていく。未来を正しく予見し、柔軟に計画して、チャンスをつかんでほしい。

問題14　次は「トム英会話スクール」のクラス案内である。下の問いに対する答えとし、最もよいものを、1・2・3・4から一つ選びなさい。

74 大学二年生の女の子が、来月から、毎週月曜日の朝7時半から9時半までと、水曜日の午後2時から3時まで、中級英会話の授業を受けたいと考えています。彼女は一週間に授業料をいくら払いますか。割引券は持っていません。

1.5,200円　　2.5,600円

3.6,100円　　4.6,700円

75 午前10時半から7時まで働いている男性サラリーマンが受けられる時間は、全部でどれだけありますか。英会話学校と会社、自宅を往復する時間は考えなくていいです。

1.4時間半　　2.5時間

3.5時間半　　4.6時間

トム英会話スクールのクラス案内

☆ 学校の時間について

▶学校は午前7時から午後10時半までオープンしています。

▶クラス：

・朝の部：7:30～9:30

・午前の部：9:30～11:30

・午後の部：13:00～18:00

・夜の部：19:00～22:00

☆ 休みについて

日曜日と年末年始（12月28日から1月2日まで）。祝祭日もお休みになりますが、ちょうどその日にクラスがあった場合、教師と相談して別の日に授業を行います。

☆ **授業料について**

▶基礎英会話：1時間1,800円

中級英会話：1時間2,400円

上級英会話：1時間3,000円

▶朝のクラスの場合、1時間につき500円安くなります。

▶割引券を持参した方には、初回のみ、10%割引させていただきます。初めて来校した際に、ご提出ください。

▶学生の方には、合計金額から600円安くさせていただきます（一年間のみの限定です）。さらに、トム校長の書いた『トムの実用英会話』という教材を無料でさしあげます。初めての際に、学生書をご持参ください。

☆ **その他**

▶わが校は、英会話専門の学校です。基礎となる文法などの授業は行っておりません。

▶教師はすべて欧米系の外国人です。どこの国の先生がいいとか、女の先生がいいなどのご希望がございましたら、受付の事務員までお申しつけください。ただし、ご希望に添えない場合もございます。

▶学校の近くに駐車場があります。（2時間半以内は無料です）

トム英会話スクール

TEL：03-40-9988（担当：久保田）

問題用紙

N2
聴解
（60点　50分）

注　　意
Notes

1. 「始め」の合図があるまで、この問題用紙を開けないでください。
   Do not open this question booklet before the test begins.
2. この問題用紙を持ち帰ることはできません。
   Do not take this question booklet with you after the test.
3. 受験番号と名前を下の欄に、受験票と同じようにはっきりと書いてください。
   Write your registration number and name clearly in each box below as written on your test voucher.
4. この問題用紙は、全部で10ページあります。
   This question booklet has 10 pages.
5. 問題には解答番号の①、②、③…が付いています。解答は、解答用紙にある同じ番号の解答欄にマークしてください。
   One of the row numbers①,②,③…is given for each question. Mark your answer in the same row of the answersheet.
6. この問題用紙にメモをとってもいいです。
   If you wish, you may make notes in the question booklet.

受験番号　Examinee Registration Number	

名前　Name	

N2 聴解　解答用紙

受験番号 Examinee Registration Number	

名前 Name	

〈 注意　Notes 〉

1. 黒い鉛筆（HB、No.2）で書いてください。（ペンやボールペンでは書かないでください。）
   Use a black medium soft (HB or NO.2) pencil. (Do not use a pen or ball-point pen.)
2. 書き直すときは、消しゴムできれいに消してください。
   Erase any unintended marks completely.
3. 汚くしたり、折ったりしないでください。
   Do not soil or bend this sheet.
4. マークれい　Marking examples

よい Correct	わるい Incorrect
●	⊘ ◒ ◎ ⓪ ⊜ ⦶ ◯

問題1				
1	①	②	③	④
2	①	②	③	④
3	①	②	③	④
4	①	②	③	④
5	①	②	③	④

問題2				
1	①	②	③	④
2	①	②	③	④
3	①	②	③	④
4	①	②	③	④
5	①	②	③	④
6	①	②	③	④

問題3				
1	①	②	③	④
2	①	②	③	④
3	①	②	③	④
4	①	②	③	④
5	①	②	③	④

問題4			
1	①	②	③
2	①	②	③
3	①	②	③
4	①	②	③
5	①	②	③
6	①	②	③
7	①	②	③
8	①	②	③
9	①	②	③
10	①	②	③
11	①	②	③
12	①	②	③

問題5				
1	①	②	③	④
2	①	②	③	④
3	①	②	③	④
4	①	②	③	④

N2 第三回　聴解

問題1

問題1では、まず質問を聞いてください。それから話を聞いて、問題用紙の1から4の中から、正しい答えを1つ選んでください。

1番 MP3-65

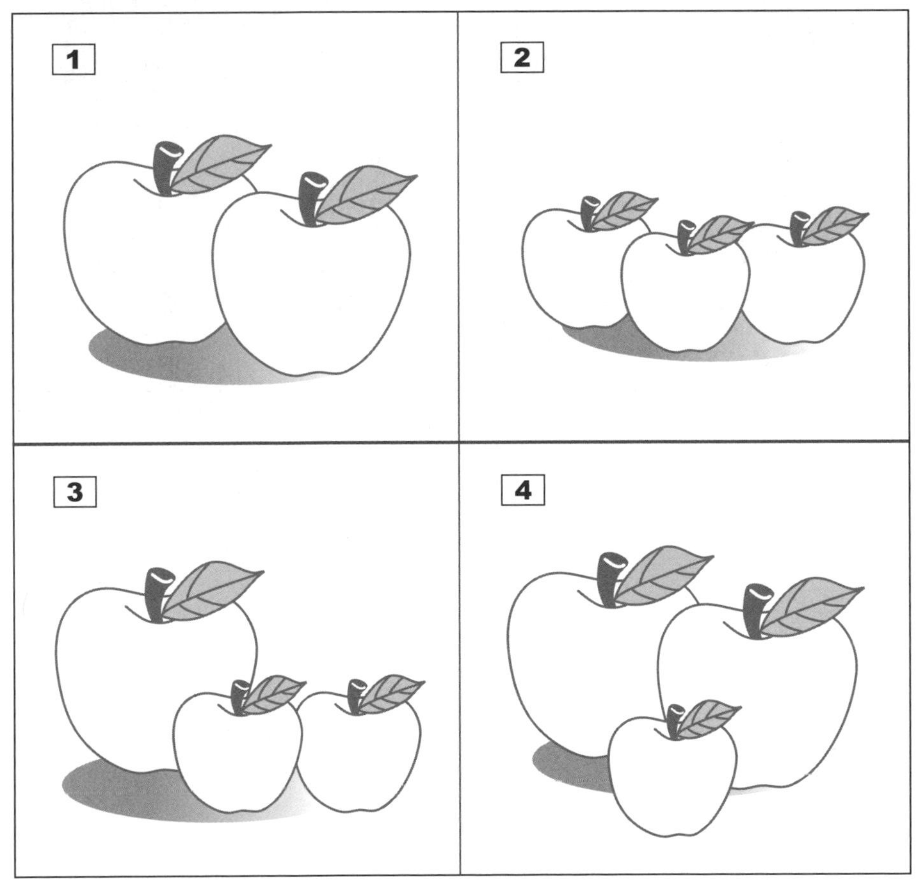

2番（ばん） MP3-66

3番 MP3-67

1 絵を描く

2 小説を読む

3 テレビを見る

4 ＤＶＤを見る

4番 MP3-68

1 ポスターの文字を書く

2 ポスターに書く内容を考える

3 ポスターの印刷をする

4 ポスターの絵を描く

5番 MP3-69

1 ラーメンと餃子とライス

2 ステーキとラーメンとライス

3 ステーキラーメンとライス

4 ステーキラーメンと餃子とライス

問題2

問題2では、まず質問を聞いてください。そのあと、問題用紙の選択肢を読んでください。読む時間があります。それから話を聞いて、問題用紙の1から4の中から、正しい答えを1つ選んでください。

1番 MP3-70

1 航空便で送る

2 エコノミー航空便で送る

3 船便で送る

4 送るのをやめる

2番 MP3-71

1 他の女の子とデパートにいたから

2 自分の友だちと買い物をしていたのを見たから

3 鈴木さんとデパートで買い物したから

4 由紀子ちゃんに頼んでデートしたから

3番 MP3-72

1 足が細く見えて、大好きな赤い靴だから

2 足がきれいに見えて、スーツにも合いそうだから

3 会社に履いていって、目立ちそうだから

4 歩きやすそうだし、足が細く見えるから

4番 MP3-73

1 着物を着た女の人がいるから

2 本格的な和食が食べたいから

3 フランス料理が嫌いだから

4 結婚記念日で特別な日だから

5番 MP3-74

1 本当は編集の仕事がしたいから

2 人と話すのが苦手だから

3 自分の会社の部長がしつこく誘うから

4 取引先の部長がしつこくていやだから

6番（ばん） MP3-75

1 ダイエットしてきれいになりたかったから

2 運動（うんどう）するのが楽（たの）しいから

3 スポーツジムにはすてきな男性（だんせい）がいるから

4 好（す）きな男性（だんせい）がやせろと言（い）ったから

問題3

問題3では、問題用紙に何も印刷されていません。まず話を聞いてください。それから、質問と選択肢を聞いて、1から4の中から正しい答えを1つ選んでください。

— メモ —

1番 MP3-76

2番 MP3-77

3番 MP3-78

4番 MP3-79

5番 MP3-80

問題4

問題4では、問題用紙に何も印刷されていません。まず文を聞いてください。それから、それに対する返事を聞いて、1から3の中から正しい答えを1つ選んでください。

— メモ —

1番 MP3-81

2番 MP3-82

3番 MP3-83

4番 MP3-84

5番 MP3-85

6番 MP3-86

7番 MP3-87

8番（ばん） MP3-88

9番（ばん） MP3-89

10番（ばん） MP3-90

11番（ばん） MP3-91

12番（ばん） MP3-92

問題5

問題5では長めの話を聞きます。この問題には練習はありません。

原稿用紙に何も印刷されていません。まず、話を聞いてください。それから、質問と選択肢を聞いて、1から4の中から、正しい答えを1つ選んでください。

— メモ —

1番 MP3-93

2番 MP3-94

3番 MP3-95

4番 MP3-96

N2

模擬試題解答、翻譯與解析

N2 模擬試題　第一回　考題解析

考題解答

言語知識（文字・語彙・文法）・讀解

問題 1（每小題各 1 分）

[1] 1　[2] 2　[3] 2　[4] 4　[5] 2

問題 2（每小題各 1 分）

[6] 1　[7] 1　[8] 1　[9] 2　[10] 1

問題 3（每小題各 1 分）

[11] 2　[12] 4　[13] 3　[14] 1　[15] 3

問題 4（每小題各 1 分）

[16] 2　[17] 4　[18] 1　[19] 2　[20] 4　[21] 1　[22] 2

問題 5（每小題各 1 分）

[23] 1　[24] 2　[25] 2　[26] 4　[27] 2

問題 6（每小題各 1 分）

[28] 2　[29] 1　[30] 3　[31] 1　[32] 2

問題 7（每小題各 1 分）

[33] 1　[34] 3　[35] 1　[36] 2　[37] 2　[38] 1　[39] 4　[40] 2　[41] 4　[42] 1
[43] 3　[44] 4

問題 8（每小題各 1 分）

[45] 1　[46] 3　[47] 2　[48] 2　[49] 3

問題 9（[50]～[53]，每小題各 2 分。[54]為 3 分）

[50] 2　[51] 4　[52] 1　[53] 3　[54] 2

問題 10（每小題各2分）

55 2　56 3　57 1　58 1　59 2

問題 11（每小題各2分）

60 3　61 1　62 4　63 1　64 2　65 1　66 2　67 3　68 1

問題 12（每小題各5分）

69 2　70 3

問題 13（每小題各4分）

71 4　72 2　73 3

問題 14（每小題各5分）

74 3　75 4

註1：問題1～問題9為「言語知識（文字・語彙・文法）」科目，滿分為60分。

註2：問題10～問題14為「讀解」科目，滿分為60分。

◎自我成績統計

科目	問題	小計	總分
言語知識（文字・語彙・文法）	問題 1	/5	/60
	問題 2	/5	
	問題 3	/5	
	問題 4	/7	
	問題 5	/5	
	問題 6	/5	
	問題 7	/12	
	問題 8	/5	
	問題 9	/11	
讀解	問題 10	/10	/60
	問題 11	/18	
	問題 12	/10	
	問題 13	/12	
	問題 14	/10	

聽解

問題1（每小題各1分）

1番 4

2番 2

3番 3

4番 4

5番 2

問題2（每小題各1.5分）

1番 3

2番 2

3番 4

4番 1

5番 3

6番 4

問題3（每小題各2分）

1番 1

2番 4

3番 1

4番 2

5番 2

問題4（每小題各2分）

1番 2

2番 2

3番 2

4番 1

5番 1

6番 2

7番 2

8番 3

9番 1

10番 3

11番 1

12番 2

問題5（每小題各3分）

1番 2

2番 1

3番 4

4番 1

註1：「聽解」科目滿分為60分。

◎自我成績統計

科目	問題	小計	總分
聽解	問題 1	/5	/60
	問題 2	/9	
	問題 3	/10	
	問題 4	/24	
	問題 5	/12	

考題解析

言語知識（文字・語彙・文法）・讀解

問題 1　＿＿＿の言葉の読み方として最もよいものを、1・2・3・4 から一つ選びなさい。（請從 1・2・3・4 中，選擇＿＿＿詞彙最正確的讀音。）

1 最近、白髪が増えて困っている。

最近，白頭髮增多，很困擾。

1.白髪（白頭髮）　　2.しろはつ（無此字）

3.はくかみ（無此字）　　4.しろがみ（無此字）

2 くだらない会議に時間を使うのは惜しい。

把時間花在無謂的會議上是可惜的。

1.欲しい（想要的）　　2.惜しい（可惜的）

3.なしい（無此字）　　4.せしい（無此字）

3 自分が使った布団は自分で片づけなさい。

自己用過的被褥自己整理。

1.普段（不斷地、平常）　　2.布団（被褥）

3.武断（武斷）　　4.ぶとん（無此字）

4 妊娠中は酸っぱいものが食べたくなるそうだ。

聽說懷孕中會變得想吃酸的東西。

1.一杯（滿、一碗、一杯）　　2.せっぱい（無此字）

3.さっぱい（無此字）　　4.酸っぱい（酸的）

5 お正月に近所の神社にお参りした。

新年時到附近的神社參拜了。

1.選者（評審）　　2.神社（神社）

3.かみじゃ（無此字）　　4.信者（信徒）

問題2　＿＿＿の言葉を漢字で書くとき、最もよいものを1・2・3・4から一つ選びなさい。（請從1・2・3・4中，選擇最適合＿＿＿的漢字。）

6 彼女は先生の前ではおとなしい。

她在老師的面前很溫順。

1.大人しい（溫順、雅致）　　2.音無しい（無此用法）

3.内気しい（無此用法）　　4.温駿しい（無此用法）

7 車のライトがまぶしくて思わず目をつぶった。

車燈刺眼不由得閉上了眼睛。

1.眩しくて（刺眼、耀眼）　　2.鋭しくて（無此用法）

3.輝しくて（無此用法）　　4.亮しくて（無此用法）

8 今年から親元をはなれて生活することになった。

今年開始要離開父母身邊生活了。

1.離れて（離開、距離）　　2.放れて（脫離、逃跑）

3.外れて（脫落、落空）　　4.別れて（分離）

9 駅前のきっさてんでコーヒーでもどうですか。

在車站的咖啡廳（喝杯）咖啡如何呢？

1.飲茶店（港式飲茶餐廳）　　2.喫茶店（咖啡廳）

3.珈琲店（無此用法）　　4.軽食店（簡餐店）

10 あなたは一体どちらのみかたなんですか。

你到底是哪一邊的同夥呢？

1.味方（同夥）　　2.三方（無此用法）

3.見方（用法、見解、觀點）　　4.身方（無此用法）

問題3 （　　　）に入れるのに最もよいものを、1・2・3・4から一つ選びなさい。（請從1・2・3・4中，選擇最適當的詞彙填入（　　　）。）

11 妹は歌手になる夢をどうしてもあきらめ（　　　）ようだった。
妹妹成為歌手的夢想，看樣子是怎麼都無法斷念了。

1.ならない（無此用法）　2.きれない（無法完全～）
3.ぬけない（無此用法）　4.きらない（無此用法）

12 お年寄り（　　　）の食事を用意してください。
請準備適合老人家的餐食。

1.ぬき（去除）　2.おき（每隔）
3.つき（附帶）　4.むき（適合）

13 試合は（　　　）天候にみまわれたため、中止となった。
比賽因為天候不佳，中止了。

1.不（不；無此用法）　2.灰（灰；無此用法）
3.悪（不良、壞）　4.低（低；無此用法）

14 うっかりしていて銀行を（　　　）過ぎてしまった。
一時恍神就錯過了銀行。

1.とおり（穿越、通過）　2.あるき（走）
3.すすみ（前進）　4.しかり（斥責）

15 結婚相手は収入も多く（　　　）学歴なので、両親は喜んでいる。
因為結婚對象收入又多又是高學歷，雙親很高興。

1.名（名；無此用法）　2.良（良；無此用法）
3.高（高）　4.優（優；無此用法）

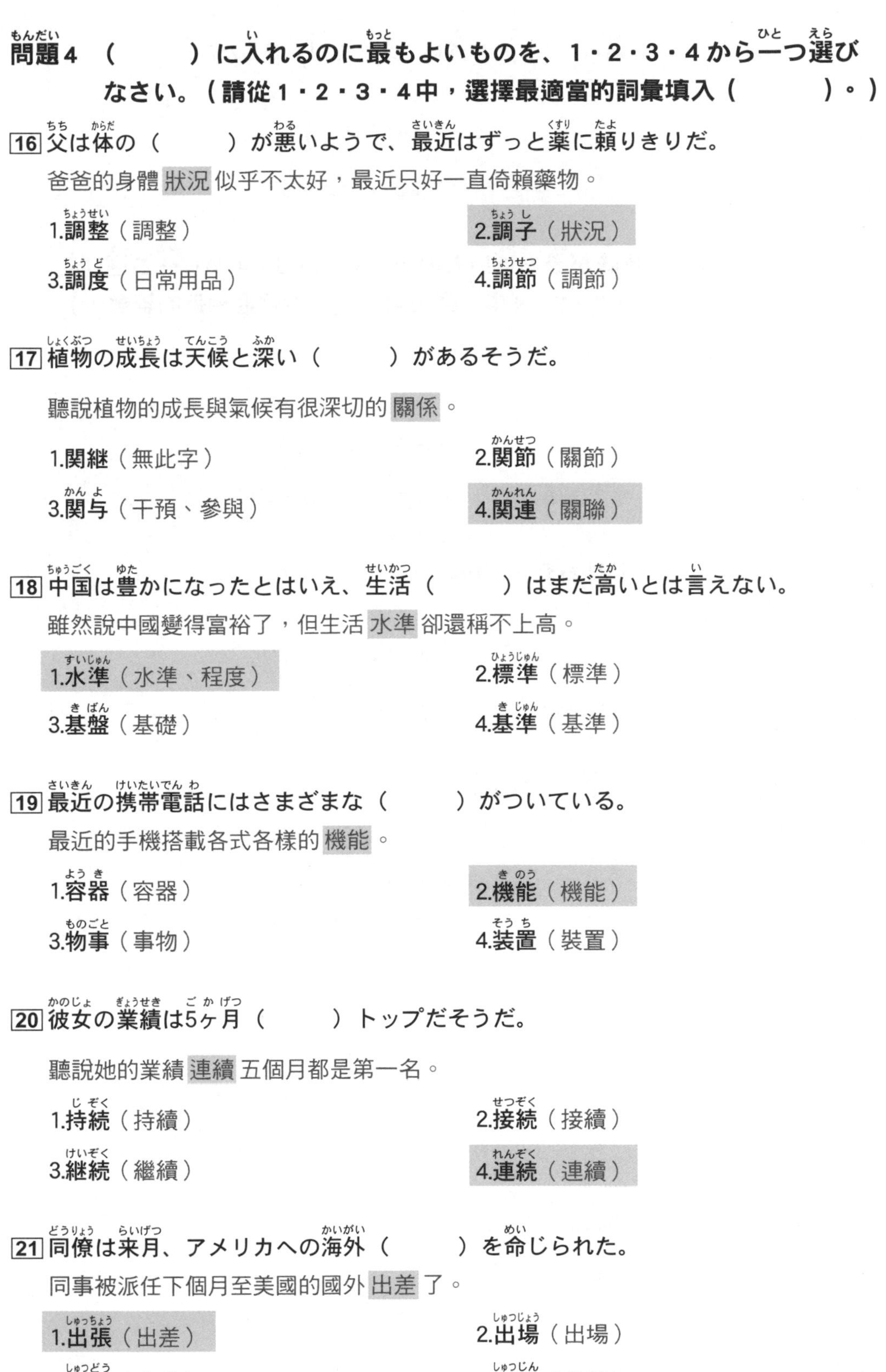

問題4　（　　　）に入れるのに最もよいものを、1・2・3・4から一つ選びなさい。（請從1・2・3・4中，選擇最適當的詞彙填入（　　　）。）

16 父は体の（　　　）が悪いようで、最近はずっと薬に頼りきりだ。

爸爸的身體 狀況 似乎不太好，最近只好一直倚賴藥物。

1.**調整**（調整）　　2.**調子**（狀況）

3.**調度**（日常用品）　　4.**調節**（調節）

17 植物の成長は天候と深い（　　　）があるそうだ。

聽說植物的成長與氣候有很深切的 關係。

1.**関継**（無此字）　　2.**関節**（關節）

3.**関与**（干預、參與）　　4.**関連**（關聯）

18 中国は豊かになったとはいえ、生活（　　　）はまだ高いとは言えない。

雖然說中國變得富裕了，但生活 水準 卻還稱不上高。

1.**水準**（水準、程度）　　2.**標準**（標準）

3.**基盤**（基礎）　　4.**基準**（基準）

19 最近の携帯電話にはさまざまな（　　　）がついている。

最近的手機搭載各式各樣的 機能。

1.**容器**（容器）　　2.**機能**（機能）

3.**物事**（事物）　　4.**装置**（裝置）

20 彼女の業績は5ヶ月（　　　）トップだそうだ。

聽說她的業績 連續 五個月都是第一名。

1.**持続**（持續）　　2.**接続**（接續）

3.**継続**（繼續）　　4.**連続**（連續）

21 同僚は来月、アメリカへの海外（　　　）を命じられた。

同事被派任下個月至美國的國外 出差 了。

1.**出張**（出差）　　2.**出場**（出場）

3.**出動**（出動）　　4.**出陣**（出戰）

22 ドイツでパスポートの盗難（　　　）に遭い、大変な思いをした。

在德國遭遇護照 被竊，成了不得了的經驗。

1.受害（無此用法）　　2.被害（受害）

3.損害（損害）　　4.強害（無此用法）

問題5　＿＿＿の言葉に意味が最も近いものを、1・2・3・4から一つ選びなさい。（請從1・2・3・4中，選出與＿＿＿意義最相近的詞彙。）

23 今夜はおおいに飲みましょう！

今夜 多 喝一點吧！

1.たくさん（很多）　　2.みんなで（大家）

3.たいして（不怎麼～；後面接續否定）　　4.こっそり（偷偷地）

24 こんなにひどい雨では、彼はおそらく来ないだろう。

這樣的大雨，他 或許 不會來吧。

1.きっと（一定）　　2.たぶん（大概）

3.めったに（罕有；後面接續否定）　　4.とっくに（老早）

25 もっとバランスのとれた食事を心がけるべきだ。

應該注意攝取更 均衡 的飲食。

1.調節（調節）　　2.調和（調和）

3.調合（調配）　　4.調進（承製）

26 あつかましいお願いで恐縮ですが……。

那麼 難為情的 請託我深感惶恐……。

1.しぶとい（頑強的）　　2.おそろしい（可怕的）

3.そうぞうしい（吵鬧的）　　4.ずうずうしい（厚臉皮的）

27 彼女のなごやかな笑顔が忘れられない。

難以忘懷她 溫柔安詳的 笑顏。

1.かわいい（可愛的）　　2.おんわな（溫和、穩健的）

3.ゆたかな（豐富的）　　4.うつくしい（美麗的）

問題6　次の言葉の使い方として最もよいものを、1・2・3・4から一つ選びなさい。（請從1・2・3・4中，選出以下詞彙最適當的用法。）

28 要領（要領）

2.彼の解説は<u>要領</u>を得ているので、とても分かりやすい。

因為他的解說掌握要領，非常容易理解。

29 実物（實物、現貨）

1.買うか買わないかは、<u>実物</u>を見ないと決められない。

買或不買，不看到實物的話就無法決定。

30 限度（限度）

3.私はめったに怒らない人間だが、我慢にも<u>限度</u>がある。

我雖然是個很少生氣的人，不過忍耐也是有限度的。

31 講演する（演講）

1.来月、アメリカの牛肉問題について<u>講演する</u>ことになっている。

下個月，決定就美國的牛肉問題做演講。

32 面接（面試）

2.昨日、新聞の求人広告を見て、バイトの<u>面接</u>に行った。

昨天，看了報紙的徵人廣告，去了打工的面試。

問題7　次の文の（　　　）に入れるのに最もよいものを、1・2・3・4から一つ選びなさい。（請從1・2・3・4中，選擇最適當的詞彙填入（　　　）。）

33 遺産相続（　　　）、家族関係が悪化した。

圍繞著遺產繼承，家族關係惡化了。

1.をめぐって（圍繞、針對）　　2.をよそに（無視）

3.について（關於）　　4.にかけて（藉著）

34 たとえ両親の賛成が得られ（　　　）、彼と結婚するつもりだ。

就算得不到雙親的贊同，也打算和他結婚。

1.なければ（不～的話）　　2.なくては（沒有）

3.なくとも（即使沒有）　　4.ないのなら（要是沒有的話）

35 大学に合格した（　　　）、一流の学校ではない。

雖說 考上了大學，不過並不是一流的學校。

1.といっても（雖說）　　2.としたら（如果～）

3.としても（不～的話）　　4.といったら（說到～）

36 どんなに（　　　）、最後までやり遂げるつもりだ。

就算 多麼 辛苦，也 都打算貫徹到最後。

1.つらければ（辛苦的話）　　2.つらくても（就算辛苦也）

3.つらかったら（辛苦的話）　　4.つらいのに（明明很辛苦）

37 姉は英語は（　　　）、イタリア語やスペイン語もペラペラだ。

姊姊 不用說 是英文，連義大利語或西班牙語也很流利。

1.ともかく（姑且不論）　　2.もとより（原本、不用說）

3.かまわず（不在意）　　4.からして（從～來看）

38 薬のおかげで下痢が（　　　）と思いきや、また痛くなった。

原以為藥的關係腹瀉 治好了，誰知道又痛起來了。

1.なおった（治好了）　　2.なおる（治療）

3.なおれ（無此接續用法）　　4.なおって（無此接續用法）

39 まるで映画のワンシーン（　　　）、彼は私にキスした。

宛如 電影的場景，他親了我。

1.のごとに（無此接續用法）　　2.のごとと（無此接續用法）

3.のごとき（如同；無此接續用法）　　4.のごとく（如同）

40 彼は一国の代表として、信頼する（　　　）人物である。

他身為一國的代表，是 值得 信賴的人。

1.に至る（直到）　　2.に足る（值得）

3.に対する（對於）　　4.に合う（合適）

41 単身赴任で海外に住んでからというもの、家族に（　　　）。

因隻身調派到國外居住，所以非常想念家人。

1.会いたくてやまない（想念不停）

2.会いたいにすぎない（不過是想念）

3.会いたいにほかならない（只有想念）

4.会いたくてしようがない（非常想念）

42 一人暮らしをしている娘が病気と聞けば、（　　　）。

聽聞獨居的女兒生病了，無法不擔心。

1.心配しないではいられない（無法不擔心）

2.心配しないでやまない（一直不擔心）

3.心配するまでのことだ（擔心到最後）

4.心配しないにこしたことはない（最好是不擔心）

43 彼が辞職したとの知らせに、誰もが驚き（　　　）でいた。

對於他已經辭職的消息，每個人都忍不住驚訝。

1.にすぎない（只不過）

2.に他ならない（不外乎）

3.を禁じえない（忍不住）

4.に相違ない（一定）

44 授業終了のベルが（　　　）、彼女は教室を飛び出していった。

上課結束的鐘聲才剛響起，她就衝出了教室。

1.鳴ったついでに（響了之後接著）

2.鳴ったあげく（響的結果）

3.鳴るに際して（響的時候）

4.鳴るが早いか（才剛響起）

問題8 次の文の＿★＿に入る最もよいものを、1・2・3・4から一つ選びなさい。
（請從1・2・3・4中，選出填入＿★＿最適合的答案。）

45 コンピューター　にかけては　この学校で　彼の　右に　出る者はいないだろう。
在電腦方面，他在這個學校裡無人能出其右。

1.彼の（他的）　2.この学校で（在這個學校裡）
3.にかけては（在～方面）　4.右に（右）

46 それは子供の　将来に　かかわる　ことだから　慎重に　決めたい。
因為那是攸關孩子未來的事情，希望慎重地決定。

1.かかわる（攸關）　2.慎重に（慎重地）
3.ことだから（因為～事情）　4.将来に（未來）

47 誰でも　一つは　忘れ　がたい　思い出を　持っているものだ。
不管是誰都有一個難以忘懷的回憶。

1.忘れ（忘記）　2.がたい（難以～）
3.一つは（一個）　4.思い出を（回憶）

48 会社の社長を　している　といっても　社員は　私一人　だけなんです。
雖說擔任著公司的社長，不過公司職員也只有我一個人而已。

1.といっても（雖說）　2.社員は（公司職員）
3.私一人（我一個人）　4.している（擔任著）

49 いつも偉そうな　ことを　言っている　わりには　いざとなる　と何もできない。
老是說著好像很了不起的話，但是一旦發生事情卻什麼也做不到。

1.言っている（說著）　2.いざとなる（一旦有事）
3.わりには（雖然～但是、意外地）　4.ことを（事情）

問題9　次の文章を読んで、[50]から[54]の中に入る最もよいものを、1・2・3・4から一つ選びなさい。（請閱讀以下文章，從1・2・3・4中，選出一個放進[50]到[54]裡最合適的答案。）

浩平は留守だった。家に電話をしたら、パチンコに出かけている、と母親が答えた。携帯電話を持っていないので、帰ってくるまで連絡はとれない、とも。

つい電話で「浩平」と呼び捨てにしたら、母親は懐かしそうに「安西くん、変わらないわねえ」と笑った。[50] のんきなひとだ。そういう性格の母親だから、浩平はいつも上機嫌なのだろう。

たまがわ中央駅のそばに二軒、街道沿いに三軒あるパチンコ店を端から回ったが、浩平の姿は見あたらなかった。電車に乗ってパチンコに行くときも多いから、と母親は言っていた。最初から店を決めているのではなく、[51] 電車の窓から店を見つけると、その駅でふらりと降りる。いままでいちばん遠かった店は、新宿の手前で電車を乗り換えて、直通運転の地下鉄の終点近く——もう千葉県だったらしい。

パチンコの軍資金は一日千円。あっさり負けて帰ってくることがほとんどだが、何台も打ち止めにして、閉店時間まで過ごすときもたま [52] にある。

でも、今日はすぐに負けるだろ、と勝手に決めた。

あと五分、あと五分……を繰り返してバス停で待っていると、子どもの頃のことを、ふと思い出した。

たとえば昼間の雨があがった夕方、誰かと遊びたくなって、団地のいちばん大きな公園に出かけ、クラスの男子が通りかかるのを待っていたことが何度かあった。

公衆便所の壁に掛かった時計を何度も見て、あと五分、あと五分と粘っていても、[53] そういうときにかぎって、仲良しの連中は姿を見せない。たまに通っても、母親に連れられて歯医者に行くところだったり、お使いだったり、これから塾があったり……。

ピアノ教室に向かう真理子が、歩道から「ジャイアン、なにやってんの？」と声をかけてきたこともあった。「バーカ、ブス、関係ねえだろ、あっち行けよ！」と毒づき、足元の小石を投げつけて追い払って、[54] それでも五時のチャイムにしかたなく公園をひきあげるときには、一つだけいいことがあった、と胸がほんのりと温もって、にやにや笑ってしまった。実際の記憶はあやふやでも、たぶんそうだったはずだ——これも勝手に決めた。

（重松清『トワイライト』による）

中譯

浩平不在家。打電話到家裡，他媽媽回說，去打柏青哥了。還說因為沒有帶行動電話，所以在回來之前沒有辦法聯絡到。

不知不覺在電話裡面直呼「浩平」時，他母親好像很懷念地笑著說：「安西，你還是沒變呢。」50 真是無憂無慮的人啊！因為有這種個性的母親，所以浩平才會總是心情都很好吧！

多摩川中央車站旁的二家、沿著街道的三家柏青哥店，從頭繞到尾，都沒有發現浩平的身影。因為也常常搭電車去打柏青哥，他母親說。他不是一開始就決定哪家店，而是 51 從電車的窗戶發現到哪家店，就在那個車站信步下車。截至目前為止最遠的店，是在新宿的前一站換電車，到直達的地下鐵的終點站附近——好像已經是千葉縣了。

柏青哥的軍資是一天一千日圓。三兩下就輸光回家是稀鬆平常的事情，但是 52 偶爾，也會有打到好幾台都不能再打、一直到關門時間為止的時候。

但是，今天大概是立刻輸了吧，我私自這麼認為。

再五分鐘、再五分鐘……當我反覆地在巴士站等著的時候，突然回想起孩提時候的事情。

像是白天雨後的黃昏，有好幾次想要和誰玩，就會去住宅區最大的公園，等待班上的男生經過。

看了好幾次掛在公共廁所牆壁上的時鐘，無論再五分鐘、再五分鐘地堅持下去，53 偏偏就是那樣的時候，看不到好伙伴的身影。偶爾經過，也是剛好被母親帶去看牙醫的，或者是被叫出來辦事的，或者是接下來有補習的……。

有時候朝鋼琴教室去的真理子，也會從步道出聲：「胖虎，你在幹什麼啊？」我就會臭罵：「白痴、醜八怪，跟妳有什麼關係啊，滾那邊去啦！」然後投擲腳邊的小石頭趕她走，54 儘管如此，在五點的鐘聲中不得不離開公園時，還是會覺得只有一件好事，讓我胸口微微發熱，然後嗤嗤地笑了出來。實際上的記憶雖然模糊，但是應該是那樣吧——這個也是我私自認為的。

（取材自重松清《時光膠囊》）

50

1.のんきでいるひと（無此用法）

2.のんきなひと（無憂無慮的人）

3.ひとがのんき（無此用法）

4.ひとはのんき（無此用法）

51

1.電車の窓から店を見たなら（假如從電車的窗戶看到了哪間店的話）

2.電車の窓から店があると（只要從電車的窗戶有哪間店）

3.電車の窓から店を見れば（如果從電車的窗戶看到哪間店的話）

4.電車の窓から店を見つけると（從電車的窗戶發現到哪間店，就～）

52

1.に（「たまに」意為偶爾）

2.は（無此用法）

3.なら（無此用法）

4.とは（無此用法）

53

1.そういうときにしては（就那樣的時候而言）

2.そういうときといったら（提到那樣的時候）

3.そういうときにかぎって（偏偏就是那樣的時候）

4.そういうときにおうじて（按照那樣的時候）

54

1.それにも（那樣也）

2.それでも（儘管如此）

3.それには（那就是）

4.それなら（如果是那樣的話）

問題10　次の文章を読んで、後の問いに対する答えとして最もよいものを、1・2・3・4から一つ選びなさい。（請閱讀以下的文章，針對後面的問題的回答，從1・2・3・4中選出一個最合適的答案。）

体をめぐった血液は、体の隅々で不要になった物質を運びます。一部は「尿」として体の外に排出されますが、大部分は肝臓に運ばれて解毒されます。肝臓は汚くなった血液をきれいに浄化する「工場」のような役割をしています。

この工場が一番よく働くのは、夜寝ているとき。日中に汚れた血液を浄化します。そして、朝までにきれいな血液に戻してくれます。よく眠ると、①<u>きちんと</u>浄化された血液が体をめぐるので、顔色もほんのりピンクに見えます。

（上田隆勇『顔ツボ1分マッサージ』による）

中譯

循環身體的血液，會搬運身體各個角落已成為廢物的物質。雖然有一部分以「尿」的形式排出體外，但是大部分會被運送到肝臟被解毒。肝臟擔當著把變髒的血液淨化乾淨的「工廠」般的任務。

這個工廠運作得最好的時間，是晚上睡覺的時候。淨化在白天弄髒了的血液。然後，在早上之前，又回復成乾淨的血液。若能好好睡眠，由於①<u>確實</u>被淨化的血液會在身體循環，所以臉色看起來也是微微的粉紅。

（取材自上田隆勇《臉部穴道一分鐘按摩》）

55 筆者が言う血液の役割とは何か。

1.尿をつくり、体の外に排出すること

2.体の中でいらなくなった物質を運ぶこと

3.肝臓の中の不要になった物質を浄化すること

4.よく眠れるように、体温を高めること

中譯 作者所說的血液的功能為何呢？

1.製造尿，排出體外

2.運送身體裡已不需要的物質

3.淨化肝臟中已經不需要的物質

4.能夠好好睡，提高體溫

56 筆者はここで「肝臓はどんな働きをする」と言っているか。

1.食べたものを消化させる作用

2.顔色をよくする血液循環作用

3.汚れた血液を浄化する作用

4.尿を排出させるポンプ作用

中譯 作者在這裡說「肝臟從事什麼樣的運作」呢？

1.讓食物消化的作用

2.將臉色變好的血液循環作用

3.淨化弄髒的血液的作用

4.讓尿排出的幫浦作用

57 筆者がここで「工場」という言葉を使ったのはどうしてか。

1.肝臓の汚れた血をきれいに作り変える様が「工場」に似ているから。

2.肝臓の尿と血液を分布させる様が、まるで「工場」のようだから。

3.肝臓は「工場」の機械のように、寝ずに作動することができるから。

4.汚れた血液をピンク色に変える様が、化学「工場」と同じだから。

中譯 作者在這裡使用「工廠」這樣的語彙，是為什麼呢？

1.因為肝臟把弄髒的血重新變乾淨的模式，和「工廠」很像的緣故。

2.因為肝臟讓尿和血分布的模式，宛如「工廠」一般的緣故。

3.因為肝臟像「工廠」的機械那樣，不用睡眠也能運轉的緣故。

4.因為把弄髒的血液變成粉紅色的模式，和化學「工廠」一樣的緣故。

58 ①きちんとと同じ意味の使い方をしているのは次のどれか。

1.決められた時間にきちんと集合しなければいけない。

2.今日は野球の試合で疲れたので、きちんと眠ってしまった。（改為「すぐに」）

→今日は野球の試合で疲れたので、すぐに眠ってしまった。

3.何度も試験を受けた結果、ついにきちんと合格した。（把「きちんと」刪除）

→何度も試験を受けた結果、ついに合格した。

4.あの先生はいつもきちんとした服装をしている。（正確用法，但文中意思不同，此時為「整齊的」）

中譯 和①きちんと（確實地）相同意思的使用方法，是下列哪一個呢？

1.不確實地在決定好的時間集合不可。

2.今天因為棒球比賽很疲累，不小心就立刻睡著了。

3.參加了好幾次考試，結果終於及格了。

4.那位老師總是穿著整齊的服裝。

59 「顔色もほんのりピンクに見えます」とあるが、どうしてか。

1.肝臓がよく働いたため、よく眠れたから。

2.よく眠り、きれいな血液が体をめぐったから。

3.汚かった血液が、ピンク色になったから。

4.よく眠ったことで、心身共にリラックスしたから。

中譯 文章中有提到「臉色看起來也是微微的粉紅」，是為什麼呢？

1.因為肝臟良好地運作，所以睡得好的緣故。

2.因為睡得好，乾淨的血液在身體循環的緣故。

3.因為髒的血液，變成粉紅色的緣故。

4.因為睡得好，所以身心皆放鬆的緣故。

問題11　次の文章を読んで、後の問いに対する答えとして最もよいものを、1・2・3・4から一つ選びなさい。（請閱讀以下的文章，針對後面的問題的回答，從1・2・3・4中選出一個最合適的答案。）

下の文章は、人気の女性精神科医が豊富な臨床経験を活かし、現代人の心の問題を描いたエッセイである。

「①誰にも迷惑をかけずに、世を去りたい」という思いが強いのは、高齢者だけではない。最近、“おひとりさま”と呼ばれるシングル女性の中にも、四十代前後から「自分の終焉（注1）をどのように迎えるか」という問題に真剣に取り組み、その準備のためにお金と時間とエネルギーを使い続ける人が増えている。

二〇〇九年五月三十日、中野サンプラザで②「『これでおひとりさま大丈夫！』フォーラム（注2）」というイベントが開催された。

シングル生活を送っていても、病気で末期を迎えたら尊厳死を選び、ひっそりと家族葬で送られて小さな納骨堂に入るか、散骨されるか。そして死後の部屋の片付けは遺品整理屋に依頼し、必要な事務手続きは専門の弁護士に……。

③あくまで人に迷惑をかけることなく、自分で自分の後始末をする。そのために、まだ健康なうちからお金を蓄え、情報を集め勉強をして、しかるべき（注3）専門家にあれこれと依頼しておこう、という女性が昨今、増えているのだ。このフォーラムも五月が二回目なのだが、一回目を上回る二〇〇人が集まったと聞いた。

出席者の中には、「④一度、自分の終焉としっかり向かいあっておけば、あとは⑤余計な悩みから解放されて安心して人生を謳歌（注4）できる」と言う人もいる。たしかにその通りだと納得する一方で、⑥ここまで死の前後のことをしっかり用意しておかなければならないものだろうか。ちょっとくらい誰かの手を煩わせ、“あの人ったら、こんなだらしない面もあったとは”とあきれられるようなことがあってもいいのではないか、とも思う。「どうしてもきれいに世を去らなくては」と情報を集め、手続きをする“おひとりさま”たちも、ある意味で「生・老・病・死」を自分でコントロールしなくては、と思い詰める人たちと言えるのではないだろうか。

人は、生まれれば必ず年を重ね、若さを失って老いを迎え、少しずつあるいは急速に衰えて死を迎える。⑦それじたいのいったいどこに、悪い点やマイナス点があるというのか。そして、老いを迎えた人たちが、若い人に多少の手間を取らせたり迷惑をかけたりするのも、当然のことなのではないだろうか。

（香山リカ『しがみつかない生き方』による）

（注1）終焉（しゅうえん）：死（し）を迎（むか）えること
（注2）フォーラム：討論会（とうろんかい）
（注3）しかるべき：適当（てきとう）な、ふさわしい
（注4）謳歌（おうか）：幸（しあわ）せを楽（たの）しみ喜（よろこ）ぶこと

中譯

下面的文章，是人氣女精神科醫師活用豐富的臨床經驗，描繪現代人心理問題的隨筆。

強烈擁有「①希望不要麻煩到任何人就死去」這樣想法的，不只是高齡者而已。最近，被稱為「單身貴族」的單身女性當中，從四十歲前後開始，就認真地面對「要如何迎接自己的死亡呢」這樣的問題，然後為了做這樣的準備，持續使用金錢和時間和精力的人正增加中。

二〇〇九年五月三十日，在中野太陽廣場舉辦了②「『這樣的話，一個人也沒關係！』研討會」這樣的活動。

就算過著一個人的生活，在生病面臨末期時也要選擇尊嚴死，寂靜地用家族葬禮送行，看是要放進小小的靈骨塔呢，還是把骨灰灑向什麼地方呢。還有死了以後的房間收拾，要拜託遺物整理公司，而必要的事務性手續，則委託專門的律師……。

③從頭到尾都不給別人添麻煩，自己幫自己收尾。為此，趁還在健康的時候存錢，收集情報並閱讀，到處委託適當的專門人員，像這樣的女性，最近正增加中。據說這個研討會五月已是第二次，聚集了超過第一次的二百個人。

出席者當中，也有表示「④如果能夠預先確實地面對自己的死亡一次，之後就能從⑤多餘的煩惱中解放，然後可以安心地謳歌人生。」我一方面可以理解的確就是如此，但是另一方面，⑥非得事先確實地準備好死亡前後的事情到這種地步嗎？我覺得稍微麻煩一下誰，就算有被人家厭煩“那個人，也有這麼沒出息的一面”這種情況，不是也沒關係嗎？這些「無論如何都要死得漂漂亮亮」而收集情報、辦理手續的「單身貴族」們，在某種意義上，也可以說是逼迫自已非控制「生、老、病、死」不可的人們，不是嗎？

人，有出生就會成長，會失去青春面臨年老，然後會一點一點地或是急速地衰老面臨死亡。⑦那個本身，到底有哪裡不好或是負面呢？此外，已然老去的人們，佔用年輕人一點點時間、或是添點麻煩，難道不是理所當然的事情嗎？

（取材自香山梨花《不緊抓不放的生活方式》）

（注1）終焉（しゅうえん）：面臨死亡
（注2）フォーラム：研討會
（注3）しかるべき：適當的、合適的
（注4）謳歌（おうか）：愉快開心地接受幸福

60 ①誰にも迷惑をかけずに、世を去りたいとあるが、別の言い方をするとしたら、どのように言い換えられるか。

1.面倒なことは誰かに任せて、ひっそりと安心して死にたい。

2.誰かといっしょではなく、たった一人で静かにこの世を去りたい。

3.お金や生活面などで誰かに世話になることなく、死を迎えたい。

4.死にきちんと直面して、恐れることなくひっそり最後を迎えたい。

中譯 文中提到①希望不要麻煩到任何人地死去，如果用別種說法的話，可以替換成哪一種呢？

1.希望麻煩的事情可以拜託誰，寂靜安心地死去。

2.希望不是和誰，而是單獨一個人靜靜地離開這人世。

3.希望在金錢或生活等地方不需要誰來照顧，去迎接死亡。

4.希望能確實地面對死亡，無所畏懼、寂靜地迎接最後。

61 ②「『これでおひとりさま大丈夫！』フォーラム」というこのイベント名に含まれた意味と、かけ離れたものはどれか。

1.「これでちゃんと一人で暮らせる！」

2.「シングルでも安心して死を迎えられる！」

3.「死後のことは心配いらない！」

4.「自分で自分の終焉を！」

中譯 和②「『這樣的話，一個人也沒關係！』研討會」這樣的活動名稱富含的意義，完全不一樣的是哪一個呢？

1.「這樣的話就可以一個人生活！」

2.「就算單身也能安心地迎接死亡！」

3.「不用擔心死後的事情！」

4.「自己來處理自己的往生！」

62 このようなイベントには出席しないだろうと考えられるのは、次のどの人か。

1.大手商社の秘書でバツ一、子なしの独身女性

2.仕事一筋で、恋愛経験一切なしの女性アナウンサー

3.老後は田舎で一人のんびり暮らす予定のキャリア・ウーマン

4.将来に不安を抱いている、子持ちの再婚女性

中譯 應該不會出席這樣的活動的，是以下哪樣的人呢？

1.大型商社的祕書，離過一次婚、沒有小孩的單身女性

2.一心工作、完全沒有戀愛經驗的女主播

3.預定老了以後在鄉下一個人悠閒度日的職業婦女

4.對將來充滿不安、有小孩的再婚女性

63 ③あくまでと同じ、正しい使い方をしているものは、次のどれか。

1.部長のその提案にはあくまで反対だ。

2.計画はあくまで失敗に終わるだろう。（改為「おそらく」）

→計画はおそらく失敗に終わるだろう。

3.長い話し合いの末、あくまで結論が出た。（改為「やっと」）

→長い話し合いの末、やっと結論が出た。

4.この映画は実際の話にあくまで作られた。（改為「基づいて」）

→この映画は実際の話に基づいて作られた。

中譯 和③あくまで（從頭到尾）一樣，採用正確使用方法的句子，是下面的哪一個呢？

1.對部長那個提案從頭到尾反對。

2.計畫恐怕會以失敗告終吧。

3.在漫長的協議之後，好不容易做出了結論。

4.這部電影是基於真實故事所製作的。

64 ④<u>一度、自分の終焉としっかり向かいあっておけば</u>とあるが、向かいあっておくものの例として、正しくないのは次のどれか。

1.死後の部屋の片付けを遺品整理屋にお願いしておく。

2.残された人のことを考えて、がん保険に加入しておく。

3.死後の事務手続きを専門の弁護士に依頼しておく。

4.死の前後に関する情報を集め、勉強しておく。

中譯 文中提到④<u>如果能夠預先確實地面對自己的死亡一次</u>，當成預先面對的事情的例子，不正確的是以下的哪一個呢？

1.預先拜託遺物整理公司，收拾死後的房間。

2.考慮還活著的人，預先加入防癌保險。

3.死後的事務手續，預先委託專門的律師。

4.預先收集有關死亡前後的情報，閱讀學習。

65 ⑤<u>余計な悩み</u>とはどんなことか。

1.自分の死の前後に、誰かに迷惑をかけてしまうかもしれないということ

2.死後事務手続きの委任契約を請け負う弁護士の値段が高額なこと

3.シングルだと小さな納骨堂に入れられてしまい、散骨してもらえないこと

4.死後の手続きを請け負う、優秀な専門家たちが見つからないこと

中譯 所謂⑤<u>多餘的煩惱</u>，是什麼樣的事情呢？

1.自己死亡的前後，說不定會給誰添麻煩一事

2.承辦死後事務手續的委任契約的律師價格太高一事

3.單身的話，就會被放進小小的靈骨塔，不能灑骨灰一事

4.找不到承辦死後的手續、優秀的專門人員們一事

66 ⑥ここまで死の前後のことをしっかり用意しておかなければならないものだろうかとあるが、筆者はどうしてそう考えるのか。

1.死ぬときは誰もが、だらしなくてみっともなくなるものだから。

2.生や老いや死などは、自分でコントロールするものではないから。

3.人に迷惑をかけることなく死ぬことなど、不可能だから。

4.たとえ独身でも、両親や兄弟、親戚などのことも考えるべきだから。

中譯 文中提到⑥非得事先確實地準備好死亡前後的事情到這種地步嗎？作者為什麼那麼思考呢？

1.因為死亡的時候，不管是誰都會變得沒有出息、不好看。

2.因為生老病死等等，不是自己可以控制的事情。

3.因為不給別人添麻煩就死去之類的，是不可能的事。

4.因為就算單身，也應該考量雙親或手足、親戚等等的事情。

67 ⑦それは何を指しているか。

1.老いてだらしなくなること

2.年を重ねて病気になること

3.老いて衰え死を迎えること

4.年をとっても独身でいること

中譯 ⑦那個指的是什麼呢？

1.年老以後變不中用一事

2.年紀大了生病一事

3.面臨年老衰弱死亡一事

4.年紀變大卻還單身一事

68 筆者がここで挙げている彼女たちの問題点は何か。

1.老いを迎えた人たちが、若い人たちに迷惑をかけるのは当たり前のことなのに、自分で自分の後始末をきれいにしようとする考え方。

2.誰にも迷惑をかけないで死を迎えられるように、若いうちから一生懸命働き、お金をたくさん蓄えておこうとする考え方。

3.老いや死は孤独なものではないのに、シングル女性はそれを恐れ、死を一人で迎えるためのフォーラムなどに参加していること。

4.病気になったり老いたりすることはいけないことなので、そうならないためにも仕事を持ち、若さを保とうとすること。

中譯 作者在這裡提出的這些女性們的問題點，是什麼呢？

1.面臨年老的人們，給年輕的人們添麻煩也是理所當然的事情，但是她們卻想乾乾淨淨地自己幫自己善後的想法。

2.為了不要給任何人添麻煩去迎接死亡，要預先從年輕的時候就開始拚命工作、存很多錢的想法。

3.老或死又不是孤獨的事情，但是單身的女性卻心生畏懼，去參加為了可以一個人迎接死亡的研討會等事。

4.因為不可以生病或變老，所以為了不要有那種事情，要擁有工作、常保年輕。

問題12　次の文章は、「相談者」からの相談と、それに対するAとBからの回答である。三つの文章を読んで、後の問いに対する答えとして、最もよいものを、1・2・3・4から一つ選びなさい。

（下面的文章，是來自「諮詢者」的諮商，以及針對其諮詢來自A和B的回答。請在閱讀三篇文章後，針對後面問題的回答，從1・2・3・4裡選出一個最合適的答案。）

相談者

三十代の女性。夫と幼い子の三人暮らしです。私は今まで母に愛された記憶がありません。どうして母は私を愛してくれないのだろうかと、悲しくなります。

　母は妹に対しては過保護なくらい優しいのですが、姉の私にはとても厳しいです。私より妹のほうがずっと可愛いと言われたこともあります。産後、私が体調を崩した時でさえ、母は見舞いにも来てくれませんでした。それ以来、母の顔を見るとつい愚痴を言ってしまい、喧嘩になってしまいます。

　ここ五年間は実家にはまったく帰っていません。このままだと、永遠に会うことができなくなりそうで不安です。今後、母との関係をどうしたらいいのか悩んでいます。主人は、実家を訪ねて母に①私の気持ちを伝えたほうがいいと言います。でも、また喧嘩になったり、拒否されたらと思うと怖いです。どうしたらよいのでしょうか。

回答者A

子供にとって、母親に愛されないほどつらいことはないですね。あなたはその中を成長し、愛する人を見つけ、家庭を作りました。今のあなたの幸せを、母親のかかわりで曇らせてはいけません。

人間はみんなによく思われたいという思いがあり、とりわけ母親には愛してもらいたいと願うものです。しかし、中には肉体的には母親にはなれても、精神的には母親になれない女性がいて、あなたの母親もそうした人なのだと思います。

あなたが愛されたいと願い、拒否される悲しみがあるのは当然です。でも、あなたはもう母親の愛がなくてもやっていけるように成長し、新しい家族があるのです。自分を不快にする場に近づき、拒否される相手に愛を求めて手を伸ばすのはやめ、愛することに焦点を当ててはいかがでしょうか。母親から距離を作ることが、あなたの心の自立と自信を作ってくれるはずです。

回答者B

他人であれば、嫌な相手と関わらなければよいのですが、肉親の場合、血のつながりは切れないだけに、つらい思いをしていることと思います。でも、どんな事情があれ、母親があなたをこの世に送り出してくれたからこそ、今日のあなたがいることを忘れないでください。

母親に優しくされなかったそのつらさを知っているあなただからこそ、他人には人一倍優しくしてあげられているとは思いませんか。あなたに優しくなれないお母様を許し、代わりにあなたが優しくしてあげては?

お母様の大好物を持って、久しぶりに実家を訪れてみたらいかがでしょうか。たとえ喧嘩になってもいいではありませんか。親子なのですから。

中譯

諮詢者

三十多歲的女性。和丈夫以及幼子三人同住。我到現在為止，沒有被母親愛過的記憶。為什麼母親不能夠愛我呢？我因此感到悲傷。

母親對妹妹是幾近過度保護的溫柔，但是對當姐姐的我，則是非常的嚴格。也曾經被說過妹妹遠比我可愛得多。連我產後身體狀況很不好的時候，母親也沒有來看我。在那之後，一看到母親的臉，忍不住抱怨，結果吵了起來。

這五年裡，完全沒有回過娘家。這樣下去的話，我擔心恐怕會變成永遠不能見面了。我為今後和母親的關係該如何是好而煩惱著。我先生說拜訪娘家，向母親表達①自己的心情比較好。但是，一想到如果又變成吵架、或是被拒絕的話，就覺得恐怖。我該如何是好呢？

回答者 A

對小孩子來說，沒有比不得到母親的愛更難受的事情了呢。妳在這樣的情況下成長，找到所愛的人，然後成立了家庭。現在的妳的幸福，不可以因為母親的關係而愁雲慘霧。

人們都有希望被人家覺得好、尤其希望得到母親的愛這樣的願望。但是其中也有就算肉體能夠成為母親，精神上卻無法成為母親的女性，我想，妳的母親就是那樣的人。

妳期望被愛，會有被拒絕的悲傷，也是理所當然的。但是妳已經像是就算沒有母親的愛也能做到般地成長，有了新的家庭。停止讓自己接近不愉快的地方，不要再對被拒絕的對方求取愛、伸出手，把焦點放在愛的事物上，如何呢？和母親保持距離，應該可以建立妳的心的自立和自信。

回答者 B

如果是別人的話，和討厭的人沒有瓜葛就好，但是骨肉血親的話，正因為血脈相連無法切斷，所以讓妳覺得難過。但是，不管有什麼樣的事情，請不要忘記，正因為母親把妳送到這世界上，所以才有現在的妳這件事。

妳不覺得，正因為妳懂得母親對妳不體貼的苦痛，所以妳才能對別人加倍體貼嗎？要不要原諒對妳不體貼的母親，取而代之地，妳來體貼她呢？

試著帶母親最喜歡的東西，拜訪久違的娘家看看，如何呢？就算吵架也好不是嗎？因為是母女啊。

69 ①私の気持ち（わたしのきもち）とは、どんな気持ち（きもち）か。

1.母（はは）に愛（あい）されている妹（いもうと）がひどく妬（ねた）ましい

2.母（はは）に愛（あい）されないことがとても悲（かな）しい

3.見舞（みま）いに来（き）てくれなかった母（はは）が憎（にく）い

4.母（はは）といっしょにいられなくて寂（さび）しい

中譯 ①自己的心情，指的是什麼樣的感覺呢？

1.對被母親疼愛的妹妹，非常妒忌

2.不被母親所愛，非常地悲傷

3.對不來探病的母親，心懷憎恨

4.不能和母親在一起，很寂寞

70 「相談者」の相談に対するA、Bの回答について、正しいのはどれか。

1.AもBも相談者に同情を示し、そんなひどい母親には二度と会わないほうがいいとアドバイスしている。

2.AもBも親子なのだから、多少喧嘩になっても、ひどいことを言われても距離を置くべきではないとアドバイスしている。

3.Aは実家とは距離を置くべきだとし、Bは実家を訪れて、母親と距離を置くべきではないと述べている。

4.Aは実家を訪れてよく話し合うべきだとし、Bは実家とは距離を置き、母親には近づかないほうがいいと述べている。

中譯 就針對「諮詢者」的諮詢A和B的回答，正確的是哪一個呢？

1.A和B對諮詢者皆表示同情，建議對那樣過分的母親，最好不要再見面比較好。

2.不管A還是B，皆建議因為是親子，所以就算多多少少會變成吵架、會被說過份的話，也不應該保持距離。

3.A陳述應該和娘家保持距離，B則陳述要拜訪娘家，不應該和母親保持距離。

4.A陳述應該拜訪娘家好好談談，B則陳述和娘家保持距離，不要太接近母親比較好。

問題13　次の文章を読んで、後の問いに対する答えとして最もよいものを、1・2・3・4から一つ選びなさい。（請閱讀以下的文章，針對後面的問題的回答，從1・2・3・4中選出一個最合適的答案。）

戦争にかかわったなら、後でその政策決定に至る過程を①きちんと分析し、是非を判断する。それは国家としての責務ではないか。ましてや、間違った戦争となればなおさらである。

イラク戦争の開戦から来年で7年になる。当時の米ブッシュ政権は、フセイン政権が大量破壊兵器（WMD）を開発・保有していると主張し、国連安保理決議を盾に軍事侵攻した。ところが、結局WMDは見つからず、2001年の「9・11」テロを実行したアルカイダとのつながりもなかった。開戦以来の犠牲者は、米軍と多国籍軍の将兵が約4千人、イラク側は市民も含めて少なくとも10万人に達する。

何が間違っていたのか。米国の情報活動に問題があった。開戦直前、安保理で戦争の「大義」を主張した当時のパウエル国務長官はその後、自らの「人生の汚点」と振り返った。米国とともに参戦し、200人近い将兵を失った英国では、ブラウン首相の指示による検証が昨年始まった。内容はすべてネット（注1）上で公開されている。部隊を派遣したオランダでも、昨年、独立調査委員会がつくられ検証が進められている。

あの戦争を支持した日本はどうだろう。国際法上の根拠を欠き、中東情勢を混乱させ、世界を分断させたイラク戦争。日本のかかわりについて検証をしないままでは、国家として無責任とのそしり（注2）を免れまい。

（中略）

小泉首相や閣僚は当時、どんな国際認識を抱いていたのか。米国支持の背景には、北朝鮮の脅威に対して日米の協調を損なってはならないとの配慮もあったのだろう。だが結果的に、北朝鮮は核実験を繰り返し、「核保有」を宣言した。

検証作業に抵抗もあるだろう。しかし、貴重な先例がある。第二次大戦後の1951年、吉田茂首相は外務省にある調査を命じた。なぜ日本が軍部の暴走を許して戦争に突き進み、敗戦に至ったのか、関係者から聞き取り、考察せよというのだ。まとめられた調書「日本外交の過誤」が公開されたのは半世紀後だったが、そこでは戦争回避を進める理念と勇気の欠如がもたらした敗戦という結果から考える姿勢が貫かれている。

イラク戦争は日本に直接、深刻な打撃を与えたわけではない。だが②現代の戦争に部外者はない。まして、日本はそれに関与したのだ。

現代史の真実を厳正に探求し、政策決定のゆがみがあれば、勇気を持って正す。将来、再び難しい外交選択を迫られた時、それがきっと役立つ。

（「朝日新聞朝刊・社説2010年2月22日」による）

（注1）ネット：インターネット（internet）のこと
（注2）そしり：非難（ひなん）、とがめ

中譯

一旦介入戰爭，之後便要①確實分析其政策決定過程，判斷是非。這是身為國家的責任和義務，不是嗎？更何況，如果成為錯誤的戰爭的話，就更加需要了。

從伊拉克戰爭開戰開始，明年已屆七年。當時的美國布希政權，主張海珊政權開發並保有大規模毀滅性武器（WMD；Weapons of Mass Destruction），便以聯合國安全理事會的決議為擋箭牌，進行軍事侵略攻擊。但是，結果沒有找到WMD，和執行二〇〇一年的「9・11」恐怖行動的蓋達組織（Al-Qaeda）也沒有關聯。開戰以來的犧牲者，美軍和多國籍軍（國聯軍）的將兵約有四千人，伊拉克方面含市民在內至少達十萬人。

哪裡錯了呢？美國的情報活動出了問題。在開戰當前，在安全理事會中主張戰爭「大義」的當時國務卿鮑威爾（Colin Powell），在那之後，回顧那是自己的「人生污點」。而在和美國共同參戰、損失將近二百位將兵的英國，依照布朗（Gordon Brown）首相所指示的查證，從去年開始了。內容在網路上全部公開中。至於派遣了部隊的荷蘭，也在去年成立獨立調查委員會，查證正推展中。

而支持那個戰爭的日本又如何呢？那個欠缺國際法上的根據、讓中東情勢混亂、讓世界分崩離析的伊拉克戰爭。和日本的關係沒有查證就這樣繼續下去，做為一個國家，是無法免於沒有責任感的譴責的。

（中略）

小泉首相或閣僚在當時，是抱持著什麼樣的國際認知呢？會去支持美國的背景，也帶有針對北朝鮮的威脅，為了不損害日美之間的協調這樣的考量吧！但是就結果來說，北朝鮮還是反覆進行核子實驗，宣告「擁有核子武器」了。

對查證工作也有抗拒吧！但是，有珍貴的先例。第二次世界大戰後的一九五一年，吉田茂首相命令外務省做某項調查。要他們從關係人那邊聽取、考察，為什麼日本允許軍隊恣意妄行闖入戰爭，導致敗戰呢？雖然整理後的調查書「日本外交的過錯」被公開已是半世紀以後了，但是調查書貫徹了從迴避戰爭的理念和缺乏勇氣導致敗戰這樣的結果來思考的態度。

伊拉克戰爭對日本沒有給予直接、嚴重的打擊。但是②現代的戰爭，沒有人能置身事外。更何況，日本也參與其中了。

嚴正地探求現代史的真實，若有政策決定上的偏頗，要秉持勇氣扶正。將來，再度面臨困難外交選擇時，一定可以派上用場。

（取材自「朝日新聞早報・社論2010年2月22日」）

（注1）ネット：網際網路（internet）

（注2）そしり：譴責、責難

71 ①<u>きちんと分析し、是非を判断する</u>とあるが、どうすることか。

1.敗戦に陥った原因を追究し、調書を完成させること

2.戦争に至った経緯を政府内で討論し、ネット上で公開すること

3.関係者から聞き取り、判断ミスや暴走した者たちを罰すること

4.調査委員会を設け、戦争の是非について検証を進めること

中譯 文中提到①<u>確實分析，判斷是非</u>，要如何去做呢？

1.追究陷入敗戰的原因，使其完成調查書一事

2.在政府內部討論導致戰爭的始末，在網路上公開一事

3.從關係人那邊聽取，處罰判斷錯誤或恣意妄行者們一事

4.設置調查委員會，針對戰爭的是非，推展查證一事

72 ②<u>現代の戦争に部外者はない</u>とはどういうことか。

1.現代行われる戦争には、敗者は存在しないということ

2.この時代行われる戦争に、無関係者などいないということ

3.今の戦争には武器ではなく、外交関係が大事だということ

4.現代の戦争は、参加したくないでは済まされないということ

中譯 ②<u>現代的戰爭，沒有人能置身事外</u>，指的是什麼事呢？

1.現代發生的戰爭，敗者無法存在這樣的事

2.這個時代發生的戰爭，沒有毫無關係的人這樣的事

3.現在的戰爭並非武器，而是外交關係比較重要這樣的事

4.現代的戰爭，不想參加就沒辦法了結這樣的事

73 筆者がこの文章で一番言いたいことはどんなことか。

1.日本がイラク戦争にかかわらざるを得ないように、米国が北朝鮮の脅威を理由に協力を強制したことは間違いであった。

2.戦争にかかわったのに、まるで無関係であるかのように検証もしない英国やオランダの対応には無責任さを感じる。

3.将来、難しい外交選択を迫られた時のためにも、真実を厳正に検証し、是非を判断すること、それが国家としての責務である。

4.イラク戦争では多くの犠牲者を生んだが、結果的にはフセイン独裁政権を倒すことができ、よかったと判断できる。

中譯 作者在這篇文章中最想說的事情，是什麼樣的事情呢？

1.誠如日本不得不介入伊拉克戰爭一樣，美國以北朝鮮的威脅為理由強制協助一事是錯的。

2.對明明和戰爭有關、卻好像完全沒有關係似地，連查證也不做的英國或荷蘭的對應，覺得沒有責任感。

3.將來，就算因為面臨困難的外交選擇時，也要嚴正地查證事實、判斷是非，那是做為一個國家的責任和義務。

4.伊拉克戰爭導致許多犧牲者，但是就結果來說可以判斷為，能夠推翻海珊獨裁政權真是太好了。

問題14　次は「すみよし市」の市立美術館の利用案内である。下の問いに対する答えとし、最もよいものを、1・2・3・4から一つ選びなさい。（下面是「住吉市」市立美術館使用指南。請針對以下問題的回答，從1・2・3・4中，選出一個最合適的答案。）

74 すみよし市に住んでいる中学生の男の子が、クラスメート９人とゴールデンウィークに美術館を訪れるつもりだ。その場合、彼の支払う値段はいくらか。

1. ５２０円　　2. ４６０円

3. ２６０円　　4. ２３０円

中譯　住在住吉市的中學男生，打算和九位同班同學在黃金週時造訪美術館。這種情況，他要支付多少錢呢？

1.520日圓　　2.460日圓

3.260日圓　　4.230日圓

75 すみよし市のお祭りの際、開館時間は何時から何時までか。

1.午前9時３０分から午後5時まで

2.午前9時３０分から午後８時まで

3.午前 10時３０分から午後８時まで

4.午前１１時から午後８時まで

中譯　住吉市在祭典的時候，開館時間是幾點開始到幾點為止呢？

1.早上9時30分開始至下午5時為止

2.早上9時30分開始至下午8時為止

3.早上10時30分開始至下午8時為止

4.早上11時開始至下午8時為止

すみよし市立美術館の利用案内

☆ 開館時間について

▶ 午前9時３０分から午後5時まで

▶ ゴールデンウィークと市内の行事（すみよし市内の運動会や花火大会など）、お花見シーズン（桜の開花時季）時には、午後８時まで延長いたします。ただし、開館時間は１時間半遅れとなります。

☆ 休館日について

月曜日（ただし祝日の場合は翌日）、年末年始（12月２８日から1月2日まで）。設備整備のため、臨時に休むことがあります。

☆ 入館料について

▶ 一般１５５０円／小中高生５２０円

▶ 団体２０名以上は10％の割引がございます。一般１５５０円→１３９０円／小中高生５２０円→４６０円。代表者の方は事前にすみよし市立美術館の事務所までお電話ください。参観の一週間前にお電話をいただいた場合は、すみよし市の携帯ストラップまたはマスコット人形を人数分さし上げます。

▶ すみよし市在住の方は、住民証明など住民である証明書をご持参ください。その場合、半額で入館することができます。

▶ 障害者の方は無料です。

☆ 交通手段

▶ 東武伊勢崎線すみよし市駅下車タクシー利用、１5分

▶ JR両毛線すみよし駅下車、徒歩10分

▶ 東北自動車道利用の場合、すみよしインター下車１5分、美術館通り、旧６０号交差点付近

▶ 大駐車場あり（美術館利用者は８時間以内無料）

すみよし美術館

TEL：０２８８-42-2９００（担当：杉田）

中譯

住吉市立美術館使用指南

☆ 開館時間

▶ 早上9時30分開始至下午5時為止

▶ 黃金週以及市內活動（住吉市內之運動會或煙火大會等）、賞花季節（櫻花開花時期）時，延長至下午8時。但是開館時間延後一個半小時。

☆ 休館日

星期一（但遇到國定假日時，則為翌日）、年終年初（12月28日至1月2日）。會有因為整理設備，臨時休館事宜。

☆ 入館費

▶ 一般1,550日圓 / 小學、中學、高中生520日圓

▶ 團體20名以上享有百分之十的折扣。一般1,550日圓→1,390日圓 / 小學、中學、高中生520日圓→460日圓。代表者請事先來電至住吉市立美術館辦公室。若於參觀一週前來電，即贈送住吉市手機吊飾或護身娃娃每人一份。

▶ 居住在住吉市之市民，請攜帶住民證明等可證明為市民的證明書。此情況，可以半價入館。

▶ 身障者免費。

☆ 交通方式

▶ 東武伊勢崎線住吉市站下車，搭乘計程車，15分鐘

▶ JR兩毛線住吉站下車，徒步10分鐘

▶ 使用東北汽車道路時，於住吉交流道下車，15分鐘，美術館路，舊60號交叉口附近

▶ 有大停車場（使用美術館者8小時內免費）

住吉美術館

TEL：0288-42-2900（承辦人：杉田）

聽解

（M：男性、男孩　F：女性、女孩）

問題1

問題1では、まず質問を聞いてください。それから話を聞いて、問題用紙の1から4の中から、正しい答えを1つ選んでください。

問題1，請先聽問題。接著請聽內容，然後從問題用紙1到4當中，選出一個正確答案。

1番 MP3-01

女の人と男の人がオフィスで話しています。男の人はどれとどれをすることにしましたか。

F：なんか元気がないみたいだけど、何かあった？

M：うん、どうも調子が悪くってさ。最近、ぜんぜん食欲がないし、よく眠れないし。最近、業績が下がる一方だからな。

F：ストレスね。何か息抜きになることでもしたら？絵を描くとか、カラオケするとか、スポーツするとか。

M：スポーツか。そういえば、しばらくやってないな。学生時代は毎日のようにテニスやってたけど……。

F：テニス？いいじゃない。私も好きだから、いっしょにやらない？

M：でも、足を怪我してから、ちょっとね……。

F：じゃ、水泳は？水に浮いてると、かなりリラックスできるんだって。この間、テレビでやってたよ。

M：水泳か、いいね。週末、いっしょに行こっか！

F：うん。あっ、そうそう。私の行ってるコーラス部、今日練習があるんだけど、参加してみない？大きな声出して歌うと、すっきりするよ。

M：しばらく歌なんか歌ってないな。いいかも。行ってみる。

男(おとこ)の人(ひと)はどれとどれをすることにしましたか。

1 1(いち)と2(に)

2 1(いち)と4(よん)

3 2(に)と3(さん)

4 2(に)と4(よん)

女人和男人正在辦公室說話。男人決定做什麼和什麼呢？

F：怎麼好像無精打采的，怎麼了嗎？

M：嗯，就覺得哪裡不對勁。最近，一點食慾都沒有，而且也睡不著。大概是最近業績一直下滑吧。

F：是壓力吧。做一些可以喘息的事情如何？像是畫畫圖、唱唱卡拉OK、或是做運動之類的。

M：運動啊？說到這個，有一陣子沒做了呢。學生時代幾乎每天都打網球……。

F：網球？不錯啊。因為我也喜歡，要不要一起打？

M：可是，腳受傷以後，有點……。

F：那麼，游泳呢？據說浮在水上，可以放鬆很多。之前，電視有播喔！

M：游泳啊？好耶！週末，一起去吧！

F：嗯。啊，對了、對了。我去的合唱團，今天有練習，要不要參加看看？大聲唱出來，很暢快喔！

M：有一陣子沒唱歌了。可能不錯。去看看。

男人決定做什麼和什麼呢？

1 1和2

2 1和4

3 2和3

4 2和4

2番 MP3-02

果物屋さんで女の人が果物を選んでいます。女の人はお客様用にどれを買うことにしましたか。

M：いらっしゃいませ！今日は台湾バナナのおいしいのが入ってますけど、どうですか。

F：ずいぶん大きいわね。

M：ええ。でも、ただ大きいだけじゃないんですよ。フィリピン産のバナナとちがって、甘みも香りも強いのが特徴なんです。それに果肉がねっとりしていて、食感も最高なんです。

F：主人が好きだから、朝食用にもらうわ。

M：ありがとうございます。

F：それより、明日お客様が来るんだけど、何かいい果物ないかしら。

M：青森のりんごなんてどうです？今日のは、いつも以上に甘くて水分もたっぷりですよ。あとは……西瓜もおすすめです。

F：西瓜？この時季、珍しいわね。じゃ、その2種類、いただくわ。
でも西瓜は食べきれないから、丸ごと1つじゃなくてもいい？

M：いいですよ。半分にお切りします。

F：じゃ、お願い。あとりんごを5つちょうだい。

M：かしこまりました。今、包みますから、少々お待ちください。

女の人はお客様用にどれを買うことにしましたか。

1 西瓜を1つとりんごを3つ
2 西瓜を2分の1とりんごを5つ
3 西瓜を5分の1とりんごを3つ
4 西瓜は買わずにりんごを5つ

女人正在水果店挑選水果。女人決定買哪種給客人用呢？

M：歡迎光臨！今天有進台灣好吃的香蕉，如何呢？

F：相當大耶！

M：是的。但是，不只是大而已喔！和菲律賓產的香蕉不同，又甜又香是它的特點。而且果肉有黏性，口感也很棒。

F：我先生喜歡，來當早餐吧！

M：謝謝您。

F：比起那個，明天有客人要來，有沒有什麼好水果呢？

M：青森的蘋果如何？今天的，比平常還要甜，水分也很多喔！還有……西瓜也很推薦。

F：西瓜？這個季節，很難得耶！那麼，那二種，就買吧！
不過西瓜吃不完，所以可以不要一整顆嗎？

M：可以啊！我切一半。

F：那麼，拜託了。還有麻煩蘋果五個。

M：知道了。現在就包起來，請稍等。

女人決定買哪種給客人用呢？

1 西瓜一個和蘋果三個

2 西瓜二分之一個和蘋果五個

3 西瓜五分之一個和蘋果三個

4 不買西瓜，蘋果五個

3番 MP3-03

女の人と男の人が、オフィスで話しています。女の人は、何をすることになりましたか。

F：木村さん、まだ終わらないんですか？

M：今日は残業になりそうだよ。僕に遠慮しないで、先に帰っていいよ。

F：あんまり無理しないでくださいね。

M：報告書の締め切りがあさってなんだ。もう少しだから、やっちゃうよ。

F：何か私にできることがあったら言ってください。お手伝いします。今晩、私、彼氏にデート断られて、暇になっちゃったんです。

M：ありがとう。じゃ、ちょっとだけお願いしようかな。

F：どうぞどうぞ！先輩のためなら、深夜までだっておつきあいします。

M：悪いね。

F：でも、英語の翻訳はだめですよ。私、日本語さえも苦手なんで……。

M：それはもう済んだよ。それじゃ、このグラフの整理、お願いできるかな。

F：それなら、まかせてください。そういうのすごく得意なんです。それと、コピーとるのも得意ですよ！

M：ははっ、それはいいよ。僕も得意だから。

女(おんな)の人(ひと)は、何(なに)をすることになりましたか。

1 報告書(ほうこくしょ)を書(か)く

2 コピーをとる

3 グラフを整理(せいり)する

4 英語(えいご)を翻訳(ほんやく)する

女人和男人，正在辦公室說話。女人變成要做什麼呢？

F：木村先生，還沒結束嗎？

M：今天可能要加班了。不用考慮到我，先回去沒關係喔！

F：請不要太勉強喔！

M：報告書的截止日是後天。因為還剩下一點點，就做吧！

F：如果有什麼我可以做的，請跟我說。我來幫忙。今天晚上，我男朋友不跟我約會，所以變有空了。

M：謝謝。那麼，就拜託妳幫點忙吧！

F：請、請！是前輩的話，到半夜都陪。

M：不好意思耶！

F：不過，英文翻譯不行喔！我連日文都不擅長……。

M：那個已經做好了喔！那麼，這個表格的整理，可以幫忙嗎？

F：那麼，就交給我。那種東西我非常擅長。還有，影印也很擅長喔！

M：哈哈～，那個不用啦！因為我也很擅長。

女人，變成要做什麼呢？

1 寫報告書

2 影印

3 整理表格

4 翻譯英文

4番 MP3-04

授業で、女の先生が話しています。学生は来週から、テストの結果をどのようにチェックしますか。

F：来週からインターネットを使って、宿題の確認やテストの結果がチェックできるようになりました。

M：でもそれじゃ、他の人に点数がばれちゃうじゃないですか。

F：それは心配ありません。それぞれにパスワードを配るので、それをキーインしないと見られませんから。

M：でも先生、家にコンピューターがない人はどうしたらいいんですか。

F：宿題は、今までどおり職員室の掲示板で確認できますし、テストの結果は、直接先生に聞けばいいですよ。

M：そうですね。

F：あとは、来月から図書館にも３０台ほどコンピューターを入れることになっていますから、それを使ってもいいです。今日は中山さんがお休みなので、佐藤君、教えてあげてくださいね。

M：はい。

学生は来週から、テストの結果をどのようにチェックしますか。

1 図書館の掲示板でチェックする

2 先生が送るメールでチェックする

3 職員室の掲示板でチェックする

4 インターネットでチェックする

上課中，女老師正在說話。學生從下週開始，要如何查詢考試的結果呢？

F：從下週開始，可以使用網路查詢作業的確認或是考試的結果了。

M：可是那樣，不是會被別人看到分數了嗎？

F：那個不用擔心。因為會發下各自的密碼，所以不輸入那個的話，就看不到。

M：可是老師，家裡沒有電腦的人怎麼辦呢？

F：作業和現在一樣，可以在教職員辦公室的公佈欄確認，還有考試的結果，直接問老師就好了喔！

M：對耶。

F：還有，因為從下個月開始，圖書館也會安裝三十台左右的電腦，所以也可以使用那個。今天因為中山同學請假，所以佐藤同學，請跟她說喔！

M：好的。

學生從下週開始，要如何查詢考試的結果呢？

1 用圖書館的公告欄查詢

2 用老師寄送來的電子郵件查詢

3 用教職員辦公室的公告欄查詢

4 用網路查詢

5番（ごばん） MP3-05

女の人と男の人がコピー機の前で話しています。女の人は教えてもらうまで、どんなミスをしていましたか。

M：どうかした？

F：あの……両面コピーがどうもうまくできなくて。

M：ああ、それなら簡単だよ。先週、入社したばかりだから、分からないことも多いでしょ。今、やってみせるから、見てて。

F：はい。

M：まず普通にコピーするでしょ。それから出てきたコピーを、上下も裏表もひっくり返さないで、そのままここに入れて。

F：そうでしたか。ありがとうございます。

M：あっ、ちょっと待って。この原稿とまったく同じものを作るんだよね。

F：はい。

M：それじゃ、原稿はそうじゃなくて、こう。

F：あー、上下をひっくり返してたから、向きが違っちゃったんだ。助かりました。部長に、急いでやってくれって言われてるんで。

M：じゃ、がんばって。

F：はい。ありがとうございました。

女の人は教えてもらうまで、どんなミスをしていましたか。

1 原稿の裏表をひっくり返していた

2 原稿の上下をひっくり返していた

3 原稿の裏表をひっくり返さなかった

4 原稿の上下をひっくり返さなかった

女人和男人正在影印機前說話。女人在人家教她之前，犯了什麼樣的錯誤呢？

M：怎麼了嗎？
F：那個……雙面影印怎麼都弄不好。
M：啊，那個的話簡單啦！上個星期才進公司，所以不懂的還很多吧！現在，做給妳看，妳看看。
F：好的。
M：首先是普通的影印對不對。然後把跑出來的影印，上下和正反都不要翻轉過來，直接放進去這裡。
F：原來如此啊！謝謝您。
M：啊，稍等。要印出和這個原稿完全一樣的東西是吧。
F：是的。
M：那麼，原稿不是那樣，是這樣。
F：啊～，我把上下翻轉過來，所以方向才會不對。真是得救了。因為部長叫我快點印給他。
M：那麼，加油喔！
F：好。謝謝您。

女人在人家教她之前，犯了什麼樣的錯誤呢？

1 原稿的正反面翻轉過來
2 原稿的上下翻轉過來
3 原稿的正反面沒有翻轉過來
4 原稿的上下沒有翻轉過來

問題2

問題2では、まず質問を聞いてください。そのあと、問題用紙の選択肢を読んでください。読む時間があります。それから話を聞いて、問題用紙の1から4の中から、正しい答えを1つ選んでください。

問題2，請先聽問題。之後，請閱讀問題用紙的選項。有閱讀時間。接著請聽內容，從問題用紙的1到4中，選出一個正確答案。

1番 MP3-06

学校で女の学生と男の学生が話しています。女の学生が、彼氏と喧嘩した一番の原因は何だと言っていますか。

M：何かあった？朝からため息なんかついて。
F：昨日、彼氏と喧嘩しちゃってさ。
M：いつものことだろ。
F：それが、今回はかなりひどいの。
M：浮気とか？
F：ピンポ～ン！
M：明るいな、お前。
F：明るくしてなきゃ、やってられないわよ。だって浮気の相手、小学校からの親友なんだもん。
M：まじ？そりゃ、やってられないな。
F：おととい、優子と映画を見に行ったら、ばったり会っちゃって。手をぎゅってつないでてさ……。
M：それで怒ったんだ。
F：違うわよ。手をつなぐくらい、どうってことないわよ。そうじゃなくて、彼が私の誕生日にプレゼントしてくれたワンピースと同じもの、彼女も着てたの。
M：ひどいな、それ。別れるしかないね。
F：別れないわよ。彼のこと好きなんだもん。
M：何だよ、それ。

女の学生が、彼氏と喧嘩した一番の原因は何だと言っていますか。

1 優子と映画を見に行ったから
2 親友と手をつないでいたから
3 自分と同じ服を親友も着てたから
4 自分と映画を見に行かなかったから

學校裡，女學生和男學生正在說話。女學生正在說，和男朋友吵架的最大原因為何呢？

M：怎麼了嗎？從早上就開始嘆氣。
F：就昨天，和男朋友吵架了。
M：常常都這樣不是嗎？
F：那是因為這次很嚴重。
M：劈腿之類的嗎？
F：答對了～！
M：還真開朗啊，妳！
F：不開朗的話，怎麼過下去啊！因為他劈腿的對象，是從小學一直到現在的好朋友啊。
M：真的假的？那麼，還真過不下去啊！
F：前天，和優子去看電影，剛剛好遇到。手牽得好緊……。
M：所以生氣了嗎？
F：不是啦。牽牽手之類的，算不了什麼啦。不是那件事，而是我生日時他當作生日禮物送給我的洋裝一模一樣的東西，她居然也穿著。
M：那還真過份。看來只有分手了。
F：才不分哩！因為我喜歡他。
M：那算什麼啊！

女學生正在說，和男朋友吵架的最大原因為何呢？

1 因為和優子去看電影
2 因為和好朋友牽手
3 因為好朋友也穿和自己一樣的衣服
4 因為沒有和自己去看電影

2番（にばん） MP3-07

オフィスで女の人と男の人が話しています。女の人はどうやって英語を勉強していると言っていますか。

F：課長、アメリカ本部との会議報告書ができたので、見ていただけますか。
M：おう、思ったより早かったな。どれどれ……。よくまとまってるじゃないか。
F：でも、英語で表現するのは、まだまだですね……。
M：そんなことないよ。確実にうまくなってる。うん、普段よく勉強しているだけあって、本当に上手に書けてるよ。
F：ありがとうございます。英語は毎日、ラジオ放送で勉強してるんです。
M：なるほどな。毎日ラジオで英語を聞いてれば、聴解能力がアップするし、ポイントを抑えた文章も書けるようになるってもんだ。私も見習わなくっちゃいけないな。
F：いえいえ、課長はこれ以上、上手にならないでください。優秀すぎる上司は部下にはプレッシャーです。
M：ははっ、お世辞もうまくなったか？
F：いえ、本当です。
M：そうだ、この英語のテキスト、もともと1冊持ってたんだけど、妻からもプレゼントされちゃって、2冊あるんだ。よかったら、もらってくれないか。
F：わー、うれしいです。ありがとうございます。

女の人はどうやって英語を勉強していると言っていますか。

1 アメリカの音楽を聴いて
2 ラジオ放送で
3 インターネットで
4 英語のテキストで

女人和男人在辦公室正在說話。女人正在說要怎樣學習英文呢？

F：課長，和美國本部的會議報告做好了，所以可以幫我看看嗎？
M：喔～，比想像中還快嘛～。哪裡哪裡……？整理得很好不是嗎？
F：但是，用英文來表現，還不行啦……。
M：沒這回事啦！真的變厲害了。嗯，正因為平常有好好讀書，所以真的寫得很好啊！
F：謝謝您。英文，我每天都聽收音機學習。
M：難怪啊～。每天用收音機聽英文的話，不但可以提升聽解能力，還能夠寫出抓住重點的文章啊！我也非好好看齊不可哪～。

F：不、不，課長不可以再更厲害了。過於優秀的上司，對部下來說是壓力。

M：哈哈～，連客套話也越來越厲害啦？

F：沒有，是真的。

M：對了，這本英文教科書，我本來就有一本，但是我太太又送我一本，所以有二本。如果不介意的話，送妳好嗎？

F：哇啊～，好開心。謝謝您。

女人正在說要怎樣學習英文呢？

1 聽美國的音樂

2 用收音機廣播

3 用網路

4 用英文的教科書

3番 MP3-08

教室で女の学生と男の学生が話しています。女の学生はどうしてその本を選んだと言っていますか。

M：またその小説、読んでるのか？

F：うん。何度読んでもあきないんだもん。っていうか、毎回感動しちゃうんだ、私。

M：それってもう絶版なんだよな。

F：うん、残念だけどね。

M：どこがそんなにいいんだよ。

F：うん……なんて言うか……簡単に言うと、また明日からがんばろうっていう、生きる勇気と元気がもらえるからかなぁ。

M：へー。

F：高橋君にはない？そういう本。

M：俺がくり返し読む本っていえば、村上春樹だけど、そんな難しいことじゃなくて、ただ彼の作り出す世界が心地いいからかなぁ。

F：うん、分かる、その感じ。いつか私もそんな小説が書けるようになりたいな。

M：お前なら、大丈夫だよ、きっと。

F：本当？うれしい！！

M：不眠症の患者が、すぐ眠れちゃう小説が書けるって。

F：何、それ！！

女の学生はどうしてその本を選んだと言っていますか。

1 作家の描く世界が心地いいから

2 小説を書くいい勉強になるから

3 ぐっすり眠れるようになるから

4 生きる勇気と元気がもらえるから

女同學和男同學在教室正在說話。女同學正在說，為什麼選了那本書呢？

M：又在看那本小說了啊？

F：嗯。因為不管看幾次都不厭煩。應該是說，每一次都很感動，我。

M：說到那本書，已經絕版了吧！

F：嗯，雖然很可惜。

M：到底哪裡那麼好啊？

F：嗯……怎麼說呢……簡單來說，應該就是可以獲得明天又可以重新振作這樣活著的勇氣和朝氣吧！

M：咦～。

F：高橋同學你沒有嗎？像那樣的書。

M：說到會讓我反覆閱讀的書，就是村上春樹的，不過沒有那麼複雜啦，單純只是因為他創作出來的世界讓人覺得很舒服而已。

F：嗯，我懂，那種感覺。真希望哪一天，我也能寫出那樣的小說啊！

M：妳的話，沒問題的啦！一定。

F：真的？好開心！！

M：我是說可以寫出讓失眠症的病患能立刻想睡的小說。

F：什麼跟什麼嘛！！

女同學正在說，為什麼選了那本書呢？

1 因為作家描繪的世界讓人感到舒服

2 因為可以成為寫小說的學習

3 因為變得可以熟睡

4 因為可以獲得活著的勇氣和朝氣

4番 MP3-09

オフィスで女の人と男の人が、いつも行くクラブについて話しています。男の人は、どうしてそのお店が好きですか。

F：聞きましたよ。今日も女の子のいるところに飲みに行くんですって？
M：まったく鈴木のやつ、口が軽いんだから。別に、女の子目当てで行くんじゃないよ。
F：言いわけしなくてもいいですよ。
M：本当だよ。
F：美人がたくさんいるんですよね、そういうところ。
M：いや、それがいないんだ。
F：またー。美人がいないのに、どうしていつもその店ばっかり行くんですか？
M：あの店の女の子はみんな普通なんだ。だから逆にいいんだよ。顔も普通だし、スタイルも普通、おしゃべりも普通。だから逆にリラックスできるっていうのかなぁ。近所のお姉ちゃんみたいな……。
F：変なの。せっかくお金出すんだから、美人のいるお店のほうがいいのに。
M：君達女性には分からないよ、永遠に。
F：私達だって知りたくないですよ！

男の人は、どうしてそのお店が好きですか。
1 女の子がみんな普通だから
2 美人がたくさんいるから
3 おしゃべりが上手だから
4 スタイルがいいから

辦公室裡，女人和男人就常去的俱樂部說著話。男人為什麼喜歡那家店呢？

F：我聽說囉！據說你今天又要去有女孩子的地方喝酒？
M：真是的，鈴木那傢伙，嘴巴還真不緊。我不是特別對女生有企圖才去的喔！
F：不用辯解也沒關係啦！
M：真的啦！
F：有很多美女吧！那種地方。
M：不，那裡沒有。
F：又來了～。要是沒有美女，為什麼你老是去那家店呢？

M：那家店的女孩子都很普通啦！所以反而更好呢！臉蛋普通，身材也普通，談吐也普通。所以反而更可以放鬆吧！就像鄰家的女孩一樣哪……。

F：真奇怪。明明特地花錢了，應該要到有美女的店比較好吧。

M：妳們女性不會懂的啦！永遠。

F：我們也不想懂呢！

男人為什麼喜歡那家店呢？

1 因為女孩子都很普通

2 因為有很多美女

3 因為很會說話

4 因為身材很好

5番　MP3-10

郵便局で女の人と男の人が話しています。女の人は、どうして郵便番号を書かなければだめだと言っていますか。

M：この小包を台湾に送りたいんですが……。

F：航空便ですか、船便ですか。

M：急ぎなので、航空便で。

F：中身は何ですか。

M：服と食品です。

F：じゃ、ここに相手の住所と内容物を記入してください。

M：はい。

F：あっ、郵便番号も忘れないでくださいね。

M：郵便番号ですか？ちょっと分からないんですが……。

F：それは困りましたね。郵便番号が分からないと、届くのが遅れる可能性がありますけど……。

M：どうしよう……。

F：そうそう、あちらのコンピューターで調べることができますよ。よかったら、お使いください。

M：どうも。

女の人は、どうして郵便番号を書かなければだめだと言っていますか。

1 間違って届いてしまうから

2 国際的な規則だから

3 届くのが遅れるから

4 海外への小包だから

郵局裡女人和男人正在說話。女人正在說，為什麼非寫郵遞區號不可呢？

M：我想把這個包裹寄到台灣……。

F：要航空郵件呢，還是海運郵件呢？

M：因為很急，所以用航空郵件。

F：裡頭是什麼呢？

M：衣服和食品。

F：那麼，請在這裡填入對方的地址和內容物。

M：好的。

F：啊，也請別忘了郵遞區號喔！

M：郵遞區號嗎？我不知道耶……。

F：那就傷腦筋耶。不知道郵遞區號的話，送達時間有可能會延遲……。

M：怎麼辦……？

F：對了、對了，可以用那邊的電腦查詢喔！不介意的話，請使用它。

M：謝謝。

女人正在說，為什麼非寫郵遞區號不可呢？

1 因為會寄錯

2 因為是國際上的規則

3 因為送達時間會延遲

4 因為是寄到國外的包裹

6番 MP3-11

女の人が、社員食堂で先輩と話しています。女の人は、どうしてプロポーズを断ったと言っていますか。

M：久しぶり。
F：あっ、岡本先輩！お久しぶりです。
M：元気だった？しばらく顔、見なかったけど。
F：ええ。いろいろあって、ちょっとお休みしてたんです。
M：結婚して退職しちゃったのかと思ったよ。
F：冗談はやめてくださいよ。誰が結婚なんか！
M：あれっ、井上くんとうまくいってないの？うわさで、もうすぐ結婚するんじゃないかって……。
F：プロポーズはされたんですけどね。
M：よかったじゃない。それで返事は？
F：断りましたよ。だって、「結婚してくれ。5年後に」って。
M：なんだ、それ。
F：ですよね。5年後って言ったら、私、42歳ですよ。しわだらけじゃないですか。
M：ははっ、そんなことはないけど……。でも、なんで5年後なんだ？
F：今はまだ給料が少なくて、家も車も買えないからって。そんなの言い訳だと思いますけどね。まだ遊びたいんですよ、きっと。
M：その気持ち、分かるな～。
F：これだから男の人は……。

女の人は、どうしてプロポーズを断ったと言っていますか。
1 自分はまだまだ遊びたいから
2 相手は家も車も持ってないから
3 相手の給料が少なすぎるから
4 結婚は5年後と言われたから

女人在員工餐廳，正和前輩說話。女人正在說，為什麼拒絕求婚呢？

M：好久不見。

F：啊，岡本前輩！好久不見。

M：還好嗎？有一陣子，沒看到妳了呢。

F：是啊。發生了很多事情，所以稍微休息了一下。

M：還以為妳結婚離職了呢！

F：請別開玩笑啦！誰結婚啊！

M：咦～，妳和井上，進行得不順嗎？根據傳聞，不是快要結婚了嗎……。

F：雖然我被求婚了。

M：不是很好嗎！然後妳的回覆呢？

F：拒絕了啦！因為他說：「請跟我結婚。五年後。」

M：什麼啊，那個。

F：對啊！如果照他說的五年後，我，都四十二歲了耶！不是滿臉皺紋了嗎？

M：哈哈～，是不會那樣啦……。但是，為什麼是五年後呢？

F：他說因為現在薪水還很低，房子和車子都買不起。我覺得那都是藉口啦！還想玩啦，一定是！

M：那種心情，我懂哪～。

F：就是這樣，男人啊……。

女人正在說，為什麼拒絕求婚呢？

1 因為自己還想玩

2 因為對方沒有房子也沒有車子

3 因為對方的薪水太少

4 因為被說結婚要五年後

問題3

問題3では、問題用紙に何も印刷されていません。まず話を聞いてください。それから、質問と選択肢を聞いて、1から4の中から正しい答えを1つ選んでください。

問題3，問題用紙上沒有印任何字。請先聽內容。接著，請聽問題和選項，然後從1到4中，選出一個正確答案。

1番 MP3-12

会議室で部長が話しています。

M：来月から新しい部署ができることになって、イギリスと香港から３０名近い社員が来ることになってるんだけど、みんな聞いてるよね。それでちょっと提案があるんだけど……。今まで喫煙ルームとこの部屋だけは喫煙を認めてたんだけど、いっそのことオフィス内を全面禁煙にしたらどうかなと……。喫煙の問題になると、いつも喫煙者の権利は無視されがちだとは思うんだけど、社長からも何度か言われててね。世界中が禁煙に向けてがんばってるときに、このままでいいのかって。何より、タバコは体によくないからね。私自身も昔はヘビースモーカーだったんだけど、配属された部署が禁煙だったおかげで、結局はやめられた経験を持ってるんで。それに、タバコを吸いに行ってる間、電話があったりして困るっていう苦情も聞くし……。

部長は、何について話していますか。

1 オフィス内の全面禁煙について
2 喫煙ルームを減らすことについて
3 海外では喫煙禁止だということについて
4 社長が禁煙に成功したことについて

會議室裡部長正在說話。

M：從下個月開始成立新的部門，會從英國和香港過來將近三十名的員工，大家都聽說了吧。所以，有個提案……。截至目前為止，只有抽菸室和這間房間可以抽菸，但是我想倒不如就辦公室內全面禁菸如何……。一旦提到抽菸的問題，我認為抽菸者的權利總是容易被忽視，但是我也被社長說了好幾次了呢。他說，在世界各地都朝著禁菸而努力的時候，可以這樣一直下去嗎？因為再怎麼說，香菸對身體都不好啊。我自己本身以前也是菸不離手的人，但是託分發的部門禁菸的福，結果有了戒掉菸的經驗。而且，也有聽到去吸菸的時候，有電話進來很困擾這樣的怨言……。

部長，正就什麼說著話呢？

1 就辦公室裡全面禁菸

2 就減少吸菸室的事情

3 就國外禁止抽菸這樣的事情

4 就社長成功禁菸的事情

2番 MP3-13

テレビで女性アナウンサーが話しています。

F：最近、モヤシが注目されているそうです。総務庁の家計調査によりますと、2009年の世帯当たり消費支出は2年続けて落ち込みました。ところが不景気で収入が減り、誰もが食費を削る中で、モヤシへの出費だけは2007年の夏ごろからずっと、前年同期を上回っているそうです。確かに、モヤシはシャキシャキとしていて、栄養価も高いので、好きな人は多いと思います。でも人気の1番の理由は、何よりその安さにあるのではないでしょうか。とはいっても、朝昼晩とモヤシを食べるわけにはいきませんよね。焼きそばの具として使うとか、野菜炒めに入れるとか、そのくらいの食べ方しか知らない方も多いのではないでしょうか。でも、じつはいろいろな食べ方ができるそうです。というわけで、今日はモヤシ料理の達人をお招きして、おいしいモヤシの食べ方を教えていただくことにします。

アナウンサーは何について話していますか。

1 モヤシの出費量減少について

2 モヤシの栄養価と値段の高さについて

3 外国でのモヤシの食べ方について

4 モヤシの人気と料理法の多さについて

電視裡，女主播正在說話。

F：最近，據說豆芽菜正受到矚目。根據總務省的家計調查，二〇〇九年每一同居家庭的消費支出，連續二年下滑。然而在因為不景氣收入降低、不管是誰都在減少伙食費當中，據說只有花費在豆芽菜的費用，從二〇〇七年夏天左右開始，遠遠超過前年的同一期。的確，由於豆芽菜清清脆脆的，營養價值也高，所以喜歡的人很多。但是最受歡迎的理由，比起其他，難道不是因為它的價格便宜嗎？但是儘管如此，也不能早中晚都吃豆芽菜吧！當成炒麵的配料來使用、或者是放進炒蔬菜裡面，只知道那些吃法的人應該很多吧！但是其實，聽說好像有各式各樣的吃法。就是這個原因，今天我們決定邀請豆芽菜料理達人，請他來教大家美味的豆芽菜的吃法。

主播正就什麼說著話呢？

1 就豆芽菜的花費量減少

2 就豆芽菜的營養價值和價格高低

3 就國外豆芽菜的吃法

4 就豆芽菜的人氣和料理方法之多

3番 MP3-14

日本語スピーチ大会で、あるアメリカ人学生が話しています。

M：私のテーマは、『ノーと言わないあいまいな日本人』です。来日して6年目になりますが、日本人は自分の感想や意見をはっきり示さないので、どうしていいのか分からないことがよくあります。私の国アメリカでは、誰もがイエスかノーか、または、大丈夫なのか駄目なのか、うれしいのか悲しいのか、意思表示をはっきりします。日本人のように、直接的な対立をなるべく避けようとして、はっきりとは断らないなどということは絶対にありません。特に私が困るのは、「～じゃないでしょうか」とか「ちょっと……」とか言われたときです。こんなときは表情を見たり、話の流れから推測するしかないのですが、日本人は無表情の人が多いので、本当に困ってしまいます。

この留学生は何について話していますか。

1 日本人のあいまいさ

2 日本人の意思表示のうまさ

3 日本人の礼儀正しさ

4 日本人の性格の暗さ

在日語演講大賽裡，某位美國人的學生正在說話。

M：我的題目是「不說NO的曖昧的日本人」。雖然我來日本要進入第六年，但由於日本人不明確表達自己的感想或意見，所以常常有不知如何是好的事。在我的國家美國，不管是誰，都會明白表達YES或NO，以及沒問題或不行、開心或悲傷等意思。絕對不會有像日本人這樣，盡可能避免直接的對立、不明確的拒絕等等這樣的事。我尤其感到困擾的，是被說到「不是～嗎？」或是「有點……」之類的時候。在這種時候，只能看表情、或是話語的前後內容來推測，因為日本人沒有表情的人很多，所以真的很困擾。

這位留學生就什麼正說著話呢？

1 日本人的曖昧
2 日本人表達意思的高明
3 日本人禮儀的端正
4 日本人的性格的灰暗

4番 MP3-15

明日退職を迎える中学校の先生が話しています。

F：今ふり返ってみると、本当にいろいろなことがありました。でも思い出すのは、子供達の可愛い顔と楽しかったことばかりですね。若かったときは、どうしていいのか悩んでばかりでした。授業中うるさい子に注意しても無視されて、チョークを投げつけたり……イヤホンで音楽を聴いてる子がいて注意すると、「誰にも迷惑かけてないだろ」って言われて、何も言えなくなってしまったり……。でも、だんだん分かってくるんです。いくら感情をぶつけても、他人はコントロールできないんだってことが。子供は本気になって向き合えば、応えてくれるんですよね。「あなたのこと、いつも見てるよ」って、そうやってつきあっていくうちに、「先生、おつかれ～」って声かけてくれる子も出てきたりしてね。子供は嘘には敏感ですから。

先生は、子供とどうやってつきあうことが大事だと言っていますか。

1 人前で注意しないよう気をつけること
2 嘘をつかず本気になって向き合うこと
3 音楽をいっしょに聴くなど分かち合うこと
4 子供が何をしても絶対に怒らないこと

明天就要退休的中學老師正在說話。

F：現在回頭一看，真的發生了好多好多事。但是想起來的，都是孩子們可愛的容顏和快樂的事情而已呢。年輕的時候，一直煩惱該怎麼樣比較好。上課的時候，勸告吵鬧的孩子也沒人理，就丟粉筆……，有孩子用耳機聽音樂，勸告他們卻被嗆「我又沒有打擾到誰不是嗎！」，真是什麼話都說不出來了……。但是，我漸漸懂了。那就是再怎麼發洩情感，也無法控制別人。如果能夠真心地面對孩子的話，也會得到回應吧！在我「我一直看著你喔！」這樣地和他們相處之下，也出現了會用「老師，辛苦囉～」這樣的方式和我打招呼的孩子了。因為孩子對謊言是很敏感的。

老師正在說，如何和孩子相處，是最重要的呢？

1 小心不在大家面前勸告他們

2 不說謊、真心地面對他們

3 一起聽音樂等等分享彼此

4 不管孩子做什麼，也絕對不生氣

5番 MP3-16

日本語学校の先生が話しています。

F：今日は、日本人の「すみません」という言葉についてお話します。この言葉にはいろいろな意味があること、みなさん、知ってますか。まずは、呼びかけるときの「すみません」、それから謝るときの「すみません」、そしてお礼を言うときの「すみません」です。ちょっと2人の会話をしてみますね。

A：すみません。

B：今、ちょっと忙しいんだけど……。

A：すみません。でも、どうしても見てもらいたいレポートがあるんです。

B：しょうがないな。どれ？

A：すみません。

聞き分けられましたか。これらは、わざわざお礼を言ったり、謝ったりするほどではないけれど、何も言わないのはちょっと、というような状況で使うんですね。そうすると、とても日本語らしくなります。みなさんも上手に使ってみてください。

「すみません」には何種類の意味がありますか。

1 2種類

2 3種類

3 4種類

4 5種類

日本語學校的老師正在說話。

F：今天，想談談日本人的「すみません」這個語彙。這個語彙有各式各樣的意思，大家，知道嗎？首先，是叫對方時的「すみません（不好意思）」，然後是道歉時的「すみません（對不起）」，還有致謝時的「すみません（謝謝您）」。稍微試試二個人的會話吧！

A：不好意思。

B：現在，有點忙……。

A：對不起。但是，有無論如何都想請你看的報告。

B：真拿你沒辦法哪。哪個？

A：謝謝您。

聽辨得出來嗎？這些，雖然還不到是刻意的致謝、或者是道歉，但是是在什麼都不說的話會有一點……這樣的狀況下使用呢。如此一來，就變得非常像日語。請大家也巧妙地運用看看。

「すみません」裡面，含有幾種意思呢？

1 二種

2 三種

3 四種

4 五種

問題4

問題4では、問題用紙に何も印刷されていません。まず文を聞いてください。それから、それに対する返事を聞いて、1から3の中から正しい答えを1つ選んでください。

問題4，問題用紙上沒有印任何字。請先聽文章。接著，請聽其回答，然後從1到3中，選出一個正確答案。

1番 MP3-17

F：得意なスポーツは何ですか。
M：1 コンピューターが得意です。
2 テニスが好きでよくしますよ。
3 最近、足腰が痛くて困ります。

F：拿手的運動是什麼呢？
M：1 電腦很厲害。
2 因為喜歡網球，所以常打喔！
3 最近，腿和腰很痛，傷腦筋。

2番 MP3-18

M：今日、何曜日だっけ。
F：1 金曜日じゃないですよ。
2 たしか金曜日ですよ。
3 金曜日にしましょうか。

M：今天，星期幾啊？
F：1 不是星期五喔！
2 應該是星期五吧！
3 就決定星期五吧！

3番(さんばん) MP3-19

F：初(はじ)めまして、どうぞよろしくお願(ねが)いします。

M：1 いつもご丁寧(ていねい)にありがとうございます。

2 こちらこそ、どうぞよろしく。

3 君(きみ)のことは何(なん)でもよく知(し)ってるよ。

F：初次見面，請多多指教。

M：1 謝謝您，總是這麼體貼。

2 我才是，請多多指教。

3 你的事情，我什麼都很清楚喔！

4番(よんばん) MP3-20

M：将来(しょうらい)は田舎(いなか)でのんびり暮(く)らすつもりなんだ。

F：1 それはいいですね。

2 それはむりなお願(ねが)いですね。

3 そんなことだったんですか。

M：將來打算在鄉下悠閒地過日子。

F：1 那很好呢。

2 那是不可能的請求呢。

3 是那種事情喔？

5番(ごばん) MP3-21

F：私(わたし)が結婚(けっこん)できるなんて、夢(ゆめ)みたい！

M：1 神様(かみさま)に感謝(かんしゃ)しなくちゃね。

2 もちろん夢(ゆめ)ですよ。

3 とんでもない話(はなし)ですね。

F：我能夠結婚，真像夢一樣！

M：1 不感謝神不行呢。

2 當然是夢啊！

3 真是豈有此理呢！

6番 MP3-22

F：ダイエット中なので、けっこうです。
M：1 わかわかしいですね。
2 そんなにスマートなのに。
3 つまらない冗談はやめてください。

F：因為在減肥中，所以不用。
M：1 真年輕呢。
2 明明就那麼苗條。
3 請不要開無聊的玩笑。

7番 MP3-23

M：あの結末はちょっと意外だったね。
F：1 つい夢中になっちゃったの。
2 今までにない手法だよね。
3 だから彼女は自殺したのよ。

M：那結局有點意外呢。
F：1 不知不覺就著迷了。
2 是之前從未有的手法呢。
3 所以她自殺了啊！

8番 MP3-24

F：このデータ、今日中に入力しておいてね。
M：1 うっかりデータを消しちゃいました。
2 時間はたっぷりありましたからね。
3 コンピューターの調子が変なんですが……。

F：這份資料，要今天之內打好喔！

M：1 一不小心消掉資料了。

2 因為之前時間很多呢。

3 電腦的狀況有點怪……。

9番 MP3-25

M：家を出たとたん雨に降られて困りましたよ。

F：1 ぬれませんでしたか。

2 コンビニで傘を買いましょうか。

3 天気予報はよく当たりますか。

M：一出門就下了雨，傷腦筋啊！

F：1 沒淋濕嗎？

2 在便利商店買雨傘吧？

3 天氣預報很準嗎？

10番 MP3-26

F：このドレス、すごく気に入ってるの。

M：1 ドキドキしますね。

2 くれぐれも気をつけてください。

3 とても似合ってますよ。

F：這件洋裝，好喜歡喔！

M：1 好緊張喔！

2 請多小心。

3 非常適合妳喔！

11番 MP3-27

F：このシリーズは全部読みましたか。

M：1 ええ、その作家の大ファンですから。

2 ええ、何でもいいんですよ。

3 ええ、それなら買ってみます。

F：這個系列全都看過了嗎？

M：1 是的，因為我是那位作家的超級粉絲。

2 是的，什麼都可以喔！

3 是的，那麼就買買看。

12番 MP3-28

F：顔色が悪いですけど、大丈夫ですか。

M：1 じゃ、今晩飲みに行きましょうか。

2 ちょっと風邪気味なんです。

3 あなたのせいじゃないですよ。

F：你的臉色不好，沒問題嗎？

M：1 那麼，今晚去喝一杯吧！

2 有點感冒的感覺。

3 不是你害的啦！

問題5

問題5では長めの話を聞きます。この問題には練習はありません。

原稿用紙に何も印刷されていません。まず、話を聞いてください。それから、質問と選択肢を聞いて、1から4の中から、正しい答えを1つ選んでください。

問題5，是長篇聽力。這個問題沒有練習。

問題用紙上沒有印任何字。首先，請聽內容。接著，請聽問題和選項，然後從1到4中，選出一個正確答案。

1番 MP3-29

同僚３人が社員旅行の行き先について話しています。

F1：みんなはどこに行きたい？
F2：東京ディズニーランドなんてどうですか？ミッキーマウスにも会えるし。
M：女の子はいいかもしれないけど、男の俺達にはちょっとね。
F1：そうね、男性はみんな反対でしょ。
F2：じゃ、箱根の温泉とかどうですか？
M：いいね。温泉につかってのんびりするの、いいんじゃない？
F1：そうね。最近、毎日残業ばかりで、みんな疲れてるだろうし。それに、温泉につかった後に飲むビールって、おいしいのよね～。
M：課長、いつもお酒のことばっかりですね。
F1：これ、大事よ。
F2：私、露天風呂のある旅館がいいです！
M：賛成！それで、混浴だったら最高！
F1：それは個人で行ったときにどうぞ。
M：残念。

社員旅行はどうして箱根に決まりましたか。

1 混浴風呂に入れるから
2 温泉でのんびりできるから
3 ミッキーマウスに会えるから
4 おいしいビールが飲めるから

同事三個人就員工旅行的地點說著話。

F1：大家想去哪裡？
F2：東京迪士尼樂園如何呢？還可以看到米奇。
M：女生可能很好，但是我們男生就有點……。
F1：是啊！男生大家都會反對吧！
F2：那麼，箱根的溫泉之類的如何呢？
M：好耶！泡在溫泉中，悠閒地度過，不錯吧？
F1：是啊！最近每天都加班，大家累壞了吧！而且，泡完溫泉喝杯啤酒，很好喝吧～。
M：課長，老是在想喝酒的事呢。
F1：這個，很重要啊！
F2：我，喜歡有露天溫泉的旅館！
M：贊成！還有，混浴的話最棒！
F1：那個，你自己去的時候請便。
M：真可惜。

員工旅行為什麼決定箱根了呢？
1 因為可以去混浴溫泉
2 因為可以在溫泉悠閒度過
3 因為可以看到米奇
4 因為可以喝美味的啤酒

2番 MP3-30

家族３人がテレビについて話しています。

M：最近、テレビの映りが悪いな。
F1：そうですね。もう１０年も使ってますから。
M：前のテレビは大地震で壊れたんだよな。ってことは、あれからもう１4年だよ。
F2：じゃ、私が３歳のときじゃない。そろそろ新しいのに買い換えようよ。
F1：だめよ。まだ見られるんだから、もったいないわ。
M：でも、この間、新聞に書いてあったぞ。パソコンとかテレビの画面の映りが悪いと、目にすごく負担がかかるんだって。
F2：手術することになったりしたら、お金がかかるよ。

F1：まったく大げさね。

F2：それに今は、テレビなんてすごく安いんだから。

M：由美の言うことは正しいと思うよ。よし、新しいテレビを買おう！

F2：わ～い。

M：じゃ、決まりだな。

F1：いいですよ。でもその代わり、お父さんの使ってないバイクとパソコン、売りますね。

M：どうして。

F2：わ～い。

どうして新しいテレビを買うことにしましたか。

1 目に悪いから

2 地震で壊れたから

3 母親がほしがるから

4 映らなくなったから

家族三人就電視說著話。

M：最近，電視的影像很差耶。

F1：對啊！因為都用了十年了。

M：之前的電視，是在大地震時壞掉的吧。也就是說，從那之後已經十四年囉。

F2：那麼，不就是我三歲的時候。差不多該買台新的了吧！

F1：不行喔！因為還可以看，很可惜耶。

M：可是，最近，報紙上有寫喔！據說電腦或電視的畫面影像不好的話，會造成眼睛很大的負擔。

F2：要是變成要動手術的話，很花錢的喔！

F1：真是太誇張了！

F2：而且，因為現在的電視非常便宜。

M：我覺得由美說的很有道理喔！好！就買新的電視吧！

F2：哇啊～。

M：那麼，就決定囉！

F1：好啊！但是取而代之的，是爸爸沒有在用的機車和電腦，就賣掉囉！

M：為什麼？

F2：哇啊～。

為什麼決定要買新的電視呢？

1 因為對眼睛不好

2 因為在地震時壞掉了

3 因為母親想要

4 因為變得不能放映了

3番 MP3-31

クラスメート4人が宿題について話しています。

M1：ねえ、数学の宿題、やった？

F1：もちろん。

M2：俺、まだやってない。やばいよね。

F2：そりゃ、やばいわよ。横田先生、怒るとすごく怖いんだから。

M2：どうしよう。

F1：私の、写させてあげようか。

M1：うん、お願い。

M2：俺も！

F2：あっ、私も！

F1：あれっ、恭子もやってないの？

F2：今、気づいたんだけど、宿題のノート、家に忘れてきちゃったみたい。鞄に入ってないんだ。

恭子さんはどうして人の宿題を写すのですか。

1 男の子達が写すから

2 自分の解答に自信がないから

3 宿題をやるのを忘れてしまったから

4 宿題のノートを忘れてきてしまったから

同學四人就作業正說著話。

M1：喂，數學作業，寫了嗎？

F1：當然。

M2：我，還沒有寫。糟糕了啦！

F2：那樣的話，糟糕了喔！因為橫田老師發起怒來，非常恐怖。
M2：怎麼辦？
F1：我的，讓你抄吧！
M1：嗯，拜託了。
M2：我也是！
F2：啊，我也是！
F1：咦～，恭子也沒有寫嗎？
F2：現在，我才發現，作業的本子，好像忘在家裡了。沒有放進書包。

恭子為什麼要抄別人的作業呢？
1 因為男生們要抄
2 因為對自己的答案沒有自信
3 因為忘了寫作業
4 因為忘了帶作業的本子來

4番 MP3-32

同僚3人が来週の予定について話しています。

F1：日本商事の訪問って、来週の何曜日だっけ。
M：火曜日だったよね。
F2：ええ、8日の火曜日です。
F1：どうしよう。さっき社長に呼ばれて、その日の夕方、デザイン会社のスタッフが打ち合わせに来るから、出席するようにって。
M：夕方か……。
F1：私、行かないでもいいかな？
M：杉本さんがいないと困るよな。
F2：ええ。特に編集の部分については、杉本先輩がいないと……。
M：日本商事の時間、2時だったよね。午前中に変えてもらえないかな。
F2：そうしましょう。
F1：大丈夫かな。
M：今から電話してみるよ。たぶん大丈夫だと思う。
F1：じゃ、お願い。

重なった予定をどうすることにしましたか。

1 訪問先に時間の変更をお願いすることにした

2 訪問先に日にちの変更をお願いすることにした

3 杉本さん抜きで訪問することにした

4 デザイン会社との打ち合わせには出席しないことにした

同事三人就下個星期的預定行程正說著話。

F1：日本商事的拜訪，是下個星期幾啊？

M：是星期二吧！

F2：是的，是八號星期二。

F1：怎麼辦？剛才被社長叫去，說那一天的傍晚，設計公司的幹部要來磋商，要我出席。

M：傍晚啊……。

F1：我，不去也可以嗎？

M：杉本小姐不在的話，很傷腦筋啊！

F2：是的。尤其就編輯的部份，杉本前輩不在的話……。

M：日本商事的時間，是二點吧！看可不可以改成上午。

F2：就那樣吧！

F1：沒問題嗎？

M：現在立刻打電話看看吧！我想應該沒問題。

F1：那麼，麻煩你了。

碰到一起的預定行程，決定如何處理了呢？

1 決定拜託拜訪單位變更時間了

2 決定拜託拜訪單位變更日期了

3 決定杉本小姐不去拜訪了

4 決定不出席設計公司的磋商了

N2 模擬試題　第二回　考題解析

考題解答

言語知識（文字・語彙・文法）・讀解

問題 1（每小題各 1 分）

1 3　2 1　3 2　4 4　5 3

問題 2（每小題各 1 分）

6 2　7 1　8 4　9 3　10 2

問題 3（每小題各 1 分）

11 1　12 1　13 3　14 1　15 2

問題 4（每小題各 1 分）

16 3　17 1　18 3　19 1　20 1　21 2　22 4

問題 5（每小題各 1 分）

23 3　24 1　25 1　26 4　27 4

問題 6（每小題各 1 分）

28 1　29 3　30 4　31 2　32 2

問題 7（每小題各 1 分）

33 2　34 1　35 3　36 2　37 4　38 1　39 2　40 2　41 1　42 4
43 2　44 2

問題 8（每小題各 1 分）

45 1　46 3　47 3　48 4　49 1

問題 9（50～53，每小題各 2 分。54為 3 分）

50 2　51 4　52 1　53 3　54 2

問題 10（每小題各2分）

55 2　56 4　57 1　58 3　59 4

問題 11（每小題各2分）

60 2　61 4　62 1　63 4　64 3　65 3　66 2　67 4　68 3

問題 12（每小題各5分）

69 1　70 3

問題 13（每小題各4分）

71 3　72 4　73 1

問題 14（每小題各5分）

74 3　75 2

註1：問題1～問題9為「言語知識（文字・語彙・文法）」科目，滿分為60分。

註2：問題10～問題14為「讀解」科目，滿分為60分。

◎自我成績統計

科目	問題	小計	總分
言語知識（文字・語彙・文法）	問題 1	/5	/60
	問題 2	/5	
	問題 3	/5	
	問題 4	/7	
	問題 5	/5	
	問題 6	/5	
	問題 7	/12	
	問題 8	/5	
	問題 9	/11	
讀解	問題 10	/10	/60
	問題 11	/18	
	問題 12	/10	
	問題 13	/12	
	問題 14	/10	

聽解

問題 1（每小題各 1 分）

1番 3

2番 1

3番 4

4番 3

5番 2

問題 2（每小題各 1.5 分）

1番 2

2番 2

3番 2

4番 3

5番 4

6番 4

問題 3（每小題各 2 分）

1番 3

2番 2

3番 3

4番 1

5番 2

問題 4（每小題各 2 分）

1番 3

2番 2

3番 2

4番 1

5番 1

6番 3

7番 1

8番 2

9番 3

10番 2

11番 1

12番 3

問題5（每小題各3分）

1番 3

2番 2

3番 4

4番 2

註1：「聽解」科目滿分為60分。

◎自我成績統計

科目	問題	小計	總分
聽解	問題 1	/5	/60
	問題 2	/9	
	問題 3	/10	
	問題 4	/24	
	問題 5	/12	

考題解析

言語知識（文字・語彙・文法）・讀解

問題（もんだい）1　＿＿＿の言葉（ことば）の読（よ）み方（かた）として最（もっと）もよいものを、1・2・3・4から一（ひと）つ選（えら）びなさい。（請從1・2・3・4中，選擇＿＿＿詞彙最正確的讀音。）

1 引（ひ）き出（だ）しに<u>名刺（めいし）</u>と文房具（ぶんぼうぐ）が入（はい）っている。

抽屜裡放著 名片 和文具。

1.なさつ（無此字）　　2.めいつ（無此字）

3.名刺（めいし）（名片）　　4.なさし（無此字）

2 退社時間（たいしゃじかん）は大変（たいへん）<u>混雑（こんざつ）</u>するので、早（はや）めに出（で）かけよう。

因為下班時間非常 擁擠，早點出門吧。

1.混雑（こんざつ）（混雜、擁擠）　　2.こんさつ（無此字）

3.紛雑（ふんざつ）（紛雜）　　4.焚殺（ふんさつ）（焚殺）

3 彼（かれ）は初（はじ）めて会（あ）った時（とき）、<u>印象（いんしょう）</u>がとてもよかった。

第一次和他見面時，印象 非常好。

1.いんそう（無此字）　　2.印象（いんしょう）（印象）

3.印相（いんぞう）（神佛拈指結印）　　4.いんしゃん（無此字）

4 この辺（へん）は最近（さいきん）、<u>強盗（ごうとう）</u>事件（じけん）が多発（たはつ）しているそうだ。

聽說這一帶最近，常發生 強盜 事件。

1.きょうとり（無此字）　　2.共同（きょうどう）（共同）

3.合同（ごうどう）（合同）　　4.強盗（ごうとう）（強盜）

5 妹（いもうと）は公務員試験（こうむいんしけん）に<u>無事（ぶじ）</u>合格（ごうかく）して、とても喜（よろこ）んでいる。

妹妹 順利 通過公務員考試，非常高興。

1.虫（むし）、無視（むし）、無私（むし）、無死（むし）（蟲、無視、無私、棒球無人出局）

2.無地（むじ）（沒有花紋）

3.無事（ぶじ）（平安、順利）

4.藤（ふじ）、富士（ふじ）、不治（ふじ）、不時（ふじ）（藤、富士、不治、意外）

問題2　＿＿＿の言葉を漢字で書くとき、最もよいものを1・2・3・4から一つ選びなさい。（請從1・2・3・4中，選擇最適合＿＿＿的漢字。）

6 昨日、デパートでぐうぜん中学校時代の同級生に会った。

昨天，在百貨公司 偶然 遇見中學時的同學。

1.遇然（無此用法）　2.偶然（偶然、碰巧）

3.隅然（無此用法）　4.寓然（無此用法）

7 息子はたった一人でプラモデルをくみたてた。

兒子就一個人，把塑膠模型 組裝 起來了。

1.組み立てた（組裝了）　2.接み立てた（無此用法）

3.設み立てた（無此用法）　4.作み立てた（無此用法）

8 彼は営業のじっせきをあげて自信をつけたようだ。

他似乎因為營業的 工作成績 提升而有了自信。

1.実際（實際）　2.実蹟（事物發生過的行跡）

3.実力（實力）　4.実績（工作成績、成效）

9 父は新事業に失敗し、ざいさんをすべて失ってしまった。

父親新事業失敗，失去了所有的 財產。

1.財銭（無此用法）　2.財金（無此用法）

3.財産（財產）　4.財算（無此用法）

10 地球のしんりんは急激に減少しているそうだ。

聽說地球的 森林 正急劇減少中。

1.深林（森林深處）　2.森林（森林）

3.針林（無此用法）　4.真林（無此用法）

問題3　（　　　）に入れるのに最もよいものを、1・2・3・4から一つ選びなさい。（請從1・2・3・4中，選擇最適當的詞彙填入（　　　）。）

11 この喫茶店はとても（　　　）暗いので、あまり好きではない。

因為這個咖啡廳非常 **昏暗**，不太喜歡。

1.薄（微暗的）　　2.灰（灰色；無此用法）

3.黄（黃色；無此用法）　　4.高（高；無此用法）

12 テニスの大会の結果は全国で第三（　　　）だった。

網球大賽的結果是全國第三 **名**。

1.位（順位、等級）　　2.名（人數；無此用法）

3.個（個；無此用法）　　4.台（輛、台；無此用法）

13 私は学生時代、六（　　　）一間の部屋に住んでいた。

我在學生時代，住的是六個 **榻榻米** 一間的房子。

1.枚（片、件；無此用法）

2.場（場；無此用法）

3.畳（榻榻米的單位，多用於表示房屋、房間面積）

4.個（個；無此用法）

14 日本語学科の林先生は甘い物に（　　　）がないそうだ。

聽說日文系的林老師 **非常喜歡** 甜的東西。

1.目（「目がない」意為非常喜歡）　　2.舌（舌頭；無此用法）

3.腹（肚子；無此用法）　　4.口（嘴巴；無此用法）

15 思い（　　　）お客が訪ねてきてびっくりした。

意外 的客人來訪而嚇了一跳。

1.たりない（無此用法）　　**2.がけない（出乎意料的）**

3.きれない（不死心）　　4.しれない（無法體會的）

問題4 （　　）に入れるのに最もよいものを、1・2・3・4から一つ選びなさい。（請從1・2・3・4中，選擇最適當的詞彙填入（　　）。）

16 どうもすみません。（　　）父は朝から出かけております。

非常抱歉，不巧父親從早上就出門了。

1.どうやら（好歹）　2.せっかく（特意）

3.あいにく（不巧）　4.さいわい（幸運）

17 （　　）文句ばっかり言ってないで、少しは手伝いなさい。

別光嘀咕抱怨，多少幫點忙！

1.ぶつぶつ（嘀咕）　2.のろのろ（慢吞吞）

3.ぞくぞく（打顫的樣子）　4.しみじみ（肯切、深切）

18 棚の上に置いておいた荷物を（　　）盗まれてしまった。

放置在架上的行李全部被偷走了。

1.あっさり（爽快、乾脆）　2.ぴったり（恰巧、緊緊地）

3.そっくり（全部、完全）　4.たっぷり（足夠、滿滿地）

19 死を目前にした祖母の（　　）的苦痛を取り除いてあげたい。

希望能為即將死去的祖母除去精神上的痛苦。

1.精神（精神）　2.精進（吃素、去除雜念專心潛修）

3.誠真（無此用法）　4.誠心（誠心）

20 人間はみな平等に生きる（　　）を持っている。

所有人都有平等生存的權利。

1.権利（權利）　2.人権（人權）

3.権力（權力）　4.主権（主權）

21 今回発売の切手は「動物（　　）」の五回目にあたる。

這次發售的郵票是第五次的「動物系列」。

1.モデル（模型）　2.シリーズ（系列）

3.スタイル（型式）　4.シーズン（季節）

22 小学生の時、人種（　　　）をしてはいけないと教えられた。

小學的時候，被教導不可以對人種有 歧視 。

1.判別（判別）　　2.区別（區別）

3.分別（區分）　　**4.差別（歧視）**

問題5　＿＿＿の言葉に意味が最も近いものを、1・2・3・4から一つ選びなさい。（請從1・2・3・4中，選出與＿＿＿意義最相近的詞彙。）

23 彼女の顔を見るとドキドキしてしまい上手に話せない。

一看見她的臉就 撲通撲通地心跳 ，無法好好說話。

1.熱中して（熱衷）　　2.心配して（擔心）

3.緊張して（緊張）　　4.期待して（期待）

24 ここからは富士山の姿がはっきり見える。

從這裡可以很 清楚地 看到富士山的風姿。

1.くっきり（清楚分明）　　2.すっきり（舒暢、暢快）

3.さっぱり（乾淨、痛快）　　4.きっぱり（乾脆、斬釘截鐵）

25 自分の欠点に気づかない人はあんがい多いものだ。

未能發現自己缺點的人 出乎意料地 多。

1.意外に（意外地、超出預期地）　　2.意表に（預料之外地）

3.不意に（突然地）　　4.意内に（無此用法）

26 いまさらくやんでも遅いというものだ。

到現在才 後悔 也來不及了。

1.あらためて（再次）　　2.うらんで（怨恨）

3.にくんで（憎恨）　　**4.こうかいして（後悔）**

27 彼はゆたかな自然資源に囲まれた土地で育った。

他在被 豐饒 的自然資源所環繞的土地上成長。

1.豪華な（豪華的）　　2.贅沢な（奢侈的）

3.裕福な（富裕的）　　**4.豊富な（豐富的）**

問題6　次の言葉の使い方として最もよいものを、1・2・3・4から一つ選びなさい。（請從1・2・3・4中，選出以下詞彙最適當的用法。）

28 のんき（從容不迫、無憂無慮）

1.彼は生まれつきのんきな性格だ。

他生來就是無憂無慮的性格。

29 おしゃべり（多嘴、多嘴的人）

3.彼女はおしゃべりで、秘密が守れない人なので嫌いだ。

因為她是多嘴、守不住秘密的人，所以很討厭。

30 あわただしい（匆忙的）

4.あわただしく出かけたので、携帯を忘れてしまった。

因為匆忙出門，所以忘記帶手機了。

31 チャンス（機會）

2.君にもう一度だけチャンスをあげよう。

就只再給你一次機會吧。

32 心得る（理解、允許、經驗）

2.それは自分の義務だと心得ております。

理解到那是自己的義務。

問題7　次の文の（　　　）に入れるのに最もよいものを、1・2・3・4から一つ選びなさい。（請從1・2・3・4中，選擇最適當的詞彙填入（　　　）。）

33 田中さん（　　　）、娘の自慢話しかできないのだから困ったものだ。

提到田中先生，只會炫耀女兒的事，所以真是困擾。

1.というなら（說成～的話）　　2.ときたら（提到～）

3.ともなると（一旦～理所當然）　　4.となったら（變成～的話）

34 日本で生活する（　　　）、日本語が少しは話せるようにしておくべきだ。

既然要在日本生活，應該要先多少可以說點日語吧。

1.からには（既然～就～）　　2.からでは（無此用法）

3.からとて（說是～；無此接續用法）　　4.からので（無此用法）

35 姉は努力に努力を重ね、ついに教員の資格を（　　　）に至った。

姐姐努力再努力，終於獲得了教師的資格。

1.得て（無此接續用法）　　2.得た（無此接續用法）

3.得る（獲得）　　4.得ず（無此接續用法）

36 日本語教師の活躍の場は、国内（　　　）国外にも広がっている。

日語教師活躍的場合，不僅限於國內，也廣及到國外。

1.にひきかえ（和～相反）　　2.に限らず（不只～）

3.に至っては（至於～）　　4.において（在～）

37 あの店は一流レストラン（　　　）サービスも味もよくない。

那家店以一流餐廳而言，不管是服務或是味道都不好。

1.ならでは（只有～才能～）　　2.にとっては（對於～）

3.だけあって（正因為～）　　4.にしては（以～狀況來說，卻～）

38 関係者以外は無断で入る（　　　）。

相關人士以外禁止擅自進入。

1.べからず（禁止～）　　2.べきだ（應該～）

3.べしなり（將會～）　　4.べきなり（如同～）

39 彼の失礼（　　　）態度にはとても腹が立った。

對於他極為失禮的態度感到非常生氣。

1.やまない（持續～）　　2.きわまる（非常～、極為～）

3.たえない（無法忍受）　　4.ほかない（沒有別的）

40 この仕事はやり（　　　）なので、まだ帰れない。

因為這件工作還沒做完，所以還不能回去。

1.ちゅう（～中）　　2.かけ（～動作尚未完成）

3.のこり（剩餘）　　4.きれ（～動作完成）

41 どんなに試合に出たくても、怪我をしているのでは見ている（　　　）。

不管有多想參加比賽，因為受傷也只能看著而已吧。

1.ほかないだろう（沒有別的～吧）　　2.にすぎないだろう（只不過～吧）

3.までもないだろう（用不著～吧）　　4.にかたくないだろう（不難～吧）

42 一日も早いご回復を（　　　）。

衷心期望您能早日康復。

1.願ってしょうがないです（無此用法）　　2.願うに相違ないです（無此用法）

3.願うしまつです（無此用法）　　4.願ってやみません（希望不已）

43 私（　　　）、みんなが言うほど自信があるわけではありません。

就算是我，也不像大家所說的那樣有自信。

1.といったら（提到～）　　2.としたところで（就算是～）

3.ともなると（一旦～理所當然）　　4.とあいまって（和～配合）

44 一日たりとも彼の声を（　　　）。

即使是一天也不能不聽他的聲音。

1.聞かずにはたえない（不堪不聽）　　2.聞かずにはいられない（不能不聽）

3.聞くまでもありえない（無此用法）　　4.聞かずにはおかない（必然要聽）

問題8　次の文の＿★＿に入る最もよいものを、1・2・3・4から一つ選びなさい。（請從1・2・3・4中，選出填入＿★＿最適合的答案。）

45 彼は歌が　下手な　くせに　マイクを　握って　離そうとしない。

他明明不擅長唱歌，卻把麥克風握著不放。

1.マイクを（把麥克風）　　2.下手な（不擅長）

3.くせに（明明～卻）　　4.握って（握著）

46 中国人であり　ながら　中国の　歴史を　知らない　なんて恥ずかしい。

儘管身為中國人，卻不知道中國的歷史，真是慚愧。

1.知らない（不知道）　　2.中国の（中國的）

3.ながら（儘管）　　4.歴史を（歷史）

47 大雨にも　かかわらず　わざわざ　お越し　いただき　ありがとうございます。

儘管下著大雨還特地過來，真是非常感謝。

1.かかわらず（儘管）　　2.いただき（敬語的用法）

3.わざわざ（特地）　　4.お越し（過來）

48 あの時の　うれしさ　といったら　言葉では　言い表せない　ほどでした。

說到那時的高興幾乎是言語無法表達的。

1.言葉では（用言語）　　2.といったら（提到）

3.うれしさ（高興）　　4.言い表せない（無法表達、說明）

49 わさび　抜き　の　寿司は　ぜんぜん　おいしくない。

去掉芥末的壽司一點也不好吃。

1.抜き（去除）　　2.寿司は（壽司）

3.ぜんぜん（完全）　　4.の（的）

問題9　次の文章を読んで、[50] から [54] の中に入る最もよいものを、1・2・3・4から一つ選びなさい。（請閱讀以下文章，從1・2・3・4中，選出一個放進 [50] 到 [54] 裡最合適的答案。）

私たちフランス人から見ると、社員が土曜日に本を読もうと、釣りをしようと、芝刈りをしようと、それは個人の趣味の問題であって、会社の介入すべき問題ではないように思える。そして、釣りや芝刈りが人間性の向上に役立たず、読書のみが人間性を向上させ、ひいては会社に貢献するとは、間違っても思わない。

私たちの[50]基本的な考え方は、仕事とは生活と余暇のための費用をかせぎ出す手段にすぎず、仕事と苦役とを同義語と考えている友人[51]すらいる。日本人のよく用いる言葉に「忙中閑（注1）」というのがあるが、私たちはたまたま忙しいと、「忙中閑」と受けとめてうんざりする。

私はかつてニューヨークで暮らしていたころ、アメリカ人があまりに本を読まないのに驚いたが、日本にきて[52]暮らすようになってから、日本人が余りに熱心に本を読むのにまた驚いた。この国では、国営鉄道の各駅や地下鉄の各駅に数多くのブックスタンドがあって、おびただしい数の週刊誌、新聞、単行本が並んでいる。

フランスからきた人たちが驚くのは、目の前で[53]どんどん買われていく新聞雑誌と、電車の中でそれに読みふけっている人々の真剣な表情にぶつかったときである。ここでも日本人たちは異常な集中力をもって活字に見入っている。彼らの表情を見ていると、とても読書が楽しみであるとは断定できない。彼らにとっては読書もまた仕事の延長なのであり、だからこそ週休二日制の会社が社員の個人的な図書購入費を負担するという、欧米人には理解できない制度も[54]生まれるのであろう。

（ポール・ボネ『不思議の国ニッポンVol.1』による）

（注1）忙中閑：忙しい時でもわずかな暇はあること

中譯

從我們法國人來看的話，會覺得公司的員工在星期六要讀書、要釣魚、要除草，那都是個人的興趣問題，不是公司應該介入的問題。而且，釣魚或是除草對人性的向上不會有幫助，只有閱讀才會使人性提升，進而對社會有貢獻這件事，就算再怎麼搞錯我也不會這麼想。

我們的[50]基本思考模式，是所謂的工作，不過是為了賺取生活或休閒費用的手段，[51]甚至有朋友認為工作和做苦工是同義語。雖然日本人常用的語彙當中有「忙裡偷閒」這樣的成語，但是我們只要偶爾一忙，就會接受「忙裡偷閒」，然後感到厭煩。

我在紐約生活的時候，曾訝異於美國人不太讀書，但是到日本[52]生活以後，又訝異於日本人太過於熱心讀書。在這個國家裡面，國營鐵路的各個車站、或是地下鐵的各個車站，都有為數眾多的書報攤，排列著數量驚人的週刊、報紙、單行本。

從法國來的人們吃驚的是，眼前53接連不斷被買走的報紙雜誌，以及撞見在電車中埋頭於那些刊物的人們的認真表情時。在這裡，日本人也是擁有異常的集中力盯著鉛字看。光從看他們的表情，無法斷定是不是非常享受於讀書的樂趣。對他們來說，因為讀書也是工作的延伸，正因為如此，才會54衍生出週休二日制的公司，會負擔員工個人購買圖書的費用這種對歐美人來說無法理解的制度吧！

（取材自Paul Bonet《不可思議的國家日本Vol.1》）

（注1）忙中閑（ぼうちゅうかん）：就算忙碌的時候，也有些許的閒暇

50

1.基本的の考え方（きほんてきのかんがえかた）（無此用法）

2.基本的な考え方（きほんてきなかんがえかた）（基本的思考模式）

3.考える基本（かんがえるきほん）（思考的基本）

4.考え方の基本（かんがえかたのきほん）（思考模式的基本）

51

1.なら（如果～的話）
2.には（無此接續用法）
3.こそ（才）
4.すら（甚至）

52

1.暮（く）らすようになってから（生活以後）

2.暮（く）らすようになったとはいえ（雖然開始生活）

3.暮（く）らすようになれば（如果開始生活）

4.暮（く）らすようになるには（為了要開始生活）

53

1.どきどき（心撲通撲通地跳）
2.いよいよ（終於）
3.どんどん（接連不斷）
4.いちいち（逐一）

54

1.生まれるおそれがある（恐怕會衍生出來）

2.生まれるのであろう（衍生出來吧）

3.生まれずにはすまない（非衍生出來不可）

4.生まれるまでもない（沒有衍生出來的必要）

問題10　次の文章を読んで、後の問いに対する答えとして最もよいものを、1・2・3・4から一つ選びなさい。（請閱讀以下的文章，針對後面的問題的回答，從1・2・3・4中選出一個最合適的答案。）

（前略）言葉の裏付けになる体験を豊富にするには、①やはり現地に住むのが一番です。56ですから、海外赴任を命じられたら喜んで行くべきでしょう。そして、これが肝心なのですが、できるだけ日本人と付き合わないようにすることです。不安を抱えていますから、どうしても日本人の中に入りたくるのですが、それは最低限にとどめないと、何年いても言葉になじめません。

また、本当の国際人とは、日本人として培った伝統や文化や行動形式を持ち、そのうえで相手の文化を理解し、知識・教養として身につけている人を言います。英語が下手でも、相手に交わり、積極的に話すことが必要です。

苦しくても、耳に慣らすこと。わからなくても、英語のニュースを聞いていると、だんだん聞き取れるようになるものです。

（プレジデント編集部編『キヤノンの掟』による）

中譯

（前略）想要豐富言語背後的體驗，①還是要住在當地最有效。所以，要是被任命到海外就任的話，應該要很開心地去吧！然後，這件事最要緊的，就是盡可能不要和日本人交往這件事。儘管因為不安，所以無論如何都想進到日本人當中，但是如果這件事不做最低限度的克制的話，不管過了多少年，也無法融入語言。

此外，所謂真正的國際人，指的是擁有身為日本人所培養的傳統或文化或行動模式，再加上去了解對方的文化，把它當作知識和教養學習起來的人。就算英文不好，也有必要和對方交際、積極地說話。

就算再怎麼苦，也要讓耳朵去習慣。即使不了解，只要聽英文新聞，就會漸漸聽得懂。

（取材自PRESIDENT編輯部編《Canon的規範》）

55 ①やはりと同じ使い方をしているのは、次のどれか。

1.彼女は病気が治りやはりな姿になった。（改為「元気」）

→彼女は病気が治り元気な姿になった。

2.いろいろ考えたがやはり行くことにした。

3.彼にしてはやはりよくやったと思う。（改為「かなり」）

→彼にしてはかなりよくやったと思う。

4.やはり見渡したところ、見つかった。（改為「いろいろ」）

→いろいろ見渡したところ、見つかった。

中譯 和①やはり（還是）使用相同的用法的，是以下哪一個呢？

1.她的病痊癒了，整個人變得有精神。

2.雖然做了各種考量，還是決定要去了。

3.我覺得以他的能力來說他做得相當好。

4.四處張望之後，找到了。

56 ここにはどんな接続詞が適当か。

1.ところで

2.もっとも

3.けれども

4.ですから

中譯 在這裡，要放什麼樣的接續詞才適當呢？

1.ところで（可是）

2.もっとも（最～）

3.けれども（雖然～但是）

4.ですから（所以）

57 上記の文章にタイトルをつけるとしたら、どれが適当か。

1.外国語を上手に身につける方法

2.外国での人との付き合い方

3.国際人としてあるべき姿

4.英語は下手でもいいという姿勢

中譯 如果要幫上面的文章下一個標題的話，哪一個是適當的呢？

1.學好外文的方法

2.和在國外的人交往的方法

3.身為一個國際人應有的姿態

4.就算英文不好也沒關係的態度

58 外国語を早く身につけるにはどうするのが一番いいと言っているか。

1.現地に住んで、現地のおいしいものを食べること

2.日本人の伝統や文化を、現地の人に教えること

3.現地の人と交わり、積極的に声を出すこと

4.家の中にこもり、英語のニュースを聞くこと

中譯 文中提到，想要早日學好外語，要怎麼做最有效呢？

1.住在當地，吃當地好吃的東西

2.教當地的人日本人的傳統或文化

3.和當地的人交往，積極地發出聲音

4.窩在家裡，聽英文新聞

59 筆者がここでもっとも言いたいことは何か。

1.外国語を身につけるには、まず日本の伝統や文化をきちんと理解することが大切だ。

2.外国暮らしに不安はつきものなので、まずは現地の日本人と付き合い、慣れることが大切だ。

3.外国語を習得するには、とにかく英語のニュースを聞いて、現地の人とは付き合わないことが大切だ。

4.外国語を身につけるには、英語が下手でも相手に交わり、積極的に声を出すことが大切だ。

中譯 作者在這裡，最想說的事情是什麼呢？

1.要學好外語，要先好好地了解日本的傳統或文化，是最重要的。

2.在國外生活，不安是一定有的，所以要先和當地的日本人交往，進而適應，是最重要的。

3.要學會外語，總之就是聽英文新聞，然後不和當地的人交往，是最重要的。

4.要學好外語，就算英文不好，也要和對方交際，積極地發出聲音，是最重要的。

問題11　次の文章を読んで、後の問いに対する答えとして最もよいものを、1・2・3・4から一つ選びなさい。（請閱讀以下的文章，針對後面的問題的回答，從1・2・3・4中選出一個最合適的答案。）

下の文章は、かつて朝日新聞のコラム「天声人語」を担当していた作者が、文章を上手に書く秘訣を紹介したものである。

よく引用されることですが、英文学者の中野好夫に「あんたのおばあさんが聞いてもわかるように①ちゃんと訳してくれ」という言葉があります。教室で学生にいった言葉だそうです。英米文学者の佐伯彰一はこれを「②万古不易（注1）の翻訳論の名言」といっています。

岡本文弥は随筆家としても知られた人ですが、いい文章というのはどんなのをいうんですかと弟子に尋ねられて「こたつに入って、おばあさんに話して聞かせて、それでわかってもらえる文章がいい文章だ」と答えたそうです。

③中野好夫も岡本文弥も、いっていることは同じです。「おばあさん」というのはいささか（注2）型にはまった発想で、昨今では、年配の女性こそ、もっとも知的水準の高い存在なのにと思いますが、まあ、それはそれとして、中野好夫の文章を読んでいて、ふと④福沢諭吉の文章に似ているな、と思うことがあります。複雑なこと、深い内容の話を中野好夫はきわめてざっくばらん（注3）に、平明な文章で書いています。福沢諭吉に「⑤なんとしてもわかってもらいたい情熱」があったように、中野好夫の文章にも⑥それがあふれていました。たとえば、沖縄の施政権返還前後の論文に気合が入っているのは、なんとしてもこの思いを人びとにわかってもらいたいという⑦＿＿＿＿があったからでしょう。ただ、ここではこの問題に深入りするわけにはいきません。

（辰濃和男『文章の書き方』による）

（注1）万古不易：ずっと変わらないこと
（注2）いささか：少し
（注3）ざっくばらん：遠慮なく率直なさま、気取らないさま

中譯

下面的文章，是曾經擔任過朝日新聞專欄「天聲人語」的作者，介紹如何把文章寫好的秘訣的內容。

有一句話常常被引用，那就是英文學者中野好夫的「像你的奶奶聽了之後也會懂那樣，給我①確實地翻譯！」據說這是他對在教室裡的學生說的話。英美文學者佐伯彰一說，這句話是「②千古不變的翻譯論名言」。

岡本文彌是以隨筆家身分聞名於世的人，據說當他被弟子詢問，所謂好的文章，指的是什麼樣的文章時，他回答：「坐進被爐裡，說給奶奶聽，然後對方能夠了解的文章，就是好文章。」

③不管是中野好夫還是岡本文彌，說的事情是一樣的。「奶奶」這樣的說法，是陷入小小傳統形式的想法，雖然我覺得最近年長的女性，才正是高知識水準的表徵，不過撇開那件事，閱讀中野好夫的文章，會有突然覺得④和福澤諭吉的文章好像啊的感覺。不管多複雜的事情、內容多深奧的話題，中野好夫都能夠極其率直地，以簡明的文章來書寫。就像福澤諭吉有著「⑤無論怎麼樣都想要讓人家了解的熱情」一般，中野好夫的文章也充滿了⑥那些。例如，他全神貫注於沖繩歸還施政權前後的論文，也是因為有著無論如何都想讓人們了解這個想法這樣的⑦熱情吧！不過，在這裡，不深入這個問題。

（取材自辰濃和男《文章的寫法》）

（注1）万古不易（ばんこふえき）：一直不會改變的事情
（注2）いささか：一點點
（注3）ざっくばらん：不多考慮率直的樣子、不裝腔作勢的樣子

60 ①ちゃんとを別（べつ）の言葉（ことば）に言（い）い換（か）えるとどうなるか。

1.さっさと

2.きちんと

3.しいんと

4.せっせと

中譯 如果把①ちゃんと（確實地）換成別的語彙的話，會變哪一個呢？

1.さっさと（迅速地）
2.きちんと（確實地）
3.しいんと（靜悄悄地）
4.せっせと（拚命地）

61 「②万古不易（ばんこふえき）の翻訳論（ほんやくろん）の名言（めいげん）」とあるが、別（べつ）の言葉（ことば）に置（お）き換（か）えるとどうなるか。

1.「ずっと変化（へんか）しつづける翻訳論（ほんやくろん）の名言（めいげん）」

2.「今（いま）も昔（むかし）も普遍的（ふへんてき）な翻訳論（ほんやくろん）の名言（めいげん）」

3.「万人（ばんにん）が大切（たいせつ）にしてきた翻訳論（ほんやくろん）の名言（めいげん）」

4.「永久（えいきゅう）に変（か）わることのない翻訳論（ほんやくろん）の名言（めいげん）」

中譯 文中有「②千古不變的翻譯論名言」，若換成別的句子的話，會是哪一個呢？

1.「一直不斷變化的翻譯論名言」

2.「不管現在還是以前，普遍的翻譯論名言」

3.「眾人重視的翻譯論名言」

4.「永遠不會改變的翻譯論名言」

62 筆者が述べている「②万古不易の翻訳論の名言」とは、どのような言葉か。

1.「あんたのおばあさんが聞いてもわかるようにちゃんと訳してくれ」という言葉

2.「こたつに入って、おばあさんに話して聞かせて、それでわかってもらえる文章がいい文章だ」という言葉

3.「年配の女性こそ、もっとも知的水準の高い存在なのだ」という言葉

4.「いい文章とは、なんとしてもわかってもらいたいという情熱のある文章だ」という言葉

中譯 作者敘述的「②千古不變的翻譯論名言」，指的是什麼樣的句子呢？

1.「像你的奶奶聽了之後也會懂那樣，給我確實地翻譯！」這樣的句子

2.「坐進被爐裡，說給奶奶聽，然後對方能夠了解的文章，就是好文章」這樣的句子

3.「年長的女性，才正是高知識水準的表徵」這樣的句子

4.「所謂的好文章，是無論怎麼樣，都想讓人家了解的有熱情的文章」這樣的句子

63 ③中野好夫も岡本文弥も、いっていることは同じです。とあるが、共通していっているのはどんなことか。

1.難しい英文が、おばあさんにも分かるような簡単な日本語になっているものがいい訳だと言える。

2.おばあさんとおしゃべりする時のように、しみじみと語られた文章こそがいい文章だと言える。

3.知的水準の低い人にも理解できるような、読みやすいものこそが、本当のいい翻訳文である。

4.年配の女性にも理解できるような、分かりやすいものがいい文章である。

中譯 文中有③不管是中野好夫還是岡本文彌，說的事情是一樣的。共通的是什麼樣的事情呢？

1.困難的英文，也能夠變成連奶奶都能懂的簡單的日文，便可說是好的翻譯。

2.如同和奶奶說話時一樣，能夠懇切地述說的文章，正可說是好的文章。

3.如同知識水準低的人也能了解般，好閱讀的東西，才是真正好的翻譯文章。

4.如同讓年長的女性也能了解一般，容易懂的東西就是好的文章。

64 ④福沢諭吉（ふくざわゆきち）の文章（ぶんしょう）に似（に）ているなとあるが、以下（いか）の中（なか）でその理由（りゆう）としてあげられていないものはどれか。

1.どちらの文章（ぶんしょう）にも「なんとしてもわかってもらいたい情熱（じょうねつ）」があふれていた。

2.どちらの作品（さくひん）も、複雑（ふくざつ）なことをざっくばらんに、平明（へいめい）な文章（ぶんしょう）で書（か）かれている。

3.どちらの作家（さっか）も、もともとは簡単（かんたん）な内容（ないよう）の話（はなし）を、複雑（ふくざつ）かつ気取（きど）って書（か）いている。

4.どちらも深（ふか）い内容（ないよう）の話（はなし）を、気取（きど）ることなく、分（わ）かりやすい文章（ぶんしょう）で書（か）いている。

中譯 文中有④和福澤諭吉的文章好像啊，下列句子中，哪一個沒有被當成理由舉出來呢？

1.不管哪一位的文章，都充滿著「無論怎麼樣，都想讓人了解的熱情」。

2.不管哪一位的作品，都把複雜的事情，用率直、簡明的文章寫出來。

3.不管哪一位作家，都是把原本內容簡單的東西，寫得既複雜又裝腔作勢。

4.不管哪一位作家，都把深奧的內容，寫成不裝腔作勢、容易懂的文章。

65 ⑤なんとしてもと同（おな）じ、正（ただ）しい使（つか）い方（かた）をしているものは次（つぎ）のどれか。

1.今年（ことし）の夏（なつ）はなんとしても暑（あつ）かった。（改為「なんとも」）

→今年（ことし）の夏（なつ）はなんとも暑（あつ）かった。

2.大勢（おおぜい）の中（なか）からなんとしても彼（かれ）を選（えら）んだ。（改為「なんとか」）

→大勢（おおぜい）の中（なか）からなんとか彼（かれ）を選（えら）んだ。

3.次（つぎ）の試験（しけん）にはなんとしてもパスしたい。

4.理由（りゆう）がなんとしても喧嘩（けんか）はまちがいだ。（改為「なんであれ」）

→理由（りゆう）がなんであれ喧嘩（けんか）はまちがいだ。

中譯 和⑤なんとしても（無論如何）一樣，用正確用法的句子，是以下哪一個呢？

1.今年的夏天真的很熱。

2.設法從許多人當中選擇了他。

3.下次的考試，無論如何都想合格。

4.不管什麼理由，吵架就是不對。

66 ⑥それは何を指しているか。

1.複雑で深い内容の話を平明に書こうとする気持ち

2.思いを人びとにわかってもらいたいという情熱

3.おばあさんに理解してほしいという優しい願い

4.いい文章を書いてみんなに読んでほしいという思い

中譯 ⑥那些指的是什麼呢？

1.把複雜且深奧的內容，簡明地去書寫的心情

2.「想要讓人們了解想法」這樣的熱情

3.「希望奶奶能夠了解」這樣的體貼的願望

4.「希望寫好的文章讓大家閱讀」這樣的想法

67 ⑦______に入る適当な言葉は次のどれか。

1.人情

2.熱血

3.真心

4.情熱

中譯 填入⑦______裡適當的語彙，是下面的哪一個呢？

1.人情

2.熱血

3.真心

4.熱情

68 筆者がここで重視している「平明な文章」とは、どのような文章か。

1.気合の入った情熱のある人の文章

2.読む人の立場に立って書かれた文章

3.ざっくばらんな文体で書かれた文章

4.老人の立場に立った弱者のための文章

中譯 作者在這篇文章中所重視的「簡明的文章」，指的是什麼樣的文章呢？

1.有全神貫注的熱情的人的文章

2.站在閱讀者的立場所寫的文章

3.用率直的文體所寫的文章

4.為了站在老人的立場的弱者的文章

問題12　次の文章は、「相談者」からの相談と、それに対するAとBからの回答である。三つの文章を読んで、後の問いに対する答えとして、最もよいものを、1・2・3・4から一つ選びなさい。
（下面的文章，是來自「諮詢者」的諮商，以及針對其諮詢來自A和B的回答。請在閱讀三篇文章後，針對後面問題的回答，從1・2・3・4裡選出一個最合適的答案。）

相談者

結婚して4年目の専業主婦です。子供はまだいません。夫のことで悩んでいます。じつは最近、①夫の行動が怪しいんです。いつも携帯電話を気にしていて、時には携帯を持ってトイレに入り、誰かと話している声が聞こえます。何を話しているのかは、聞き取れません。それから残業だといって、深夜12時ごろ帰宅することも多くなり、出張の数も増えたように思います。その上、結婚当初はよくキスしてくれたり、プレゼントをくれたりしたのに、最近はまったくありません。夫は浮気しているのではないでしょうか。そう思うと、夜も眠れません。直接聞いてみるべきでしょうか。

回答者A

残念ですが、ご主人は浮気していると思います。私も同じような経験があるので、そう思います。つらいでしょうね。ただ、直接聞くのはやめたほうがいいでしょう。「はい、浮気しています」なんて答えるバカな人はいませんから。そうではなくて、ご主人が帰宅したら、あなたのほうから積極的にキスしてみるとか抱きついてみるとか、または将来について語り合ってみるとか。自分のほうから何かしてみることも、時には必要です。可愛い女性を嫌いな男性はいません。私はこうして、主人の気持ちを取り戻しました。簡単なことではありませんが、がんばってください。

回答者B

問題は、あなた自身にあるのではないでしょうか。まず第1に、あなたはご主人のことを疑っているのに、そのことを直接聞けないことです。夫婦なのですから、思ったことは何でも口に出すべきです。第2に、ご主人が携帯を持ってトイレに入り、誰かと話しているのをこっそり聞こうとしていること。これはプライバシーの侵害ではないでしょうか。第3に、ご主人のことを何も理解していないこと。おそらく今のあなたでは、ご主人も話したい気にはならないでしょう。最後に、あなたが現実を見ていないことです。結婚してもう4年目ですよね。ご主人は仕事が順調で、さらに出世するため、がんばっているのかもしれません。仕事が楽しくてしょうがない時期かもしれません。お金を貯めて、家を買おうとしているのかもしれません。浮気をしているのかどうかを確かめることより、大事なことがあるはずです。ご主人にあなたの不安な気持ちを伝えることから始めてみてはいかがですか。

中譯

諮詢者

我是結婚第四年的家庭主婦。還沒有小孩。

因為丈夫的事情煩惱著。其實，是最近①我丈夫的舉動怪怪的。他總是很在意行動電話，有時候還會帶著行動電話進廁所，可以聽到他好像在跟誰說話。至於說了什麼話，聽不到。然後，我覺得他說要加班，半夜十二點左右才回家的情況變多了，出差的次數也增加了。此外，剛結婚的時候常常會親我、或是送我禮物，但是最近完全不做了。我丈夫是不是外遇了呢？一想到此，晚上都睡不著了。我應該直接問問他嗎？

回答者A

雖然很遺憾，但是我覺得你先生外遇了。因為我也有相同的經驗，所以才會這麼覺得。很難受吧！但是，還是不要直接問他比較好吧！因為沒有會回答「是的，我外遇了」之類的傻瓜。不要那麼做，反而是先生回家以後，從妳這邊積極地親親他、抱抱他、或者是談談有關將來的事看看。有時候，從自己這邊試著做些什麼是必要的。沒有男人會討厭可愛的女性。我就是這樣做，才挽回我先生的心。雖然不是簡單的事情，但是請加油。

回答者B

問題難道不是在妳自己身上嗎？首先第一，是妳懷疑先生，卻無法直接問那件事的事情。就因為是夫婦，所以認為的事情，不管是什麼，都應該要說出口。第二，是妳先生帶行動電話進廁所，妳偷偷想聽他和誰說話的事情。這難道不是侵犯個人隱私嗎？第三，是妳對先生的事什麼都不了解的事情。恐怕現在的妳，連先生都不想和妳說話了吧！最後，是妳沒有面對現實的事情。結婚已經第四年了吧！說不定妳先生工作順利，為了更加出人頭地，正努力著。說不定是工作開心得不得了的時期。說不定是正想存錢買房子。與其去確認是不是外遇，應該有更重要的事情。就從向先生傳達妳的不安開始試試看，如何呢？

69 ①夫の行動が怪しいとあるが、怪しいことの例として挙げられていないのはどれか。

1.携帯電話を使うようになった。

2.家に帰る時間がだいぶ遅くなった。

3.キスしてくれなくなった。

4.前より出張の数が増えた。

中譯 文中有①我丈夫的舉動怪怪的，沒有被當成例子舉出來的奇怪的事情，是哪一個呢？

1.變得使用行動電話。

2.回家的時間變得相當晚。

3.變得不親我。

4.出差的次數比以前增加。

70 「相談者」の相談に対するA、Bの回答について、正しいのはどれか。

1.AもBも、ご主人に浮気をしているかどうか、きちんと確かめてみるべきだと言っている。

2.AもBも、ご主人は浮気しているので、離婚したほうがいいと言っている。

3.Aは相談者に同情を示した上で励まし、Bは相談者を批判した上でアドバイスしている。

4.Aは相談者を批判した上でアドバイスし、Bは相談者に同情を示した上で励ましている。

中譯 針對「諮詢者」的諮詢，有關A和B的回答，正確的是哪一個呢？

1.不管A或者是B，都說應該好好地確認看看先生是不是外遇。

2.不管A或者是B，都說因為先生外遇，所以離婚比較好。

3.A對諮詢者表示同情之後再鼓勵她，B批評諮詢者之後再給她建議。

4.A批評諮詢者之後再給她建議，B對諮詢者表示同情之後再鼓勵她。

問題13　次の文章を読んで、後の問いに対する答えとして最もよいものを、1・2・3・4から一つ選びなさい。（請閱讀以下的文章，針對後面的問題的回答，從1・2・3・4中選出一個最合適的答案。）

（次は日本の同志社大法科大学院で法律を教えるアメリカ人の書いた文章である。）

「正解は何ですか」。日本の学生は常に求められているようだ。期待される答えは何かということに、学生が敏感になっている。受験システムでこうなるのだろうか。

日本の学生は「正解」に対して素直だ。ある問題の正解Aと別の問題の正解Bとの間の矛盾に気づかない面さえある。

日本の司法試験は、何か正解があって、それを書かせようとする傾向がかなり強い。日本では、司法試験が終わると、法務省が出題趣旨を公表する。それを知った時、私はびっくりした。

米国領グアムで司法試験を受けた時のことを思い出す。家族法で次のような長文問題が出た。

「ある夫婦と未成年の子どもがいた。夫が秘書と浮気し、同棲（注1）を始めた。離婚の際、子どもの親権はどうなるか」

私は「問題の設定では、秘書は男性なのか女性なのかがはっきり示されていないため答えかねる。しかも、『秘書イコール女性』というジェンダー（注2）的な仮定には①問題がある」といった趣旨の答えを書き、それでも合格した。

この問題でどのくらい得点できたかはわからないが、試験で求められているのは「正解」ではないとは言える。一般的には、思考プロセス（注3）をしっかり表現できるかであり、グアムの場合には、設問についての問題点を指摘したこと自体が一種の能力と評価された可能性もある。

法律家に求められるのは、情報としての法律をどれだけ知っているかではなく、いかに法律情報を処理できるか、なのだ。

弁護士の場合、今抱えている具体的な事件と、これまでの判例とはどこが同じでどこが違うのか、的確に判断する能力が求められる。言い換えれば、②「有意義な事実」を識別する能力だ。何が重要で何がそうではないのか。理由を説明しながら体系的に整理し、他の状況と論理的に区別する技能である。

今、目の前にあるケースは、どの点が判例と違うから、異なる結論を出さなければいけないのかを明確にする。前例を攻撃し、比喩や類推の力を使い、法律を道具として使いこなす――そうした思考様式こそ、私が法科大学院の学生に伝えようとしているつもりのものだ。

正解や、想定される筋書（注4）の裏から攻められたときにどうするか。悪用された場合はどうするか。常に考えないといけない。それが実世界では重要だ。

（コリン・ジョーンズ「朝日新聞 グローブ第３４号」による）

（注1）同棲：1つの家にいっしょに住むこと
（注2）ジェンダー：社会的、文化的に形成される男女の差異（gender）
（注3）プロセス：過程（process）
（注4）筋書：大体の内容を書いたもの。あらすじ

中譯

（以下是在日本同志社大學法科研究所教授法律的美國人所寫的文章。）

「正確答案是什麼呢？」這好像是日本學生經常被要求的。對於被期待的答案是什麼呢這件事，學生變得很敏感。是考試制度造成如此的吧！

日本學生對「正確答案」很聽話。甚至有連某個問題的正確答案A、和別的問題正確答案B之間的矛盾都沒有發現的一面。

日本的司法測驗，有相當強烈的「如果有什麼正確的答案，就把它寫出來」的傾向。在日本，司法測驗一結束，法務部還會公告出題旨趣。知道這件事時，我吃了一驚。

我回想在美國屬地關島參加司法考試的事情。在家族法裡面，出了如下的長篇文章問題。

「有某夫婦和未成年的小孩。丈夫和祕書外遇，開始同居了。離婚的時候，小孩的親權會是如何呢？」

我是以「問題的設定，並沒有明確指示祕書是男性還是女性，所以難以回答。而且，『祕書就等於女性』這樣的性別歧視的假設也①有問題」這樣的旨趣作答，儘管如此，我還是合格了。

雖然不知道這個問題得了多少分，但是可以說，在考試裡面被要求的不是「正確答案」。一般的情況，是看能不能確實表達思考過程，而關島的情況，則是「指出有關假設問題的問題點本身也是一種能力」也有可能得到評價。

法律專家被要求的，不是知道多少被當成資訊的法律，而是如何能夠去處理法律資訊。

律師的情況，則是被要求準確地判斷現在遇到的具體事件，和至今的判例是哪裡相同、哪裡不同。換句話說，是要有②識別「有意義的事實」的能力。什麼重要、什麼不重要。是一邊說明理由、一邊有系統地整理，有條理地和其他狀況做區別的技能。

現在，眼前有某個案件，要明確地指出是因為哪一點和判例不同，所以才非下不同的結論不可。要攻擊前例，使用比喻或類推的能力，把法律當成道具運用自如——像那樣的思考模式，正是我打算對法科研究所的學生傳達的東西。

要是從正確的答案、或是想定的概要的背後被攻擊的話，該怎麼辦呢？要是被濫用的話，該怎麼辦呢？不經常思考不可。這個在現實世界中，是很重要的。

（取材自Colin P.A.Jones「朝日新聞GLOBE」三十四號）

（注1）同棲：指在同一個家裡一起住
（注2）ジェンダー：因社會、文化所形成的性別歧視（gender）
（注3）プロセス：過程（process）
（注4）筋書：將大概的內容寫出來。梗概

71 ①問題があると言っているが、ここで述べている問題とはどういう問題か。

1.離婚の際に子どもの親権がどうなるかという問題

2.秘書が男性なのか女性なのか、はっきり示していないこと

3.秘書なのだから女性に決まっているという仮定

4.正解などないのに、それを求める司法試験の問題点

中譯 文中提到①有問題，這裡敘述的問題，是什麼樣的問題呢？

1.離婚的時候，小孩的親權會是如何呢這樣的問題

2.祕書是男性呢還是女性，沒有明確地指示一事

3.因為是祕書，所以就一定是女性這樣的假設

4.明明沒有正確的答案，卻要求作答的司法測驗的問題點

72 ②「有意義な事実」を識別する能力とは、どういう能力か。

1.具体的な事件の内容を明らかにする能力

2.これまでの判例に意義を持たせる能力

3.情報をたくさん集め、きちんと整理する能力

4.今までの判例と比べ、正しく判断する能力

中譯 所謂②識別「有意義的事實」的能力，指的是哪一種能力呢？

1.將具體的事件的內容加以闡明的能力

2.讓至今的判例有意義的能力

3.收集許多資訊，確實整理的能力

4.和至今的判例比較，正確地判斷的能力

73 筆者がこの文章で一番言いたいことはどんなことか。

1.法律家に必要なのは、「正解」に素直にならず、「有意義な事実」を的確に識別する能力である。

2.法律家に求められているのは、多くの情報を集め、それを元に「正解」を素直に導き出す能力である。

3.法律家にとって一番大事なことは、「正解」は何なのかを常に探し求める探究心である。

4.法律家に大切なのは、結果をあせらずに、今抱えている事件と今までの判例を比較する技能である。

中譯 作者在這個文章裡面，最想說的是哪一件事情呢？

1.對法律專家來說，必要的不是老老實實地回答「正確答案」，而是準確地識別「有意義的事實」的能力。

2.法律專家被要求的，是收集眾多的資訊，將其還原，照原樣地引導出「正確答案」的能力。

3.對法律專家來說，最重要的是要經常探求「正確答案」是什麼的探究心。

4.對法律專家來說，重要的是不急於結果，能比較現在遇到的事件和至今的判例的技能。

問題14　次は、新聞に掲載された海外旅行の広告である。下の問いに対する答えとして、最もよいものを、1・2・3・4から一つ選びなさい。（下面是在報紙上刊登的國外旅遊廣告。請就以下問題的回答，從1・2・3・4中，選出一個最合適的答案。）

74 9月13日出発のツアーに参加する老夫婦は、3日目の京劇鑑賞を希望しています。この夫婦がこの旅行で使うお金は、全部でいくらか。

1. 211,800円　　2. 217,700円

3. 221,800円　　4. 351,600円

中譯 要參加9月13日出發的行程的老夫婦，希望觀賞第三天的京劇。這對夫婦在這趟旅行中會花費的錢，全部是多少呢？

1.211,800日圓　　2.217,700日圓

3.221,800日圓　　4.351,600日圓

75 36歳の女性が10月29日出発のツアーに、中学生の子どもを連れて参加する予定です。2人にはどんな得なことがありますか。

1.鳥の巣と故宮博物院が無料で見学できるほか、シルクの製品がもらえる。

2.シルクのパジャマかパンダのぬいぐるみが、それぞれもらえる。

3.シルクのパンダのぬいぐるみとシルクのパジャマがそれぞれにプレゼントされる他、子どもは天津甘栗ももらえる。

4.シルクの製品がもらえるほか、「全聚德」の北京ダックが1匹多く食べられる。

中譯 三十六歲的女性，預定帶國中生的小孩參加10月29日出發的行程。二個人可以獲得什麼樣的優惠嗎？

1.除了可以免費參觀鳥巢和故宮博物院之外，還可以獲得絲製品。

2.分別可以獲得絲質的睡衣和貓熊玩偶。

3.除了分別被致贈絲製的貓熊玩偶和絲質的睡衣之外，小孩還可以得到天津甘栗。

4.除了可以得到絲製品之外，還可以多吃一隻「全聚德」的北京烤鴨。

日本ハッピー旅行社の広告

☆ 旅行先について

▶ 北京で見て食べて大満足の４日間！！

▶ ４つの世界遺跡を巡る。
（万里の長城・故宮博物院・天壇公園・明の十三陵）

▶ 北京オリンピックで有名な「鳥の巣」の中も見学！※（注）

☆ 旅行代金について

▶ ６～２１万円

▶ 上記の金額はお1人様・2名様１室ご利用の場合。

☆ 出発日について

8月：8　9　11　12　15　22	６万円
8月：25　26　27　29	７．5万円
8月：1　2　3　5　6　9　12　13　20　21	10万円
9月：18　22　24　25	１６．９９万円
9月：10　11　17　18　19　28	１７．5万円
10月：16　17　19　20　28　29　30	１９．９８万円
10月：3　6　9　25　26　27　31	２１万円

☆ 宿泊先について

▶ ５つ星のシェラトンホテル

▶ ３泊

☆ スケジュールについて

		朝	昼	夜
1	17:25～18:10：成田発（直行便にて北京へ） 20:32～21:30：北京着（北京泊）	―	―	機内
2	午前：北京観光（万里の長城、明の十三陵） 午後：「鳥の巣」の見学※（注）。民芸品店と工芸品店にてショッピング。昼食は広東料理、夜食は中華風しゃぶしゃぶをいただきます。 夜：中国雑技団の鑑賞（お1人様 3，900円にてⓄⓅ） （北京泊）	ホテル	広東料理	中華風しゃぶしゃぶ
3	午前：北京観光（天安門広場、故宮博物院、天壇公園） 午後：胡同の散策。昼食は麺料理、夕食は老舗「全聚徳」にて北京ダックと北京料理をいただきます。 夜：京劇鑑賞（お1人様 5，900円にてⓄⓅ） （北京泊）	ホテル	麺料理	北京ダックと北京料理
4	08:25～08:45：北京発（直行便にて成田） 12:50～13:05：成田着。通関後、解散。	お弁当	機内	―

※ⓄⓅ：オプションは別料金となります。

☆ スペシャル特典について

▶ 10 / 25～31出発のプランにご参加の方には、シルクのパンダのぬいぐるみ（２８センチ）かシルクのパジャマをプレゼント！さらに小学生以下のお子様は全員、天津甘栗がもらえます。

☆ **その他**

▶ 国内空港施設使用料、旅客保安サービス料、及び海外空港諸税が別途必要 / 5,000円（お1人様）

▶ お1人様の部屋追加代金 / 22,000円

▶ このツアーでは、幼児（2歳未満）の参加はご遠慮いただいております。

▶ 添乗員は同行しません。現地の係員がお世話致します。

▶ このツアーには10名以上の参加が必要です。

▶ 利用予定航空会社 / JALまたはANA（エコノミークラス）

※（注）：イベントなどで「鳥の巣」が入場見学できない場合は、入場料５０元
（円換算：約　９　６０円、２０１５年2月現在）を現地にて返金します。

ハッピー旅行社

TEL：０３-９９０７-９０１８（担当：坂田・北村・陳）

日本開心旅行社的廣告

☆ 旅行目的地

- 在北京有得看、有得吃，大滿足的四天！！
- 四大世界遺址巡禮。
  （萬里長城、故宮博物院、天壇公園、明十三陵）
- 還可以在北京奧運中知名的「鳥巢」裡參觀！※（注）

☆ 旅行費用

- 6～21萬日圓
- 上述金額為每一個人，使用二人一房的情況。

☆ 出發時間

8月：8 9 11 12 15 22	6萬日圓
8月：25 26 27 29	7.5萬日圓
9月：1 2 3 5 6 9 12 13 20 21	10萬日圓
9月：18 22 24 25	16.99萬日圓
9月：10 11 17 18 19 28	17.5萬日圓
10月：16 17 19 20 28 29 30	19.98萬日圓
10月：3 6 9 25 26 27 31	21萬日圓

☆ 住宿地點

- 五星級的喜來登飯店
- 三晚

☆ 行程

		早	午	晚
1	17:25～18:10：成田出發（搭乘直航飛機往北京） 20:32～21:30：抵達北京（宿北京）	—	—	機上
2	早上：北京觀光（萬里長城、明十三陵） 下午：參觀「鳥巢」※（注）。於民藝品店和工藝品店購物。午餐享用廣東料理，晚餐享用中華風味的涮涮鍋。 晚上：觀賞中國雜技團（每位需3,900日圓OP） （宿北京）	飯店	廣東料理	中華風味涮涮鍋
3	早上：北京觀光（天安門廣場、故宮博物院、天壇公園） 下午：胡同散步。午餐享用麵料理，晚餐於老店「全聚德」享用北京烤鴨和北京料理。 晚上：觀賞京劇（每位需5,900日圓OP） （宿北京）	飯店	麵料理	北京烤鴨和北京料理
4	08:25～08:45：北京出發（搭乘直航飛機往成田） 12:50～13:05：抵達成田。通關後，解散。	便當	機上	—

※OP：自由參加部份費用另計。

☆ 特別優惠

▶ 參加10/25～31出發方案的旅客，可獲贈絲製的貓熊玩偶（28公分）、或是絲質的睡衣！而且就讀小學以下的孩童，全部都可獲得天津甘栗。

☆ **其他**

▶ 國內機場稅、兵險、以及國外機場各種稅金，需另行付費 / 5,000日圓（每一位）

▶ 單人房追加費用 / 22,000日圓

▶ 此行程，幼兒（不滿二歲）請勿參加。

▶ 領隊不同行。由當地的承辦人員照料。

▶ 這個行程，必須十人以上參加。

▶ 預定使用航空公司 / JAL或者ANA（經濟艙）

※（注）：若因活動等緣故無法進入「鳥巢」參觀時，則於當地退還入場費用50元
（日圓換算：約960日圓，以2015年2月現在計算）。

開心旅行社

TEL：03-9907-9018（承辦：坂田、北村、陳）

聽解

（M：男性、男孩　　F：女性、女孩）

問題1

問題１では、まず質問を聞いてください。それから話を聞いて、問題用紙の１から４の中から、正しい答えを１つ選んでください。

問題1，請先聽問題。接著請聽內容，然後從問題用紙1到4當中，選出一個正確答案。

1番 MP3-33

女の人と男の人が話しています。女の人はこの後、どことどこに行きますか。

M：こんにちは。
F：こんにちは。
M：お出かけですか。
F：ええ、息子の学校に。じつは担任の先生に呼ばれてるんです。
M：これから受験だから、大変でしょう。
F：ええ。うちの子は勉強が嫌いで、遊んでばかりいるもので。
M：うちの娘のときもそうでしたよ。勉強の好きな子なんていませんからね。
F：確かにそうですね。どんなに私達が心配しても、本人がやる気にならないことには……。
M：その通りです。そうそう、私、これから銀行へ行くんですが、車で行くので途中まで乗って行きませんか。
F：あっ、忘れてた！私も銀行へ行かなきゃならないんだった。
M：じゃ、ちょうどよかった。早速、出かけましょう。
F：すみません。お願いします。

女の人はこの後、どことどこに行きますか。

1 1と3
2 2と4
3 1と4
4 2と3

女人和男人正在說話。女人之後，要去哪裡和哪裡呢？

M：午安！

F：午安！

M：要出門嗎？

F：是啊，要去兒子的學校。其實是被導師叫去的。

M：接下來就要考試了，很辛苦吧！

F：是啊！因為我們家的小孩討厭讀書，光在玩。

M：我女兒的時候也是那樣啊！因為沒有喜歡讀書的小孩吧！

F：的確如此啊！不管我們怎麼擔心，本人如果沒有幹勁的話……。

M：妳說的對。對了對了，我，接下來要去銀行，因為要開車去，要不要搭到中途呢？

F：啊，我都忘了！我也非去銀行不可。

M：那麼，剛剛好。立刻就出門吧！

F：謝謝。麻煩你了。

女人之後，要去哪裡和哪裡呢？

1 1和3

2 2和4

3 1和4

4 2和3

2番 MP3-34

男の人と女の人がオフィスで話しています。男の人は昨日、どうして寝るのが遅くなったのですか。

F：あくびばかりして、どうしたんですか。

M：昨日、寝るのが遅かったものですから。

F：また飲みに行ってたんですか。それともゲームとか。

M：ちがいますよ。じつは、借りてきたドラマにはまっちゃって……。主人公の生活が私とすごく似てて、まるで自分が主人公になったような気分で見ちゃうんです。

F：どんなドラマですか。

M：主人公は私達と同じで、出版社に勤めてるんです。しょっちゅうミスしてて、でも同僚の女の子がいつも助けてくれて。それで彼は彼女のことが好きなんだけど、言い出せなくて……。一度だけ、いっしょにゲームしたことがあったりもして……。

F：それって、もしかして……。

M：あっ、すみません。

F：いえ、謝らないでください。すごくうれしいですから。

M：えっ？

F：私もずっと前から好きだったんです、岡本さんのこと。

男の人は昨日、どうして寝るのが遅くなったのですか。

1 ドラマを見ていたから

2 ゲームをしていたから

3 彼女とデートしていたから

4 お酒を飲んでいたから

男人和女人在辦公室正在說話。男人昨天，為什麼變晚睡了呢？

F：一直打呵欠，怎麼了嗎？
M：因為昨天很晚睡。
F：又去喝酒了嗎？還是打電玩了呢？
M：不是啦！其實是陷在借來的連續劇裡面⋯⋯。主角的生活和我非常相似，我是用自己好像是主角的心情在看的。
F：什麼樣的連續劇呢？
M：主角和我們一樣，在出版社上班。雖然常常出錯，但是女同事總是會幫忙。後來，雖然他喜歡上她，但是卻說不出口⋯⋯。他們也一起玩過一次電玩⋯⋯。
F：你說這個，難不成是⋯⋯。
M：啊，對不起。
F：不，請不用道歉。因為我非常開心。
M：咦？
F：我也是老早以前，就喜歡岡本先生。

男人和女人在辦公室正在說話。男人昨天，為什麼變晚睡了呢？

1 因為看連續劇
2 因為玩著電玩
3 因為和女朋友約會
4 因為喝著酒

3番 MP3-35

女の子と男の子が、教室で話しています。男の子は、何を担当することになりましたか。

F：学園祭で披露するダンスのことだけど、横山くんも踊りに参加するよね。
M：無理だよ。踊ったことないもん。
F：大山先生が教えてくれるから、心配ないよ。女の子達も、初めての子ばかりだよ。
M：やめておく。恥ずかしいもん、ダンスなんて。
F：じゃ、代わりに何か担当して。大道具を作るとか、脚本を書くとか。
M：どれも自信がないよ。
F：だけど、1人だけ何もしないわけにはいかないでしょ。
M：服は作るの？それとも買うの？
F：もちろん作るに決まってるじゃない。お金がかかるもの。
M：俺、作れるよ。
F：うそ～、すごい！じゃ、お願いしてもいい？
M：もちろん。まかせて！

男の子は、何を担当することになりましたか。
1 ダンスを披露する
2 大道具を作る
3 脚本を書く
4 服を作る

女孩和男孩正在教室說話。男孩決定要擔當什麼工作呢？

F：要在學園祭裡表演的舞蹈，横山也會參加吧！
M：不行啦！因為我沒跳過呢～。
F：大山老師會教我們，所以不用擔心啦！女生們也都是第一次跳啊！
M：還是不要。好丟臉喔，跳舞什麼的。
F：那麼，交換條件，看你要擔當什麼工作。看是要做大道具，還是要寫劇本。
M：不管哪一個，都沒自信啦！
F：可是，不可以只有你一個人什麼事都不做吧！

M：衣服是要用做的嗎？還是要用買的？

F：當然用做的不是嗎？因為要花錢耶！

M：我，可以做喔！

F：不會吧～，太棒了！那麼，可以拜託你嗎？

M：當然。交給我！

男孩變成要擔當什麼工作呢？

1 表演跳舞

2 做大道具

3 寫劇本

4 做衣服

4番 MP3-36

お店で女の人と男の人が話しています。男の人は女の人にどの靴を買ってあげることにしましたか。

F：この白のハイヒール、どう？

M：いいんじゃない。

F：ねえ、あれもすてきだと思わない？

M：あの茶色のブーツ？

F：うん。あっ、見て見て！！ベッカムの奥さんと同じハイヒールだって。今月の雑誌に紹介されてたんだ。太い足が細く、そして長く見えるんだって。

M：黒だからでしょ。それに彼女の足、もともと細くて長いじゃない。すごく高そう……。

F：5万8千円だって。

M：高すぎ！それより、こっちの黒のロングブーツのほうがいいよ。これなら恭子の象みたいな太い足も、隠れて細く見えるかもしれない。

F：ひどい……。（泣きまねをする）

M：ごめん、言いすぎた。

F：（まだ泣きまねを続けている）

M：泣くなよ！ベッカムの奥さんと同じやつ、買ってあげるから。

F：わーい！！ありがとう。

M：ひどいな。泣きまねかよ。

男の人は女の人にどの靴を買ってあげることにしましたか。

1 白のハイヒール

2 茶色のブーツ

3 黒のハイヒール

4 黒のロングブーツ

店裡面女人和男人正在說話。男人決定幫女人買哪雙鞋子呢？

F：這雙白色高跟鞋，如何？

M：不錯啊！

F：嗯～，不覺得那雙也很棒嗎？

M：那雙咖啡色的靴子？

F：嗯。啊，你看、你看！！據說那是和貝克漢的老婆一樣的高跟鞋。這個月的雜誌裡有介紹。據說粗腿看起來會變細，還有變長。

M：因為是黑色的關係吧！而且她的腿，本來就是又細又長，不是嗎？看起來好貴……。

F：據說是五萬八千日圓。

M：太貴了！比起那雙，這雙黑色的長靴子比較好啦！這雙的話，恭子像大象一樣的粗腿也可以遮住，說不定看起來會細一些。

F：好過份……。（假哭）

M：對不起，說過頭了。

F：（還是繼續假哭）

M：不要哭啦！和貝克漢老婆一樣的東西，買給妳啦！

F：哇啊！！謝謝！

M：真過份啊！妳是假哭吧！

男人決定幫女人買哪雙鞋子呢？

1 白色的高跟鞋

2 咖啡色的靴子

3 黑色的高跟鞋

4 黑色的長靴子

5番 MP3-37

女の人と男の人がレジで話しています。男の人は何を注文しましたか。

F：いらっしゃいませ。こちらでお召し上がりですか、お持ち帰りですか。

M：ここで。

F：こちら、メニューでございます。

M：ハンバーガーとコーヒーをください。

F：ハンバーガーをお１つと、コーヒーをお１つですね。コーヒーはホットとアイスがございますが……。

M：アイスをください。

F：かしこまりました。これにフライドポテトをつけたセットですとお得ですが、いかがですか。

M：でも、フライドポテトはあまり好きじゃないので。

F：それでしたら、アイスと交換することもできます。ただ、その場合セット料金に５０円プラスしていただくことになります。

M：アイスは何味がありますか。

F：ストロベリーとコーヒー、バニラの３種類がございますが……。

M：それじゃ、バニラのを。

F：では、お会計を先に失礼します。消費税込みで ６２０円でございます。ありがとうございました。

男の人は何を注文しましたか。

1 ハンバーガーとホットコーヒーとフライドポテト

2 ハンバーガーとアイスコーヒーとバニラアイス

3 ハンバーガーとアイスコーヒーとフライドポテト

4 ハンバーガーとホットコーヒーとストロベリーアイス

女人和男人正在收銀台說話。男人點了什麼呢？

F：歡迎光臨。要在這邊用餐，還是外帶呢？

M：在這邊。

F：這是菜單。

M：請給我漢堡和咖啡。

F：漢堡一個，還有咖啡一杯是不是呢？咖啡有熱的和冰的……。

M：請給我冰的。

F：知道了。這個再加炸薯條變成套餐的話比較划算，您覺得如何呢？

M：但是，我不太喜歡炸薯條……。

F：那樣的話，也可以換成冰淇淋。不過，那種情況套餐的費用要加五十日圓。

M：冰淇淋有什麼口味呢？

F：有草莓和咖啡、香草三種……。

M：那麼，請給我香草的。

F：那麼，請先買單。含消費稅共六二〇日圓。謝謝您。

男人點了什麼呢？

1 漢堡和熱咖啡和炸薯條

2 漢堡和冰咖啡和香草冰淇淋

3 漢堡和冰咖啡和炸薯條

4 漢堡和熱咖啡和草莓冰淇淋

問題2

問題2では、まず質問を聞いてください。そのあと、問題用紙の選択肢を読んでください。読む時間があります。それから話を聞いて、問題用紙の１から４の中から、正しい答えを１つ選んでください。

問題２，請先聽問題。之後，請閱讀問題用紙的選項。有閱讀時間。接著請聽內容，從問題用紙的１到４中，選出一個正確答案。

１番 MP3-38

学校で女の学生と男の学生が話しています。女の学生はどうして旅行に参加できなくなったと言っていますか。

M：来週の旅行、楽しみだね。

F：そのことなんだけど、参加できなくなっちゃったの。

M：えっ、どうして？

F：じつは母が胃の手術をすることになって。

M：じゃ、しょうがないね。お母さんが手術じゃ、付き添わないと。

F：ううん、手術は来月なの。

M：じゃ、どうして？

F：１日かけて詳しい検査をするんだけど、それがちょうど旅行の日と重なっちゃって。祖母が胃がんで亡くなってるから、本人はかなり不安になっててね。

M：そりゃそうだよ。

F：だから、できる限りそばにいてあげようと思って。

M：うん。旅行はいつだって行けるからさ。

F：そうだね。それより、今日はアルバイト、行かなくていいの？

M：店が臨時休みなんだ。だから、これから友達とドライブに行くんだ。よかったら、いっしょにどう？

F：そうね。じゃ、連れてって！

女の学生はどうして旅行に参加できなくなったと言っていますか。

1 母親が手術をするから

2 母親が胃の検査をするから

3 祖母が手術をするから

4 祖母が亡くなったから

學校裡，男學生和女學生正在說話。女學生正在說，為什麼變得不能參加旅行了呢？

M：下週的旅行，好期待喔！

F：那件事情，我不能參加了。

M：咦？為什麼呢？

F：其實是我母親決定動胃的手術。

M：那，就沒辦法了！母親的手術的話，不陪伴不行。

F：不是，手術是下個月。

M：那，為什麼？

F：要花一整天做詳細的檢查，檢查剛好和旅行是同一天。我祖母是胃癌過世的，所以我母親本人相當不安哪。

M：那也是理所當然的啊！

F：所以，想盡可能陪在她身邊。

M：嗯。因為旅行隨時都可以去啊！

F：是啊！比起那件事，今天的打工，不去沒關係嗎？

M：店裡臨時休息。所以，接下來要和朋友開車兜風去。可以的話，一起去如何？

F：好啊！那，帶我去！

女學生正在說，為什麼變得不能參加旅行了呢？

1 因為母親要動手術

2 因為母親要做胃的檢查

3 因為祖母要動手術

4 因為祖母過世

2番 MP3-39

女の人が電話で話しています。女の人は、いつのどんな部屋を予約しましたか。

M：はい、日本ホテルでございます。
F：あの、来月の8日なんですが、部屋は空いてますか？
M：何名様でしょうか。
F：大人2人と子供2人、それから赤ちゃんが1人いるんですが……。
M：ご家族様でしょうか。
F：ええ。
M：ということは、ベッドのある洋室より、和室でみなさんごいっしょのほうがよろしいですね。
F：できれば、そうお願いしたいんですが……。
M：少々お待ちください。すみません。広い12畳の和室はもういっぱいで、8日にあるのは6畳の部屋だけなんですが、いかがでしょうか。
F：6畳ですか。かなり狭いですね。
M：ええ。でも、それ以外にお風呂も付いていますので、お子様がいらっしゃるご家族には、人気があるんですよ。
F：もう少し広めの洋室で、家族がいっしょに使える部屋はありますか。
M：ベッドが2つある広めの部屋に、布団を敷くようになりますが……。
F：ええ。それでお願いします。

女の人は、いつのどんな部屋を予約しましたか。
1 8日の12畳の和室
2 8日の広めの洋室
3 4日の6畳の和室
4 4日の広めの洋室

女人用電話正在說話。女人預約了何時的什麼樣的房間了呢？

M：日本飯店，您好。
F：請問下個月的八號，有空房嗎？
M：請問幾位呢？
F：二個大人和二個小孩，還有一個嬰兒……。
M：是一家人吧？

F：是的。

M：這樣的話，比起有床的西式房，和式房大家在一起比較好吧！

F：如果可以的話，希望可以這樣……。

M：請稍等。對不起。比較寬敞的十二疊的和式房已經全滿了，八號有的，只有六疊的房間而已，您覺得如何呢？

F：六疊嗎？相當窄耶！

M：是的。但是，除了這個以外，因為也有附浴池，所以很受有小孩的家庭的歡迎喔！

F：有稍微寬敞一點的西式房，全家人可以一起住的房間嗎？

M：在有二張床比較寬敞的房間，可以鋪棉被……。

F：好的。麻煩就那房間。

女人預約了何時的什麼樣的房間了呢？

1 八號的十二疊的和式房

2 八號的比較寬敞的西式房

3 四號的六疊的和式房

4 四號的比較寬敞的西式房

3番 MP3-40

男の人が近所の女の人と話しています。男の人はどうして夕ご飯を作ることになりましたか。

F：いいお天気ですね。

M：ええ、こんなにいい天気は久しぶりですよね。

F：ええ、洗たく物がよく乾いて、うれしいです。

M：うちの妻も、朝早くから洗たく機を回していて、まだやってますよ。

F：最近はずっと雨でしたからね。洗たく物がたまると、私達主婦は大変なんですよ。

M：いえいえ、私達男性だって大変ですよ。洗たく物が多いと、奥さんは忙しくて他のことをする時間がないでしょ。だからうちの場合、料理や掃除は私がやらなきゃならないんです。

F：そうなんですか？羨ましいです。うちの主人なんて、朝からゴルフに出かけちゃって、いませんよ。

M：だから、これからスーパーに食材を買いに行くんです。

F：今晩のおかずは何ですか？

M：しゃぶしゃぶです。子供達はカレーライスが食べたいって言うんですけど、私が作るんですから、自分の好きなものをと思って。
F：それはそうですよ。是非、おいしいしゃぶしゃぶを作ってくださいね。
M：じゃ、行ってきます。
F：お気をつけて。

男の人はどうして夕ご飯を作ることになりましたか。
1 奥さんが出かけているから
2 奥さんが忙しいから
3 子供に頼まれたから
4 子供に食べさせたいから

男人和女性鄰居正在說話。男人為什麼變成要做晚餐了呢？

F：天氣真好耶！
M：是啊，好久沒有這麼好的天氣了呢！
F：是啊，洗的衣服可以好好曬乾，真開心。
M：我太太也是一大早開始就啟動洗衣機，還在洗呢！
F：因為最近一直下雨呢！要洗的衣服積一大堆，我們家庭主婦就麻煩了呢！
M：不、不，我們男性才麻煩哩！要洗的衣服一多，太太因為忙，不是沒有時間做其他的事情了嗎？所以像我們家，做菜或是打掃，就非我做不可了。
F：是那樣嗎？真羨慕。我們家老公，早上就出門打高爾夫球，不在家耶！
M：所以，接下來要去超市買菜。
F：今天晚上要做什麼菜？
M：涮涮鍋。雖然孩子們說想吃咖哩飯，但是因為是我做，所以想做自己喜歡的東西。
F：說得也是啊！請一定要做好吃的涮涮鍋喔！
M：那麼，我走囉！
F：請小心。

男人為什麼變成要做晚餐了呢？
1 因為太太出門了
2 因為太太很忙
3 因為被小孩拜託
4 因為想要讓小孩吃

4番（よんばん） MP3-41

学校で女の学生と男の学生が話しています。男の学生は、どうしてプレゼントをもらいましたか。

F：プレゼント？誰から？

M：分からないんだ。朝、教室に来たら、机の上に置いてあったから。

F：今日、誕生日だっけ？

M：ううん、誕生日は8月。それに、今日はバレンタインデーでもないし……。

F：ちょっと早めのクリスマスプレゼントかな。開けてみたら？手紙が入ってるかもよ。

M：でも、気持ちが悪いよ。知らない人から物をもらうなんて。

F：私は女の子だから、分かるんだ。恥ずかしくて、好きな人に直接渡せない気持ち。すてきじゃない。

M：じゃ、代わりに開けてよ。

F：いいよ。（プレゼントを開ける）はははは っ！

M：どうしたの？

F：これ、横山くんにくれたプレゼントじゃないよ。「杉田さんへ」って書いてある。

M：何だよ！！プレゼントなんて置き間違えるなよ！

F：ちょっと待って……ここに本人の名前が書いてある。うっそ～。ショック！！

M：誰？あっ、もしかして、この斉藤って、お前が好きな野球部のピッチャーの？

F：私、失恋しちゃったみたい……。

男の学生は、どうしてプレゼントをもらいましたか。

1 誕生日だから

2 バレンタインデーだから

3 相手が置き間違えたから

4 クリスマスプレゼント

學校裡，女同學和男同學正在說話。男同學為什麼收到禮物了呢？

F：禮物？誰給的？

M：不知道耶！因為早上進教室的時候，就放在桌子上了。

F：今天，是生日嗎？

M：不是，生日是八月。而且，今天也不是情人節……。

F：是稍微早一點的聖誕禮物嗎？打開看看呢？說不定裡面有信喔！

M：但是，好不舒服喔！收到不認識的人給的禮物之類的。

F：我是女生，所以我知道啦！是因為害羞，沒辦法直接交給喜歡的人的心情。很棒不是嗎？

M：那麼，你幫我開吧！

F：好啊！（打開禮物）哈哈哈哈～！

M：怎麼了嗎？

F：這個，不是要給橫山的禮物啦！有寫著「給杉田同學」。

M：什麼嘛！！禮物之類的，不要放錯地方好不好！

F：等一下……這裡寫著那個人的名字。不會吧～！震驚！！

M：誰？啊～，難不成，這個齊藤，就是妳喜歡的棒球隊的投手？

F：我，好像失戀了……。

男同學為什麼收到禮物了呢？

1 因為生日

2 因為情人節

3 因為對方放錯地方

4 聖誕節禮物

5番 MP3-42

会社で女の人と男の人が話しています。男の人は、どうしてその携帯を買うことにしましたか。

F：あっ、携帯のパンフレット？
M：うん。もう2年も使ってるから、そろそろ新しいのに取り替えようと思って。
F：最近のは画面がだいぶ大きくなって、見やすくなったよね。
M：うん。うちの祖父でもよく見えるって言って、喜んでた。
F：えっ？おじいさんも携帯持ってるの？
M：うん。友達と外出することが多いから、必要なんだって。
F：すごいね。
M：お年寄り用の携帯もけっこう出てるんだよ。画面が大きくて、操作もしやすいやつ。
F：へー、知らなかった。あっ、iPhoneはどう？メールも送れるし、ビデオ撮影も可能だって書いてある。画像もきれいだし。
M：いいけど、高くて買えないよ。
F：それじゃ、こっちのは？1万円以下だよ。
M：安いけど、使いにくそう。これはどうかな。
F：いいんじゃない？操作も簡単そうだし、メールも送れるし。何より見た目がいいよ。
M：うん、じゃ、これにする。

男の人は、どうしてその携帯を買うことにしましたか。
1 画面が大きくて、見やすいから
2 画面が大きくて、操作もしやすいから
3 メールが送れて、ビデオ撮影も可能だから
4 操作が簡単で、見た目がいいから

公司裡，女人和男人正在說話。男人為什麼決定買那支手機了呢？

F：啊，是手機的型錄？
M：嗯。因為已經用二年了，所以想差不多該換台新的了。
F：最近的畫面變得相當大，變得容易看了呢！
M：嗯。連我爺爺都說看得很清楚，很高興耶！。
F：咦？你爺爺也帶手機啊？
M：嗯。他說因為常和朋友出去，所以有需要。
F：好厲害喔！
M：也出了不少年長者用的手機耶！畫面大，操作也容易的東西。
F：咦～，我都不知道。啊，iPhone怎麼樣？有寫可以寄送電子郵件，還可以錄影。影像也很漂亮。
M：好是好，可是太貴了買不起啊！
F：那麼，這支如何？一萬日圓以下喔！
M：便宜是便宜，看起來好像很難用。這支如何呢？
F：不錯嘛！操作看起來很簡單的樣子，而且還可以寄送電子郵件。最重要的是外型很好看耶！
M：嗯，那麼，就決定這支。

男人為什麼決定買那支手機了呢？

1 因為畫面大，又容易看
2 因為畫面大，操作也容易
3 因為可以寄送電子郵件，還可以攝影
4 因為操作簡單，而且外型也好看

6番 MP3-43

女の人が、レストランで会社の先輩と話しています。女の人は、どうして会社をやめようとしていますか。

M：最近、どうした？元気がないし、ミスも多いようだし。

F：すみません。

M：謝らなくてもいいよ。誰にだって、調子の悪いときはあるんだから。僕も数年前、女房とうまくいってなかったときがあってね、あのときはミスばかりして、上司に叱られたものさ。

F：そうですか。

M：彼氏と喧嘩？それとも同僚にいじめられてるとか。

F：いえ……じつは父ががんなんです。3か月ほど前から入院していて、母がずっと付き添ってたんですが、看病疲れで倒れちゃって……。

M：それは大変だ。それで、代わりに看病してるのか。

F：はい。毎日、会社と病院の往復で、疲れてて……。

M：もっと早く言ってくれればいいのに。

F：いえ、私個人の問題ですから。それで、最近はミスも多いし、みんなに迷惑をかけてしまっているので、会社をやめようかと思ってるんです。

M：そう。でも結論を出すの、ちょっと待ってくれないか？僕のほうから上司に相談してみるから。仕事をやめちゃったら、生活だって大変だろ？

F：それはそうですが……。

M：僕にまかせて！

女の人は、どうして会社をやめようとしていますか。

1 体の調子が悪いから

2 彼氏とうまくいっていないから

3 同僚にいじめられているから

4 父親の看病が大変だから

女人在餐廳，和公司的前輩正在說話。女人為什麼正打算辭職呢？

M：最近，怎麼了？無精打采的，好像也出了很多錯。
F：對不起。
M：不用道歉也沒關係啦！因為不管是誰，都有狀況不好的時候。我在幾年前，也有和老婆處得不好的時候，那個時候一直出錯，被上司罵。
F：這樣啊！
M：和男朋友吵架？還是被同事欺負之類的？
F：不是……其實是我父親罹患癌症。大約從三個月前開始住院，雖然我母親一直陪伴著，但是因為照顧到太累，倒了下來……。
M：那真是太糟糕了。所以，換妳在照顧嗎？
F：是的。每天，往返公司和醫院，好累……。
M：怎麼不早點說呢！
F：不，因為這是我個人的問題。所以，因為最近出了很多錯，而且給大家添了麻煩，所以在想，是不是要辭職。
M：這樣嗎？但是結論出來前，要不要稍微等我一下？我來和上司商量看看。辭掉工作的話，生活，會很辛苦吧？
F：是這樣沒有錯，但是……。
M：交給我！

女人為什麼正打算辭職呢？
1 因為身體的狀況不好
2 因為和男朋友處得不好
3 因為被同事欺負
4 因為照顧父親很辛苦

問題3

問題3では、問題用紙に何も印刷されていません。まず話を聞いてください。それから、質問と選択肢を聞いて、1から4の中から正しい答えを1つ選んでください。

問題3，問題用紙上沒有印任何字。請先聽內容。接著，請聽問題和選項，然後從1到4中，選出一個正確答案。

1番 MP3-44

デパートでアナウンスが流れています。

F：本日は雨の中、ご来店いただきましてありがとうございます。お客様にご案内申し上げます。只今、当店では母の日に向けて、婦人服の半額セールを行っております。また9階の催し物会場でも、母の日ビッグセールを開催しております。台所用品が3割引、婦人靴が6割引、高級バッグが4割引と、大変お得です。このチャンスをお見逃しのないよう、是非、ご利用ください。引き続き、お呼び出しを申し上げます。新宿区からお越しの吉田様、新宿区からお越しの吉田様、お連れ様がお待ちです。5階の紳士服売り場までお越しください。

アナウンスで、婦人服は何割引だと言っていますか。

1 3割引
2 4割引
3 5割引
4 6割引

百貨公司裡正在廣播。

F：感謝今日下雨中蒞臨本店。請各位貴賓注意。現在，本店為了慶祝母親節，正舉辦仕女服半價促銷活動。此外，九樓的活動會場，也正舉辦母親節大特賣。廚房用具七折、女鞋四折、高級包包六折，非常划算。請務必不要錯過這個機會，享受優惠。接下來，請各位貴賓注意。從新宿區來的吉田先生、從新宿區來的吉田先生，您的同伴在等您。請您前往五樓的紳士服賣場。

廣播中正在說仕女服是幾折呢？

1 七折

2 六折

3 五折

4 四折

2番（にばん） MP3-45

教室（きょうしつ）で先生（せんせい）が話（はな）しています。

M：じゃ、テストを始（はじ）めます。話（はなし）はやめて！静（しず）かに！5分後（ごふんご）には開始（かいし）しますから、鉛筆（えんぴつ）と消（け）しゴム以外（いがい）のものはしまってください。鉛筆（えんぴつ）は5本（ごほん）までです。横田（よこた）さん、教科書（きょうかしょ）はしまって！辞書（じしょ）も出（だ）してちゃだめですよ。斉藤（さいとう）くん、いつまでもおしゃべりしてないで！それから、人（ひと）の答（こた）えを見（み）た人（ひと）は0点（れいてん）になりますから、カンニングは絶対（ぜったい）しちゃだめですよ。テストの最中（さいちゅう）に、先生（せんせい）が名前（なまえ）を確認（かくにん）していきますから、学生証（がくせいしょう）を机（つくえ）の左端（ひだりはし）に置（お）いておいてくださいね。はい、時間（じかん）になりました。始（はじ）めてください。

先生（せんせい）は何（なん）について話（はな）していますか。

1 来週行（らいしゅうおこな）われるテストについて

2 テストで出（だ）していていいものについて

3 テストでしてもいいことについて

4 テストで100点（ひゃくてん）を取（と）る方法（ほうほう）について

教室裡老師正在說話。

M：那麼，開始考試。不要講話！安靜！五分鐘以後會開始，所以請把鉛筆和橡皮擦以外的東西收起來。鉛筆最多五支。横田同學，教科書收起來！字典也不可以拿出來喔！齊藤同學，不要一直講話！還有，看別人答案的人以零分計算，絕對不可以作弊喔！考試當中，老師會去確認名字，所以請把學生證放在桌子的左邊喔！好，時間到了。請開始。

老師就什麼事情正說著話呢？

1 就下週舉辦的考試

2 就在考試中拿出來也沒關係的物品

3 就在考試中做也沒關係的事情

4 就在考試中可以拿一百分的方法

3番 MP3-46

日本語がぺらぺらな台湾人留学生が話しています。

M：秘訣ですか？そう言われても、難しいですね。自分でもどうして上手になったのか、分からないんですよ。ある日突然、日本人の話している言葉が理解できたんです。えっ？魔法みたいですか？そうかもしれませんね。ですから、自分の経験をお話しします。私の場合、なるべく文字は見ないようにしました。分からなくてもいいから、とにかく耳で聴く。日本のドラマやニュースもよく見ましたね。でも、その時は本当は３０パーセントくらいしか分かっていませんでした。それでも毎日映像を見て、耳で聞いて……。そうするうちに、ただの雑音が気持ちのいい音に変わり、音が言葉になって、気づいたら日本語が理解できてたんです。でも、話すのはまだまだですね。話したいことはたくさんあるんですが、日本語では、なかなか上手に表現できません。

この留学生は何について話していますか。

1 日本での苦しかった生活について
2 日本語を上達させるすごい秘訣について
3 日本語が上達した自分自身の体験について
4 日本でよく聞いていた音楽について

日文流利的台灣留學生正在說話。

M：秘訣嗎？被這樣問，也很難回答耶！自己也不知道為什麼會變厲害耶！就是某一天，突然就能理解日本人說的話了。咦？像魔法一樣嗎？說不定是那樣耶！所以，我來說自己的經驗。我的情況，是盡量不去看文字。不懂也沒關係，所以反正就是用耳朵去聽。也常常看日本的連續劇或新聞喔！不過，那時候其實大概只聽得懂百分之三十。儘管如此，還是每天看影像，用耳朵去聽……。就在這當中，覺得只是噪音的聲音變成讓人舒服的好聽的聲音，聲音變成語言，等到發現的時候，就已經懂日文了。但是，講的還不行啦！想要說的還很多，但是用日文，怎麼也沒有辦法很厲害地表達出來。

這位留學生就什麼事情正說著話呢？

1 就在日本辛苦的生活
2 就讓日文進步的了不起的秘訣
3 就日文進步的自身體驗
4 就在日本常聽的音樂

4番 MP3-47

図書館の係員が話しています。

F：新入生のみなさん、こんにちは。私はこの図書館の受付をしています、安藤と申します。よろしくお願いします。水曜日以外は毎日ここにいますので、分からないことがあったら、いつでも声をかけてくださいね。日曜日ですか？ああ、そうですね、図書館がお休みですから、もちろん私も入れませんね。ここは本を読んだり借りたり、勉強したりするときに、自由に使ってください。でも、おしゃべりは禁止です。どうしても必要なときは、小さな声で話してください。それから、図書館はいつも5時半まで開いています。ただし、学校でイベントがあるときは3時まででです。それから、土曜日は7時まで使えます。お昼休みですか？ないですよ。私が食事でいないときは、別の係りの人がいますので、心配はいりません。他に質問のある人？

図書館の係員は何について話していますか。

1 図書館の開館時間について
2 借りられる本の数について
3 夏休みの利用方法について
4 日曜日の利用方法について

圖書館的辦事員正在說話。

F：各位新生，午安。我是這個圖書館的櫃檯人員，我叫安藤。請多多指教。除了星期三之外，我每天都在這裡，所以有任何不懂的地方，請隨時叫我一聲喔！星期天嗎？啊，對耶。因為圖書館休息，所以當然我也不會進來啊！看書、借書、讀書的時候，這裡都可以自由使用。但是，說話是禁止的。無論如何都必須時，請小聲說話。還有，圖書館平常是開到五點半。但是，學校有活動的時候是到三點。還有，星期六可以使用到七點。午休嗎？沒有喔！因為我用餐不在時，會有別的單位的人在，所以不用擔心。其他有沒有人還有疑問？

圖書館的辦事員就什麼事情正說著話呢？

1 就圖書館的開館時間
2 就可借閱的書的數量
3 就暑假的使用方式
4 就星期天的使用方式

5番 MP3-48

中学校の先生が話しています。

M：昨日、9時のＮＨＫニュースを見ましたか。雀の数が減少しているというニュースです。その理由は、雀が食べる虫の数が減っていることにあるそうです。それから、日本伝統の屋根が減っていることも関係していると言っていました。特に都会では、今はほとんどがビルになってしまって、瓦屋根の家はほとんど見ませんよね。昔は雀は瓦の屋根の隙間に住んでいましたから、安全な場所が減って、本当に困っているでしょうね。敵から身を守るためには、目立っちゃだめなんです。それに雀は強い風が苦手ですから、風の当たらないところが好きです。そういった条件が、最近は減ってしまったために、あの可愛い雀が消えてしまうのは残念だと思いませんか。今日は、どうしたら雀が楽しく暮らせるような環境が作れるか、みんなで話し合ってみようと思います。

先生は雀のどんなことについて話していますか。

1 風の強い日の過ごし方について
2 数が減った原因について
3 激増した地理的要因について
4 食べる虫の種類について

中學的老師正在說話。

M：昨天，看了九點的NHK的新聞了嗎？麻雀數量減少這樣的新聞。其理由，據說在於麻雀吃的蟲子的數量減少。還有，也提到和日本傳統的屋簷減少有關。尤其在都市，現在幾乎都成了大樓，有屋瓦屋簷的家幾乎看不到了吧！以前，因為麻雀是住在屋瓦屋簷的縫隙裡，所以安全的場所減少，真的很困擾啊！為了敵人來襲保護身體，不可以太顯眼。而且麻雀怕強風，所以喜歡風吹不到的地方。最近，因為像那樣的條件減少，導致那些可愛的麻雀消失，難道不覺得遺憾嗎？今天，想和大家談談，要如何才能創造出麻雀可以快樂生活的環境。

老師就麻雀的什麼樣的事情正說著話呢？

1 就風強的日子的度過方式
2 就數量減少的原因
3 就激增的地理要因
4 就食用的蟲子的種類

問題 4

問題4では、問題用紙に何も印刷されていません。まず文を聞いてください。それから、それに対する返事を聞いて、1から3の中から正しい答えを1つ選んでください。

問題4，問題用紙上沒有印任何字。請先聽文章。接著，請聽其回答，然後從1到3中，選出一個正確答案。

1番 MP3-49

F：新宿までの切符を2枚お願いします。

M：1 もうすぐですね。

2 すみませんでした。

3 かしこまりました。

F：麻煩到新宿的車票二張。

M：1 就快了對不對。

2 對不起。

3 知道了。

2番 MP3-50

M：文句ばっかり言ってないで、仕事しなさい。

F：1 それがどうした。

2 どうもすみません。

3 がんばりました。

M：不要光會抱怨，去工作！

F：1 那又怎樣了！

2 真對不起。

3 努力過了。

3番（さんばん） MP3-51

F：彼（かれ）、テニスで優勝（ゆうしょう）したことがあるんだって。
M：1 へー、だめだね。
2 へー、さすがだね。
3 へー、とんでもないね。

F：據說他曾在網球比賽獲得冠軍。
M：1 咦～，真是不行呢！
2 咦～，不愧是他啊！
3 咦～，毫無道理嘛！

4番（よんばん） MP3-52

F：失恋（しつれん）しちゃって、寂（さび）しくてしょうがないんだ。
M：1 それは、つらいでしょうね。
2 それは、おかしくないですか？
3 それは、ばかばかしいですね。

F：失戀了，寂寞得不得了。
M：1 那，很痛苦吧！
2 那，不會很奇怪嗎？
3 那，還真蠢呢！

5番（ごばん） MP3-53

M：あんな難（むずか）しい大学（だいがく）に受（う）かるなんて、さすがだね。
F：1 いえいえ、たいしたことないですよ。
2 実力（じつりょく）ですから、もう言（い）わないでください。
3 そんなこともあるんですか。

M：考上那麼難的大學，不愧是妳啊！
F：1 沒、沒，不是什麼了不起的事啦！
2 就是實力，所以請不要再說了。
3 也有那樣的事情嗎？

6番 MP3-54

M：この書類、明日の朝までにコピーしておいてくれる？

F：1 分かったよ。明日の朝までにやれってさ。

2 分かりました。明日の朝のうちにね。

3 かしこまりました。明日の朝まででですね。

M：這份文件，明天早上前可以幫我印好嗎？

F：1 知道了啦！明天早上前會弄啦！

2 知道了。就是明天早上之內嘛！

3 了解。明天早上之前是吧！

7番 MP3-55

F：社長さんはいらっしゃいますか。

M：1 社長はただ今、外出しておりますが……。

2 社長はただ今、いないみたいなんだよ……。

3 社長はトイレで雑誌を読んでいますよ。

F：請問社長在嗎？

M：1 社長現在，正好外出……。

2 社長現在，好像不在喔……。

3 社長正在廁所看雜誌喔！

8番 MP3-56

F：体の具合が悪いので、会社をお休みしたいんですが……。

M：1 分かりました。気をつけてください。

2 分かりました。お大事になさってください。

3 分かりました。お困りでしたでしょうね。

F：因為身體不舒服，所以想向公司請假……。

M：1 知道了。請小心。

2 知道了。請多保重。

3 知道了。應該很傷腦筋吧！

9番（きゅうばん） MP3-57

M：今日（きょう）悪（わる）いけど、残（のこ）って手伝（てつだ）ってもらえない？
F：1 残（のこ）っているのは、あとこれだけあります。
2 すみません。今日（きょう）はちょっと遅（おそ）くなりました。
3 今日（きょう）ですか？分（わ）かりました。

M：今天不好意思，可以留下來幫忙嗎？
F：1 剩下來的，還只有這些。
2 對不起。今天有點來遲了。
3 今天嗎？知道了。

10番（じゅうばん） MP3-58

F：すみません、負（ま）けてしまって。
M：1 もうそろそろ帰（かえ）ろうよ。
2 いいよ。がんばったんだから。
3 次（つぎ）の試合（しあい）も楽（たの）しみだね。

F：對不起，輸掉了。
M：1 差不多該回去了喔！
2 沒關係啦！因為盡力了。
3 也很期待下次的比賽喔！

11番（じゅういちばん） MP3-59

F：勇次（ゆうじ）、食（た）べかけでゲームをしちゃだめよ。
M：1 だって、食（た）べきれないんだもん。
2 だって、おいしかったんだもん。
3 だって、量（りょう）が少（すく）ないんだもん。

F：勇次，吃到一半不可以玩電玩喔！
M：1 就吃不完啊！
2 就很好吃啊！
3 就量很少啊！

12番（じゅうにばん） MP3-60

M：どうして勝手（かって）にそんなこと、したんですか？

F：1 あの状況（じょうきょう）では、そうするにあたらなかったんです。

2 あの状況（じょうきょう）では、そうするきらいがあったんです。

3 あの状況（じょうきょう）では、そうするほかなかったんです。

M：為什麼自做主張，做那樣的事情呢？

F：1 在那種情況下，不值得那樣做。

2 在那種情況下，有做那樣的傾向。

3 在那種情況下，只能那樣做了。

第二回模擬試題解析 >> 聽解

問題5

問題5では長めの話を聞きます。この問題には練習はありません。

原稿用紙に何も印刷されていません。まず、話を聞いてください。それから、質問と選択肢を聞いて、1から4の中から、正しい答えを1つ選んでください。

問題5，是長篇聽力。這個問題沒有練習。

問題用紙上沒有印任何字。首先，請聽內容。接著，請聽問題和選項，然後從1到4中，選出一個正確答案。

1番 MP3-61

店員3人がお客さんについて話しています。

F1：あの窓際のお客さん、もう5時間以上もいるよ。
F2：うん、誰かを待ってるみたい。
F1：どうして分かるの？
F2：時計ばかり見てるもの。
M：2人とも、しゃべってないで！
F1：あっ、店長！！じつはあちらのお客様、コーヒー1杯で、5時間以上もいるんです。店内が混んでるので、どうしたらいいかと思って……。
M：あの、本を読んでるお客様？
F1：いえ、入り口に近いほうの窓際の、若い男性です。今、携帯で話してる……。
F2：ちょっとかっこいいよね。彼女でも待ってるのかな？
F1：それにしても、コーヒー1杯で5時間はちょっとね……。
F2：店長、どうします？
M：とにかく、何度もお水を取り替えてさしあげて。外見はサービスに見えるけど、じつは居づらくさせる最高の方法なんだ。
F1：なるほど。
F2：じゃ、早速やってみましょう！

店員はどうしてお客様を居づらくさせようとしているのですか。

1 お客様の声が大きくて、周囲に迷惑をかけているから
2 お客様が紅茶1杯しか頼まないで、5時間もいるから
3 お客様が長時間いるうえ、店内が混んでいるから
4 何も注文しないで、店内に5時間もいるから

三位店員正就客人說著話。

F1：那個窗邊的客人，已經待五個小時以上了喔！

F2：嗯，好像是在等什麼人。

F1：妳怎麼知道？

F2：因為一直看時鐘。

M：二個人，都不要說話！

F1：啊，店長！！其實是那邊的客人，才一杯咖啡，就待了五個小時以上。因為店裡面客人很多，所以才在想要怎麼辦比較好……。

M：是那位，在看書的客人？

F1：不是，是在入口附近靠窗邊的年輕男士。現在，正用手機講著話……。

F2：有點帥吧！是不是在等女朋友啊？

F1：就算如此，一杯咖啡待五個小時也有點……。

F2：店長，怎麼辦？

M：總之，一直幫他換水。外表看起來好像是幫他服務，其實是讓他很難待下去的最好的方法。

F1：原來如此。

F2：那麼，快去試試看吧！

店員為什麼要讓客人很難待下去呢？

1 因為客人聲音很大，給周遭的人添麻煩

2 因為客人只點一杯紅茶，就待了五個小時

3 因為客人待很久，而且店裡客人很多

4 因為什麼都沒有點，在店裡面待了五個小時

2番 MP3-62

家族3人が入院中の祖母について話しています。

F1：おばあちゃん、まだよくならないの？
F2：年だから、しょうがないわよ。８０歳すぎて、骨の手術したんだもの。
M：そうだな。それにお母さんの骨折、ひどかったもんな。
F2：そうね。前は痛くてぜんぜん眠れなかったみたいだけど、最近はだいぶよくなってるから、安心したわ。
M：食欲もあるみたいだし。病院の食事もおいしいって言ってたよ。
F1：でも、おばあちゃん、早く退院したいって言ってた。おばあちゃんの代わりに、お父さんとお母さんにお願いしてって。
F2：だけど、まだ1人で歩けないんだから、危ないじゃない。あの怖い看護師さんに、またいじめられてるのかしら。
F1：ちがうよ。同じ部屋の人がうるさくて眠れないんだって。夜遅くまでテレビ見てるみたい。
M：あの人には、前にもお願いしたんだけどな。テレビは、10時過ぎたら消してくださいって。
F1：病室のテレビじゃなくて、自分のパソコンで見てるらしいよ。
F2：それは困ったわね。
M：じゃ、明日、俺のほうから看護師さんに相談してみるよ。

おばあさんはどうして退院したいのですか。
1 怖い看護師さんにいじめられているから
2 同じ部屋の人のテレビの音がうるさくて眠れないから
3 病院の食事がまずくてぜんぜん食べられないから
4 隣の人がパソコンでゲームをしていて眠れないから

三位家人正就住院中的祖母說著話。

F1：奶奶，還沒有好嗎？
F2：因為上了年紀，所以沒辦法啊！都過了八十歲了，還動了骨頭的手術。
M：是啊！而且媽媽的骨折，很嚴重哪！
F2：是啊！之前痛到完全睡不著的樣子，但是最近好很多了，所以就放心了。
M：好像也有食慾的樣子。她說醫院的食物很好吃喔！
F1：但是，奶奶，說想要早點出院。奶奶要我代替她，向爸爸和媽媽拜託。

F2：可是，一個人還沒辦法走路，所以不是很危險嗎？會不會又是被那個恐怖的護士欺負啊！

F1：不是啦！她說同一個房間的人很吵，所以睡不著。好像看電視看到很晚的樣子。

M：那個人，雖然之前也拜託過了。有跟她說，電視超過十點的話請關起來。

F1：就算不看病房的電視，好像也用自己的電腦看著喔！

F2：那很傷腦筋耶！

M：那麼，明天，我這邊去和護士商量看看吧！

奶奶為什麼想出院呢？

1 因為被可怕的護士欺負

2 因為同一房間的人的電視聲音很吵，睡不著

3 因為醫院的食物很難吃，完全吃不下

4 因為旁邊的人用電腦玩遊戲，所以睡不著

3番 MP3-63

クラスメート3人が来週行くコンサートについて話しています。

M1：来週、楽しみだね。

F：うん。私、行くときに着ていく服、買ったんだ。

M2：へー、どんな服？

F：ピンクで大きいリボンがついてるの。すごく可愛いんだ。

M2：久しぶりの浜崎あゆみのコンサートだもんな。

F：うん、おしゃれして行かなきゃね。

M1：じゃ、俺も今日、買って来る。美和ちゃん、買い物、つきあってくれる？

F：ごめん。今日、お母さんといっしょに美容院に行くんだ。

M2：俺がつきあってやるよ。

M1：うん。

F：そうそう、コンサートって、7時からだったよね。

M1：ちがうよ、8時からだよ。

M2：2人ともちがうよ。7時半だよ。

F：そっか。じつはその日、5時ごろ友だちの見舞いに行くんだ。遅刻すると悪いから、2人は先に行っててくれる？

M1：うん、分かった。

女の子はどうして遅刻するかもと言っていますか。

1 母親と買い物に行くから

2 友だちと買い物に行くから

3 美容院にカットしに行くから

4 病院に見舞いに行くから

三位同班同學正就下星期前往的演唱會說著話。

M1：下個星期，好期待喔！

F：嗯。我，去的時候穿的衣服，買了喔！

M2：咦，什麼樣的衣服？

F：粉紅色，有附上大蝴蝶結的。非常可愛喔！

M2：好久沒看濱崎步的演場會了哪！

F：嗯，不穿時髦點去不行呢！

M1：那麼，我今天也去買。美和，可以陪我去買東西嗎？

F：抱歉！今天，我要和媽媽一起去美容院。

M2：我陪你啦！

M1：嗯。

F：對了，演唱會，從七點開始吧！

M1：不是啦！從八點開始啦！

M2：二個人都不對啦！七點半啦！

F：這樣喔。其實那天，我五點左右要去探朋友的病。因為遲到的話會不好意思，所以你們二個人可以先去嗎？

M1：嗯，知道了。

女孩正在說為什麼可能會遲到呢？

1 因為要和母親去買東西

2 因為要和朋友去買東西

3 因為要去美容院剪頭髮

4 因為要去醫院探病

4番 MP3-64

先生と学生が作文コンクールについて話しています。

F1：コンクールまで、あと2日ね。練習してる？
F2：はい。でも、今からもう緊張してて、よく眠れないんです。
M：俺もです。
F1：大げさね。いつも通りにやればいいのよ。
F2：はい。でも、大きな舞台で読むのは初めてなので……。
F1：知ってる？ドキドキするときは、目を閉じて、手のひらに「の」って書くの。
そうすると、緊張しなくなるのよ。
M：うそ～。
F2：うちの祖母も信じてます、それ。
F1：信じてる人、けっこういるのよ。
F2：「信じる者は救われる」って言いますよね。
F1：そうそう。
F2：高橋くん、何してるの？今、手のひらに「の」って書いてたでしょ。
M：見られちゃった？……あっ、ドキドキが消えたみたい。
F1：うそ～？
M：うそって……。先生、自分で言ったんですよ。
F1：そうだったわね。

どうして手のひらに「の」の字を書くといいのですか。
1 ゾクゾクしなくなるから
2 ドキドキしなくなるから
3 ニコニコできるから
4 どんどん読めるから

老師和學生正就作文比賽說著話。

F1：到比賽為止，還有二天吧！有在練習嗎？
F2：有。但是，現在開始已經在緊張了，所以睡不太著。
M：我也是。
F1：真是大驚小怪啊！照平常那樣做就可以了喔！
F2：好。可是，在大舞台上朗讀還是第一次……。

F1：知道嗎？緊張的時候，把眼睛閉起來，在手心上寫「の」。如此一來，就會變得不緊張了喔！

M：不會吧～。

F2：我的祖母也相信，那個。

F1：相信的人，還滿多的喔！

F2：俗話說，「心信則靈」啊！

F1：對、對。

F2：高橋同學，你在做什麼？現在，是不是在手心上寫了「の」啦？

M：被妳看到了啊？……啊，緊張好像消除了。

F1：不會吧～？

M：不會吧的意思是……。妳自己說的耶！

F1：說的也是啊！

為什麼在手心上寫「の」字的話比較好呢？

1 因為會變得不打寒顫

2 因為會變得不緊張

3 因為可以微笑

4 因為可以一直讀

N2 模擬試題　第三回　考題解析

考題解答

言語知識（文字・語彙・文法）・讀解

問題 1（每小題各 1 分）

1 3　2 2　3 1　4 2　5 4

問題 2（每小題各 1 分）

6 2　7 3　8 2　9 4　10 1

問題 3（每小題各 1 分）

11 2　12 2　13 4　14 3　15 3

問題 4（每小題各 1 分）

16 4　17 1　18 3　19 1　20 4　21 3　22 1

問題 5（每小題各 1 分）

23 2　24 1　25 4　26 2　27 4

問題 6（每小題各 1 分）

28 3　29 1　30 2　31 4　32 1

問題 7（每小題各 1 分）

33 1　34 3　35 4　36 4　37 1　38 2　39 4　40 4　41 2　42 1
43 4　44 3

問題 8（每小題各 1 分）

45 2　46 2　47 3　48 3　49 2

問題 9（50～53，每小題各 2 分。54為 3 分）

50 3　51 1　52 1　53 3　54 4

問題 10（每小題各2分）

55 2　56 4　57 2　58 1　59 2

問題 11（每小題各2分）

60 1　61 4　62 2　63 2　64 1　65 3　66 3　67 4　68 2

問題 12（每小題各5分）

69 3　70 3

問題 13（每小題各4分）

71 2　72 1　73 4

問題 14（每小題各5分）

74 2　75 4

註1：問題1～問題9為「言語知識（文字・語彙・文法）」科目，滿分為60分。

註2：問題10～問題14為「讀解」科目，滿分為60分。

◎自我成績統計

科目	問題	小計	總分
言語知識（文字・語彙・文法）	問題 1	/5	/60
	問題 2	/5	
	問題 3	/5	
	問題 4	/7	
	問題 5	/5	
	問題 6	/5	
	問題 7	/12	
	問題 8	/5	
	問題 9	/11	
讀解	問題 10	/10	/60
	問題 11	/18	
	問題 12	/10	
	問題 13	/12	
	問題 14	/10	

聽解

問題 1（每小題各 1 分）

1番 3

2番 2

3番 2

4番 2

5番 3

問題 2（每小題各 1.5 分）

1番 3

2番 1

3番 2

4番 1

5番 4

6番 1

問題 3（每小題各 2 分）

1番 2

2番 3

3番 1

4番 4

5番 2

問題 4（每小題各 2 分）

1番 2

2番 3

3番 2

4番 2

5番 2

6番 1

7番 2

8番 3

9番 2

10番 3

11番 1

12番 3

問題5（每小題各3分）

1番 1

2番 2

3番 4

4番 1

註1：「聽解」科目滿分為60分。

◎自我成績統計

科目	問題	小計	總分
聽解	問題 1	/5	/60
	問題 2	/9	
	問題 3	/10	
	問題 4	/24	
	問題 5	/12	

考題解析

言語知識（文字・語彙・文法）・讀解

問題1 ＿＿＿の言葉の読み方として最もよいものを、1・2・3・4から一つ選びなさい。（請從1・2・3・4中，選擇＿＿＿詞彙最正確的讀音。）

1 このかばんの持ち主はあなたですか。

這個包包的所有人是你嗎？

1.もちしゅ（無此字）　2.もちじゅ（無此字）

3.持ち主（所有者）　4.もちなし（無此字）

2 最近はおもしろい番組がぜんぜんない。

最近完全沒有有趣的節目。

1.ばんくみ（無此字）　**2.番組**（節目）

3.はんくみ（無此字）　4.はんぐみ（無此字）

3 岡田さんの家は、昨夜、泥棒に入られたそうだ。

聽說岡田先生的家昨晚遭小偷了。

1.泥棒（小偷）　2.とろぼう（無此字）

3.でんぼう（無此字）　4.てんぼう（無此字）

4 課長は寝不足のようだ。

課長好像睡眠不足。

1.ねふそく（無此字）　**2.寝不足**（睡眠不足）

3.しんふそく（無此字）　4.しんぶそく（無此字）

5 神様にお願いしましょう。

向神明祈求吧！

1.かんさま（無此字）　2.おみさま（無此字）

3.しんさま（無此字）　**4.神様**（神明）

問題2 ＿＿＿の言葉を漢字で書くとき、最もよいものを1・2・3・4から一つ選びなさい。（請從1・2・3・4中，選擇最適合＿＿＿的漢字。）

6 祖母の家には今もまだいどがある。

祖母家到現在還有水井。

1.居間（起居室）
2.井戸（水井）
3.井室（無此用法）
4.居屋（無此用法）

7 夏はちゃんとひるねをしたほうがいい。

夏天好好午睡比較好。

1.好寝（無此用法）
2.早寝（早睡）
3.昼寝（午睡）
4.長寝（久睡）

8 ここにはんこを押してください。

請在這裡蓋章。

1.半子（無此字）
2.判子（印章）
3.印子（純金塊）
4.範子（無此字）

9 息子は、試合のさいちゅうにけがをしてしまった。

兒子比賽時不小心受傷了。

1.途中（途中、路上）
2.再中（無此字）
3.際中（無此字）
4.最中（最高潮、正在進行）

10 外がそうぞうしくて眠れない。

外面吵得要命睡不著。

1.騒々しくて（嘈雜、喧囂）
2.煩々しくて（無此用法）
3.慌々しくて（無此用法）
4.甚々しくて（無此用法）

問題3　（　　　）に入れるのに最もよいものを、1・2・3・4から一つ選びなさい。（請從1・2・3・4中，選擇最適當的詞彙填入（　　　）。）

11 これはじっくり考え（　　　）出した結論です。

這是我考慮再三所做的決定。

1.かけて（快～了、做一半）

2.ぬいて（～到底、一直～）

3.きって（～完、～盡）

4.ついて（「考えつく」為「想到、想起來」）

12 野球（　　　）おもしろいスポーツはない。

沒有比棒球更有趣的運動了。

1.まで（連～都～）

2.ほど（～程度；「～ほど～ない」為「沒有比～更～」）

3.ばかり（光～、只～）

4.さえ（連～）

13 （　　　）冬の北海道は、寒さが厳しい。

隆冬的北海道，十分嚴寒。

1.剛（剛；無此用法）

2.正（正；無此用法）

3.盛（盛；無此用法）

4.真（真～、正～、純～）

14 彼女は誰に（　　　）もとても優しい。

她不管對誰都很體貼。

1.ともなって（隨著～）

2.かわって（代替～）

3.たいして（對待～）

4.そって（沿著～、按照～）

15 父は（　　　）大な魚が釣れて、とても喜んだ。

父親釣到巨大的魚，非常高興。

1.超（超～）

2.特（特～）

3.巨（巨～）

4.非（非～）

問題4 （　　）に入れるのに最もよいものを、1・2・3・4から一つ選びなさい。（請從1・2・3・4中，選擇最適當的詞彙填入（　　）。）

16 政府は明日、中国との外交（　　）について話し合う。

政府明天會就外交政策和中國商談。

1.征索（無此字）　　2.制作（製作、創作（藝術作品））

3.製作（製作、製造）　　**4.政策（政策）**

17 今は頭が（　　）していて、考えられない。

現在腦子一團混亂，無法思考。

1.混乱（混亂）　　2.混雑（擁擠、混雜）

3.混同（混同、混淆）　　4.混合（混合）

18 この辺は（　　）と家が建っているだけで、他には何もない。

這附近只有零散幾戶人家，其他什麼都沒有。

1.的々（無此字）　　2.塊々（無此字）

3.点々（零散）　　4.中々（相當、很）

19 老後は田舎で（　　）と暮らしたい。

晚年想在鄉下悠閒地度過。

1.ゆうゆう（悠閒自在地）　　2.のろのろ（慢吞吞地）

3.まあまあ（普普通通）　　4.うろうろ（徘徊）

20 息子はクラスの中でいちばん（　　）です。

兒子在班上是最健康的。

1.文句（牢騷）　　2.究極（終極）

3.結構（相當）　　**4.丈夫（健康、強壯）**

21 今日は鈴木教授が環境汚染について（　　）するそうだ。

據說今天鈴木教授會就環境汙染做演說。

1.会講（無此字）　　2.講会（法會）

3.講演（演說）　　4.演講（無此字）

22 （　　）に反(はん)することはやめなさい。

請不要違反禮節。

1.エチケット（禮節、禮貌）　2.コンセント（插座）

3.アクセサリー（裝飾品、附屬品）　4.ビタミン（維他命）

問題(もんだい)5 ＿＿＿の言葉(ことば)に意味(いみ)が最(もっと)も近(ちか)いものを、1・2・3・4から一(ひと)つ選(えら)びなさい。（請從1・2・3・4中，選出與＿＿＿意義最相近的詞彙。）

23 父(ちち)はときどき出張(しゅっちょう)で、アメリカへ行(い)く。

父親偶爾會出差到美國。

1.よく（常常）

2.たまに（偶爾、不常）

3.めったに（幾乎、不常；後面必須接續否定）

4.ほとんど（大部分、幾乎）

24 赤(あか)ちゃんは今(いま)、深(ふか)く眠(ねむ)っている。

嬰兒現在睡得很熟。

1.ぐっすり（熟睡地）　2.がっかり（失望地）

3.ゆっくり（慢慢地）　4.すっきり（暢快地）

25 彼(かれ)のその考(かんが)え方(かた)はとてもおもしろいと思(おも)う。

我覺得他的那個構想很有趣。

1.アンテナ（天線）　2.ナイロン（尼龍）

3.サイレン（汽笛、警笛）　4.アイデア（想法、主意）

26 生(い)きることはすなわち戦(たたか)いだ。

生存即為戰鬥。

1.そこで（因此、所以、於是）　2.つまり（總之、就是說）

3.それとも（或者、還是）　4.すると（於是就、這麼說）

27 準備は順序よく進められているので、安心してください。

準備依序進行中，請放心。

1.まごまご（張皇失措地）
2.どきどき（心怦怦地跳）
3.うろうろ（徘徊、急得亂轉）
4.ちゃくちゃく（順利地、一步一步地）

問題6　次の言葉の使い方として最もよいものを、1・2・3・4から一つ選びなさい。（請從1・2・3・4中，選出以下詞彙最適當的用法。）

28 始末（收拾、處理、解決）
3.上司に重要な書類の始末を頼まれ、困っている。
被上司交辦處理重要的文件，傷腦筋。

29 気楽（輕鬆安樂）
1.将来は、田舎で気楽な生活をしたい。
希望將來在鄉下過輕鬆的生活。

30 夢中（熱中、著迷）
2.父は最近、英語の勉強に夢中になっている。
父親最近專注於英文的學習。

31 機嫌（情緒）
4.弟が100点をとったので、母は今日とても機嫌がいい。
因為弟弟得了一百分，所以媽媽今天心情非常好。

32 放送（播放、播報）
1.車を運転するときは、ラジオで放送しているニュースを聞く。
開車的時候，會聽收音機播放的新聞。

問題7　次の文の（　　　）に入れるのに最もよいものを、1・2・3・4から一つ選びなさい。（請從1・2・3・4中，選擇最適當的詞彙填入（　　　）。）

33 本日は祝祭日（　　　）お休みします。

本日因國定假日休息。

1.につき（因～；表示理由）

2.にして（到了～階段才～、雖然～但是～、是～同時也是～）

3.につれて（隨著、伴隨）

4.にかわり（帶替）

34 父は英語は（　　　）フランス語もドイツ語も話せる。

父親英文不用說，連法文、德文也會講。

1.とたんに（剛剛、突然）

2.ともかく（姑且不說、先別說）

3.もちろん（不必說、當然）

4.はじめ（「～をはじめ」意為「以～為首」、以及）

35 このまま不景気が続くと、会社はつぶれる（　　　）。

不景氣再這樣持續下去，公司恐怕會倒閉。

1.しだいだ（立刻、隨即、馬上）

2.のみならない（不僅如此）

3.いっぽうだ（越來越～、一直）

4.おそれがある（有～危險、擔心、恐怕）

36 いっしょうけんめい勉強した（　　　）、合格できなかった。

儘管拚命努力了，但還是沒有及格。

1.とおりに（正如）

2.のみならず（不僅～也～）

3.からといって（不能僅因為～就～）

4.にもかかわらず（儘管～卻～）

37 あの先生は独身（ ）、子どもが4人もいるそうだ。

那位老師哪裡還單身，聽說都有四個小孩了。

1.どころか（哪裡）

2.どころも（無此用法）

3.どころに（無此用法；「ところに」意為「～的時候」）

4.どころが（無此用法；「ところが」意為「但是、可是」）

38 風邪をひいて、頭が痛くて（ ）。

感冒頭痛難耐。

1.かかわらない（不相關）　2.たまらない（難耐）

3.しかない（只有）　4.かまわない（不管）

39 祖母はテレビを見ている（ ）寝てしまった。

祖母電視看著看著就睡著了。

1.とたんに（剛剛、突然）　2.たびに（每次）

3.うえに（加上、而且）　4.うちに（在做某事期間、～著）

40 空港で別れるとき、寂しさの（ ）泣いてしまった。

在機場分手時，因太難過而哭了起來。

1.かぎり（盡量）　2.とおり（正如、按照）

3.かわり（替代）　4.あまり（過度、過於）

41 天気予報に（ ）、大きな台風が来るそうだ。

根據天氣預報，有強烈颱風即將到來。

1.くらべ（與～相比）　2.よると（根據）

3.ついて（關於、就～）　4.そって（沿著、按照）

42 先生(せんせい)が（　　　）、何(なに)もできない。

老師要是不來，什麼都做不了。

1.来(こ)ないことには（如果不來、要是不來；「ないことには」意為「如果不～」）

2.来(こ)ないわりには（不來反而；「わりには」意為「比較起來，雖然～但是～」）

3.来(こ)ないおかげで（多虧不來；「おかげで」意為「多虧、託～的福」）

4.来(こ)ないまでも（就算不來；「ないまでも」意為「沒有～至少也～」）

43 主人(しゅじん)の病気(びょうき)はだいぶ（　　　）。

老公的病情正逐漸好轉。

1.治(なお)りかけだ（無此用法；「～かけ」意為「做一半、沒做完」）

2.治(なお)りっぽい（無此用法；「～っぽい」意為「有這種感覺或傾向」）

3.治(なお)りやすい（容易好；「～やすい」意為「容易～」）

4.治(なお)りつつある（正好轉；「～つつある」意為「正逐漸～」）

44 食(た)べなければ、（　　　）。

也不是不吃就會瘦。

1.やせるといわないこともない（也不是不說瘦）

2.やせるということになる（決定瘦；「ということになる」意為「決定、也就是說」）

3.やせるというものでもない（也不是就會瘦；「というものではない」意為「並非」）

4.やせるというわけになる（無此用法）

問題8　次の文の＿★＿に入る最もよいものを、1・2・3・4から一つ選びなさい。（請從1・2・3・4中，選出應該填入＿★＿的詞彙。）

45 ちょっと 頭 が 痛い ぐらい なら、がまんしなさい。
如果只是頭痛之類的，請忍耐。

1.頭（頭）　2.痛い（痛的）
3.ぐらい（表示「一點點、不值得一提」）　4.が（助詞）

46 大学に 入ったら 日本の 文化 について 研究したい。
要是上了大學，想就日本文化做研究。

1.日本の（日本的）　2.文化（文化）
3.について（就～）　4.入ったら（要是上了）

47 さすが 留学経験 がある だけあって 英語 がぺらぺらだ。
果然正因為有留學經驗，所以英文很流利。

1.英語（英文）　2.留学経験（留學經驗）
3.だけあって（正因為）　4.がある（有）

48 やる と 言った から には やるしかない。
既然說要做，就只能做了。

1.には（「からには」意為「既然」）
2.と（「と」為「助詞」，「と」前面的語彙為動作或思考的內容）
3.から（「からには」意為「既然」）
4.言った（說了）

49 宝くじ が 当たった と したら、何がほしいですか。
要是中了愛國獎券的話，想要什麼呢？

1.したら（～的話）
2.と（「と」為「助詞」，「とする」意為「要是～的話」）
3.が（助詞）
4.当たった（中了）

問題9　次の文章を読んで、50 から 54 の中に入る最もよいものを、1・2・3・4 から一つ選びなさい。（請閱讀以下文章，從1・2・3・4中，選出一個放進 50 到 54 裡最合適的答案。）

父の日課は、こんなふうだ。午前中は海辺を散歩する。昼はひやむぎを自分で茹でて食べる。ハワイで食べるひやむぎは最高なのって、緑川のおばちゃまが。そう言いながらひやむぎとめんつゆをトランクにつめたのは母だったのだが、まだこちらに来てから、母自身は 50 一度もひやむぎを食べていない。

午後、父は、初日に母に連れられて行ったショッピングモールで買ったというヘミングウェイの『老人と海』のペーパーバック（注1）を、51 辞書をひきながら、ていねいに読む。辞書なんか、持ってきたんだ。私が言ったら、52 だってここは英語を使う国なんだろう、と、珍しくふくみ笑い（注2）をしながら、父は答えた。

三人が揃うのは、夕食のときだけだ。母と私で作った、ステーキやら名前のわからない大きな魚をグリルしたものやらを、父はもくもくと食べる。食卓で喋るのは、もっぱら母だけだ。けれど食事の終わりごろになると、その母も黙りがちになるので、父がリモコンを手に取って、部屋に備えつけのテレビをつける。地元のニュースをやっているケーブルテレビに、必ず父はチャンネルをあわせる。

「うちって、夫婦の会話が、ほとんどないんだね」食事が終わって一緒にお皿を洗いながら、私は母に言ってみた。軽い気持ちで口にした言葉だったが、母は珍しく考えこむような表情になった。

やだ、気にしないでよ。私が言うと、母は 53 さらに沈んだ顔をする。ま、まさか、夫婦仲が冷えきってたりして。冗談のつもりで私がつづけると、母はゆっくりと首をかしげ、私の顔をじっと見つめた。

「じつは、おかあさん、離婚を考えてるの」今にも母がそう 54 言いそうな気がしてきて、私はいそいで洗剤をスポンジに絞り出した。お皿を洗う手に力をこめる。

「あのね」母がそう言ったのは、何十秒かたった後だった。

私は身構えた。ちらりと母を盗み見ると、母は目をぱっちりとみひらいていた。

「あたしとおとうさんは、ちゃんと愛しあってるのよ」一語一語を区切るようにして、母は言った。

（川上弘美『ざらざら』による）

（注1）ペーパーバック：紙表紙だけによる略装本。「ソフトカバー・ブック」ともいう

（注2）ふくみ笑い：声に出さないで笑うこと

中譯

父親每天的例行功課是這樣的。早上在海邊散步。中午自己燙涼麵來吃。在夏威夷吃涼麵最棒，綠川的阿姨這麼說。一邊說著那話的是把涼麵和涼麵醬汁塞進行李箱的媽媽，但是自從來了以後，媽媽自己 50 一次也沒吃過涼麵。

下午，父親 51 一邊查字典、一邊鄭重其事地閱讀海明威的《老人與海》平裝本。這書據說是在第一天母親帶他去的購物商場買的。字典都帶過來啦！當我這麼說時，父親難得地一邊含笑、一邊回答說，52 因為，這裡是使用英語的國家啊！

三個人到齊的時間，只有晚餐。父親默默地吃著我和母親做的牛排、或是用直火燒烤出來的不知名大魚。餐桌上講話的，只有母親一人。但是到用餐快結束時，那樣的母親也變沉默了，所以父親用手拿遙控器，打開房間裡配有的電視。父親一定會轉到正在播放新聞的有線電視台。

「在我們家，夫妻之間，幾乎沒有對話呢」吃完飯時，我一邊洗盤子、一邊試著跟媽媽這樣說。儘管講出口的話是輕鬆的語氣，但母親卻露出少見認真思考的表情。

很討厭耶，別介意啦！當我一這麼說，母親 53 的表情更加深沉了。天啊，難不成他們夫妻倆已經沒有感情了。當我打算繼續亂聊時，母親緩緩地把頭斜往一邊，直直地盯著我的臉看。

「其實，媽媽正考慮離婚。」眼看母親 54 可能會那樣說，我趕忙把清潔劑擠到海綿上。使勁地把力氣放在洗盤子的手上。

「這個嘛……」母親說這話，已是過了幾十秒以後的事了。

我有心理準備了。我偷偷看母親一眼，母親大大地睜開眼睛。

「我和妳爸爸，可是真心相愛喔！」像是把話切成一個字一個字般，母親那樣說。

（取材自川上弘美《粗糙》）

（注1）ペーパーバック：指只有紙封面的平裝本。也可以說是「softcover book」
（注2）ふくみ笑（わら）い：指不出聲地笑

50

1.一言（ひとこと）も（一句話也）　2.一瞬（いっしゅん）も（一瞬間也）
3.一度（いちど）も（一次也）　4.一目（いちもく）も（一眼也）

51

1.辭書をひきながら（一邊查詢字典）

2.辭書をもちながら（一邊拿著字典）

3.辭書をかきながら（一邊寫著字典）

4.辭書をしきながら（一邊鋪著字典）

52

1.だって（因為；用來表明事情的理由）

2.ならば（如果）

3.すると（於是就）

4.または（或是）

53

1.さらにねむい顔をする（表情更加想睡）

2.さらに冷たい顔をする（表情更加冰冷）

3.さらに沈んだ顔をする（表情更加深沉）

4.さらにくさい顔をする（表情更加臭）

54

1.言いような（想要說的）

2.言いながら（一邊說）

3.言いたくも（想要說也）

4.言いそうな（很快就要說的、很可能會說的）

問題10　次の文章を読んで、後の問いに対する答えとして最もよいものを、1・2・3・4から一つ選びなさい。（請閱讀以下的文章，針對後面的問題的回答，從1・2・3・4中選出一個最合適的答案。）

もしも、自在に、つまりどんな文章でも向田邦子なり、須賀敦子なりのスタイルで書くことができるとしたら、これはかなりの文章の達人だといえるでしょう。

分解し、分析をするのは、真似るためではありません。まず第一に、自分が上手い、あるいは好きだと思う文章の構造を①徹底的に認識するためです。と、同時に、その認識に従って、自分がその文章に感じている魅力は何なのか、何が自分にとって文章のよさなのか、を知ること。これは書いていく②うえでとても大事なことです。

（福田和也『ひと月百冊読み、三百枚書く私の方法』による）

中譯

如果，能夠自在地，也就是不管任何文章都能用像向田邦子、須賀敦子那樣的風格寫出來的話，那麼應該可以稱之為厲害的寫作高手了吧！

之所以要分解、分析，並不是為了要模仿。而是為了首先第一件事情，是要①徹底了解自己擅長、或是喜歡的文章構造。以及，順著那個了解，同時知道自己在那篇文章中感受到的魅力為何、對自己而言文章的好壞是什麼。這是往下寫下去②時非常重要的事。

（取材自福田和也『一個月讀百本書、寫三百封信的我的方法』）

55 筆者が言う文章の達人とはどんな人か。

1.向田邦子なり、須賀敦子とまったく同じ文章を書ける人
2.向田邦子や須賀敦子のように、いろいろな文章が自由自在に書ける人
3.向田邦子や須賀敦子のように、たくさんの賞をもらい活躍している人
4.文章の達人・向田邦子のように、自由なスタイルの珍しい文を書く人

中譯 作者所說的寫作高手，是怎麼樣的人呢？

1. 能寫和向田邦子、須賀敦子完全一樣文章的人
2. 像向田邦子或須賀敦子一樣，能自由自在寫出各式各樣文章的人
3. 像向田邦子、須賀敦子一樣，獲得許多獎項十分活躍的人
4. 像寫作高手向田邦子一樣，寫風格自由的稀有文章的人

56 筆者は「分解し、分析をする」のは、何のためだと言っているか。

1.文章の上手い向田邦子とか須賀敦子とかの文体を真似するため

2.向田邦子や須賀敦子のようなすばらしい文体を身につけるため

3.好きな作家のすごさを理解し、自分の文のひどさを知るため

4.自分の好みの文を知り、自分にとっての文章のよさを知るため

中譯 作者認為「分解、分析」是為了什麼？

1. 為了模仿向田邦子或是須賀敦子這些寫作高手的文體

2. 為了把像向田邦子或是須賀敦子一樣了不起的文體學起來

3. 為了了解喜歡的作家厲害的地方、還有知道自己文章嚴重之處

4. 為了知道自己喜歡的文章、以及知道對自己而言何謂文章的優劣

57 ①徹底的にと同じ意味の使い方をしているのは次のどれか。

1.今回の研究は徹底的に失敗したと言えるだろう。（改為「完全に」）

→今回の研究は完全に失敗したと言えるだろう。

2.姉は分からないことがあると、徹底的に調べる。

3.彼のように徹底的に生きていきたい。（改為「完璧に」）

→彼のように完璧に生きていきたい。

4. 妹が交通事故に遭い、徹底的に心配している。（改為「非常に」）

→ 妹が交通事故に遭い、非常に心配している。

中譯 和①徹底的に（徹底地）相同意思的使用方法，是下列哪一個呢？

1. 這次的研究可說是完全失敗吧。

2. 姊姊一有不懂的地方，就會徹底地查找。

3. 想像他一樣完美地過日子。

4. 妹妹發生車禍，非常擔心。

58 ②うえでとちがう意味の使い方をしているのは次のどれか。

1.休日は読書を楽しむうえで、映画もよく見ます。（改為「うえに」）

→休日は読書を楽しむうえに、映画もよく見ます。

2.日本語を学ぶうえで、もっとも難しいのは敬語かもしれません。

3.これから働くうえで、あなたの語学力は有利になるはずです。

4.一人で生きていくうえで必要なのは、まずは経済力です。

中譯 和②うえで（在～時、在～過程中）不同意思的使用方法，是下列哪一個呢？

1. 假日不但享受閱讀的樂趣，而且也常常看電影。
2. 在學習日語時，最困難的地方可能是敬語。
3. 今後在工作時，你的語言能力應該對你有助益。
4. 一個人要生存下去時，其必要的東西，首先就是經濟能力。

59 ここにはどんなことが書かれているか。

1. 筆者は向田邦子や須賀敦子の文が好きだということ
2. 文章を書くうえで大事なことは何かということ
3. 自分の好きな文だけがいい文章なのだということ
4. 文章がうまくなるには、まず真似ることだということ

中譯 本篇文章寫的是什麼呢？

1. 作者喜歡向田邦子或是須賀敦子的文章
2. 在書寫文章時，重要的事情是什麼
3. 只有自己喜歡的文章才是好的文章
4. 文章要變好，首先要從模仿開始

問題11　次の文章を読んで、後の問いに対する答えとして最もよいものを、1・2・3・4から一つ選びなさい。（請閱讀以下的文章，針對後面的問題的回答，從1・2・3・4中選出一個最合適的答案。）

下の文章は、経営コンサルティング会社など複数の会社を経営する筆者が、アメリカで出会った大金持ちから「幸せに成功する秘訣」を教わる過程を紹介した書から抜粋したものである。

「そのとおり。多くの成功者は、関係するすべての人に『あなたがいたから、いまの自分があるんだ』ということを感じてもらえるように努力をしている。そうして彼らは多くのファンを獲得し、さらなる成功を実現しているのだよ。

一方、自力で成功したと考える人間は、①どんどん傲慢になっていく。そうすると、②気がつかないうちに彼の周りから人が離れ始める。周りの人すべてに支えられて、いまの自分がある③というふうに感謝をして毎日を過ごす人間と、『④これは俺がやったから、これくらいの成功は当然だ』と傲慢に開き直る（注1）人間とでは、どれだけ将来の差が出てくるだろうか。

⑤このことが本当に理解できると、実は多くの人に支えられる人間ほど成功するのが早く、その成功も安定したものになることがはっきりわかるだろう」

「よくわかりました。本当にそのとおりですね。僕は、⑥てっきり自力でやり遂げたというほうがかっこいいと思っていました。」

「もう一つ大事なのは、助けてもらうことで、実は助けてあげることができるという事実だ。」

人は本来誰かを助けたいものだと、私は思っている。だから、誰か人を助けることができたとき、⑦その人は精神的な安らぎと満足感を得るものだ。⑧そう考えると、できるだけ多くの人に助けてもらうだけの人間としての器をもつことがとっても大事になってくるのがわかるだろう。

もし自分でできたとしても、できるだけ多くの人を巻き込んで助けてもらうことだ。そしてその人たちに感謝して喜んでもらうことが君の成功のスピードを速めるのだよ。だから決してすべてを一人でやろうというふうには思わないように。

（本田健『ユダヤ人大富豪の教え』による）

（注1）開き直る：急に大胆不敵な態度になること

中譯

下面的文章，是取材自擁有多家經營顧問等公司的作者，介紹他從在美國認識的億萬富翁那邊學到的「幸福地擁有成功的秘訣」過程的書。

「就是那樣。許多成功者，都是努力讓所有相關人士感受到『就是因為有你，所以才有現在的自己』這件事。如此一來，他們便擁有更多的支持者，然後達到更加成功的目標喔。

另一方面，認為是因為一己之力才獲得成功的人，則是①變得越來越驕傲。如此一來，②在不知不覺中，人們會從他的身旁開始遠離。那些每天過著『都是週遭的人完全支持，才會有現在的我』③這種感謝心情的人，和『④這都是我做的，所以會有這樣的成功也是理所當然的』這種傲慢且疾言厲色的人，未來會產生多少差距呢？

如果真能了解⑤這件事，就會清楚地明瞭到，事實上，越是受到眾人支持的人，其成功的時間就越早，且其成功也會變得更穩定吧！」

「我完全了解了。真的就是那樣啊！我之前一直認為，⑥一定要用自己的力量來達成才是最酷的事情。」

「還有一件重要的事情，藉由讓別人幫助自己，其實也可以幫助別人這樣的事實。」

人本來就是想要幫助某些人的動物，我一直這麼認為。所以，當可以幫助某些人的時候，⑦那個人也會獲得精神上的安定與成就感。⑧如此想來，就會知道，擁有「只有盡可能讓很多人幫助自己才有的」這種身為人類的肚量，有多麼重要了吧！

就算自己能辦到，也盡可能讓多數人參與，讓大家來幫忙。如此一來，對那些人們致謝，讓他們得到喜悅，您的成功速度就會加速了喔！所以，絕對不要去思考所有的事情都由一個人來做這種事。

（取材自本田健『猶太億萬富翁教我的事』）

（注1）開（ひら）き直（なお）る：突然變得疾言厲色的態度

60 ①どんどん傲慢（ごうまん）になっていくとあるが、これと似（に）たような言（い）い方（かた）はどれか。

1.ますますおごり高（たか）ぶって、人（ひと）を見下（みくだ）すようになっていく。

2.人（ひと）をお金（かね）で動（うご）かすようになり、友達（ともだち）がどんどん増（ふ）えていく。

3.いよいよ誰（だれ）にも頼（たよ）らなくなり、孤独（こどく）になっていく。

4.自力（じりき）で成長（せいちょう）したことを自慢（じまん）して、さらに成功（せいこう）していく。

中譯 文中提到①變得越來越驕傲，和此相似的說法是哪一個呢？

1. 變得越來越傲慢，瞧不起人。
2. 變得用錢來操縱人，朋友越來越多。
3. 變得越來越不用依賴任何人，越發孤獨。
4. 以用一己之力成長為豪，然後更加成功。

61 ②気がつかないうちに彼の周りから人が離れ始めるとあるが、どういうことか。

1.彼は目が悪く、友人が消えてしまったことに気づいていない。

2.周囲の友人は、彼に気がつかれないようにこっそり離れていく。

3.周りで支えてくれた人がいたことに、彼はぜんぜん気づいていない。

4.気づいたときには、彼を支えてくれていた人たちはいなくなっている。

中譯 文中提到②在不知不覺中，人們會從他的身旁開始遠離，指的是什麼呢？

1. 他的眼睛不好，所以沒有發現朋友都不見了。

2. 週遭的朋友，為了不被他發現，都悄悄地離開了。

3. 他完全沒有發現，之前身邊有支持他的人。

4. 一回神猛然發覺，支持他的人們都不在了。

62 ③というふうにと同じ、正しい使い方をしている文は、次のどれか。

1.いつかアメリカに移住するというふうに、それはどうですか。（前後文文意不搭）

2.ご主人はベンツ、息子さんはBMWというふうに、あの家族はみんな高級車に乗っている。

3.昨日の夜、飲みすぎたというふうに、今朝は頭が痛くて、吐き気もする。

（改為「せいで」）

→昨日の夜、飲みすぎたせいで、今朝は頭が痛くて、吐き気もする。

4.朝ごはんはもう食べたというふうに、ダイエットすると効果があるそうだ。

（前後文文意不搭）

→朝ごはんはしっかり食べ、夜は量を減らすなどしてダイエットすると効果があるそうだ。

中譯 和③というふうに（～的狀態、～的樣子）相同、且使用方法正確的句子，是下列哪一個呢？

1.（前後文文意不搭）

2. 先生是賓士，兒子是BMW，就像這樣，那個家庭每個人都開高級車。

3. 昨天晚上因為喝太多，今天早上頭疼，也想吐。

4. 據說確實地吃早餐、夜晚減量等，對減肥有效果。

63 ④<u>これは俺がやったから、これくらいの成功は当然だ</u>とあるが、これとちがうことをいっている文は次のどれか。

1.他人に頼らず自分でやれば、このくらいの成功は当たり前である。

2.いつもたくさんのファンが助けてくれるので、成功して当然だ。

3.自分の実力なら、これくらい成功しても不思議ではない。

4.俺は才能があるので、これくらいの成功も大したことではない。

中譯 文中提到③<u>這都是我做的，所以會有這樣的成功也是理所當然的</u>，下列哪一句說的，和此句不同呢？

1. 不仰賴他人自己便能做到的話，這樣的成功也是理所當然。

2. 由於總是有很多支持者協助，成功也是當然的。

3. 自己有實力的話，這樣的成功也沒有什麼好大驚小怪。

4. 因為我有才能，所以這樣的成功也不算什麼。

64 ⑤<u>このこと</u>とあるが、どのことか。

1.自分には実力があるから、成功できて当たり前だと考える人間と、周囲の助けがあって初めて今の自分があるのだと感謝する人間とでは、いつか差が出てくるということ。

2.自分に自信があるのなら、まずは自力でやってみるべきだ。しかし、成功できなかった場合、周りの人の力に頼ることも大切であるということ。

3.自分の力で成功したと考える人は、感謝の気持ちをどんどん忘れ、毎日お金もうけのことだけを考えるため、周りの友だちがどんどんいなくなってしまうということ。

4.自分には力がないから、周りの人すべてに支えられてやっと成功できたのだと考える人は、他人に依頼しすぎて、みんなの負担になりやすいということ。

中譯 文中提到⑤<u>這件事</u>，指的是什麼呢？

1.指的是那些覺得因為自己有實力，所以會成功也是理所當然的人，以及那些感謝都是因為週遭人的幫忙，才會有今天的自己的人，有朝一日一定會出現差距。

2.指的是要是自己有自信，首先就應該用自己的力量試試看。但是要是無法成功，仰賴週遭人的力量也是很重要的。

3.指的是覺得用自己的力量成功了的人，會漸漸忘記感恩的心，因為每天只想著賺錢的事，所以週遭的朋友們也漸漸消失。

4.指的是那些覺得因為自己沒有能力，所以週遭的人全都支持，才終於能夠成功的人，由於太過依賴他人，所以容易變成大家的負擔。

65 ⑥てっきりの使い方で、ふさわしくないものは、次のどれか。

1.今日はてっきり雨だと思っていたのに、晴れてうれしい。

2.泥棒はてっきり逃げたと思っていたら、まだ家の中にいたそうだ。

3.あまりにうれしくて、てっきり寝てしまった。（前後文文意不搭）

→あまりにうれしくて、思わず歓声をあげてしまった。

4.てっきり合格すると思っていたら、だめだった。

中譯 在⑥てっきり（一定、肯定、準是、果然）的使用方法中，不正確的是下列哪一個呢？

1. 本以為今天鐵定會下雨，結果居然晴天，好高興。

2. 本以為小偷準是逃走了，結果好像還在家裡。

3. 太過高興，不由得歡呼。

4. 本以為一定會及格，結果還是不行。

66 ⑦その人とはどんな人を指しているか。

1.多くの人に支えられている人

2.いろいろな人から助けてもらった人

3.ふだん誰かを助けたいと思っている人

4.人に助けてもらえる人間としての器のある人

中譯 所謂的⑦那個人，指的是什麼樣的人呢？

1. 被很多人支持的人

2. 讓很多人幫助的人

3. 平常想著要幫助某個人的人

4. 有能讓別人幫助自己這種身為人類的肚量的人

67 ⑧そうは何を指しているか。

1.人は誰かに助けられると、自分も助けてあげたいと思う生き物だ。その気持ちが精神的な安らぎや満足感を与え、将来、お金持ちになれる。

2.実は多くの人に支えられる人間ほど成功するのが早く、その成功も安定したものになるものだ。

3.成功するためにいちばん大事なことは、できるだけ多くの人に助けてもらうだけの人間としての器をもつことである。

4.人はもともと誰かを助けたい生き物だから、誰かを助けることができたとき、精神的な安らぎと満足感を得ることができる。

中譯 ⑧如此指的是什麼呢？

1.人是那種要是被誰幫助的話，自己也會想要幫助人的動物。那樣的心情會給予精神上的安定或是滿足感，然後將來變成有錢人。

2.其實越是多人支持的人，其成功的時間越早，且其成功也會變得穩定。

3.為了成功最重要的事，是擁有「只有盡可能讓多數人幫助自己才有的」這種身為人類的肚量。

4.人本來就是想要幫助某些人的動物，當可以幫助某人的時候，可以得到精神上的安定和成就感。

68 この文章にタイトルをつけるとしたらどれが適当か。

1.成功するためには、最後までやり通そう

2.一人で成功している人はいない

3.成功は自分一人で勝ち取るもの

4.助けられたら、自分も助けてあげよう

中譯 若是幫這篇文章下標題的話，哪一個是適當的呢？

1.為了成功，堅持到最後吧

2.沒有任何人能獨自一人就成功

3.成功是靠一己之力贏得的

4.得到別人的幫助，自己也幫助別人吧

問題12　次の文章は、「相談者」からの相談と、それに対するＡとＢからの回答である。三つの文章を読んで、後の問いに対する答えとして、最もよいものを、1・2・3・4から一つ選びなさい。

（下面的文章，是來自「諮詢者」的諮商，以及針對其諮詢來自Ａ和Ｂ的回答。請在閱讀三篇文章後，針對後面問題的回答，從1・2・3・4裡選出一個最合適的答案。）

相談者

三十代の専業主婦です。弟夫婦に、もっと実家の母を遊びに連れて行ったり、休みの日などに泊まりに来たりしてくれないかと、メールでお願いしました。すると、①どうしてそんなメールをするのかと、弟からひどく怒鳴られてしまいました。そして、弟の奥さんもそのメールを読んでしまい、ひどく怒っているというのです。そのことを弟が母や兄に言い、今度は母たちからも叱られてしまいました。

弟はお正月以外はほとんど実家に帰らず、母もしばらく会っていないので、会いたいだろうと思ってやったことなのです。それなのに、みんなに叱られてしまい、落ち込んでいます。

弟夫婦の事情も考えずに、兄弟だからと気軽に送ってしまった私も悪いのかもしれませんが、怒鳴られるほど悪いことをしたとは、思えないのです。みなさんはどう思いますか。

回答者A

まずは、どうしてそのメールを送ったのですか。あなた自身はお母様に何をしてあげてるのですか。まさか、「自分は子育てや仕事が忙しくて親孝行できないから、お願いね」、そんな気持ちで弟さんにメールしたのではないでしょうね。それに、お母様だって、メールをもらったから来てくれたって、ぜんぜんうれしくないと思いますよ。

親孝行というのは、自分の意思でするものです。もし忙しいのなら、同行しなくてもいいのです。例えば、温泉宿を予約してあげるとか、旅行券やお芝居のチケットを買ってプレゼントしてあげるとか。とにかく、自分にできないことを他人に要求するのはよくないと思います。

それに、もしあなたのご主人の兄弟から同じようなことをされたら、あなたはどう思いますか。私だったら、弟さんと同じように怒鳴りたくなると思います。これからは、もう少し考えて行動してください。

回答者B

あなたはぜんぜん悪くないと思います。いちばん悪いのは弟さんじゃないですか。私に言わせれば、あなたの弟さんは礼儀知らずです。お姉さんに対する態度とは思えませんし、メールを奥さんに見られてしまったのも、弟さんが悪いのですから、あなたにあやまるのが先なのではないでしょうか。

それに、奥さんが怒るのも意味が分かりません。弟さんにしても奥さんにしても、家族とは思えない態度です。自分たちの親のことなのですから、兄弟みんなで助け合うのは当たり前です。

あなたがメールしたのは、弟さんと相談したかったからですよね。電話だと隣で奥さんが聞いているかもしれないとか、弟さんが仕事中だったら悪いかなとか、いろいろ考えて最終的にメールを選んだのだと思います。そんなあなたがみんなに叱られるのは、おかしいです。

中譯

諮詢者

我是三十多歲的家庭主婦。我寫電子郵件給弟弟夫妻，拜託他們可不可以多帶娘家的媽媽去玩，或是假日的時候回家住。結果，弟弟非常憤怒地回我說，①為什麼寫那樣的信。然後聽說弟弟的太太也看了那封信，非常生氣。弟弟把那件事情跟母親和哥哥說，接下來母親她們也罵我。

我之所以會寫那樣的信，是覺得弟弟除了過年之外幾乎不回娘家，很久才見到媽媽一次，或許媽媽會想見他。結果沒想到還被大家罵，心情很低落。

沒有考慮到弟弟夫妻的立場、覺得是兄弟姊妹沒想那麼多就傳去的我，說不定也有不對的地方，但是我不覺得有壞到要被痛罵的地步。大家覺得呢？

回答者 A

首先，為什麼會傳那樣的電子郵件呢？您自己本身又幫母親做了什麼呢？該不會是懷著「自己照顧小孩或工作很忙，以至於不能盡孝道，所以就拜託了」那樣的心情，而寫了信給弟弟吧？而且我認為，您的母親，對因為接到信所以才來這件事情，一點都不會開心喔！

所謂的盡孝道，是要發自內心。如果忙的話，就算不同行也沒關係。像是幫忙訂溫泉旅館、或是買戲劇的票當作禮物之類的。總之，我認為自己做不到的事情卻要求別人去做是不好的。

而且，如果您先生的兄弟姊妹對您做相同的事情的話，您會做何感想？如果是我的話，我想應該會和您的弟弟一樣震怒。今後請多加考慮後再行動。

回答者　B

我覺得您一點都沒有錯。最不應該的是弟弟不是嗎？如果讓我來說的話，您的弟弟真是沒有禮貌。不但不該對姊姊有這樣的態度，而且把電子郵件給太太看也是您弟弟的不對，所以難道不是他該先向您道歉嗎？

而且，他太太發怒也是莫名其妙。不管是您弟弟還是他太太，都不是當家人應有的態度。正因為是我們自己的父母親，兄弟姊妹大家相互幫忙是理所當然的。

您之所以寫電子郵件，是因為想和您弟弟商量吧。如果打電話的話，說不定他太太正在旁邊聽；弟弟要是在上班的話，可能會吵到他，我想您是做了各種考量，最後才選擇電子郵件的。那樣的您還被大家責罵，實在很可笑。

69 ①どうしてそんなメールをするのかとあるが、どうしてしたのか。

1. 弟夫婦が親孝行をしないので、たまには母を遊びに連れて行ったり、泊まりに来たりするべきだと思ったから。
2. 自分は毎日仕事が忙しくて、母をどこにも遊びに連れて行ってあげられないから。
3. 弟夫婦がほとんど実家に帰っていないので、母が会いたいだろうと思ったから。
4. 弟はお正月にも家に帰らなかったので、母が会いたがっているから。

中譯 文中有①為什麼寫那樣的信，為什麼那樣做呢？

1. 因為覺得弟弟夫妻不盡孝道，所以偶爾應該帶母親去玩、或是回來住。
2. 因為自己每天工作很忙，哪裡都沒辦法帶媽媽去玩。
3. 因為覺得弟弟夫妻幾乎不回娘家，母親可能想見他吧。
4. 因為弟弟連過年也不回家，所以母親想見他。

70 「相談者」の相談に対するA、Bの回答について、正しいのはどれか。

1.AもBも相談者に同情を示し、すべて弟夫婦が悪いと述べている。

2.AもBも相談者に問題があるのではといい、親孝行は人に言われてするものではないと述べている。

3.Aは親孝行は人に言われてするものではないし、もし相談者が同じようなことをされたらどう感じるのかと、相談者に問題があるとし、Bは相談者は悪くない、悪いのは弟だと述べている。

4.Aは相談者はまず電話で弟さんと話し合うべきだと述べ、Bは相談者と弟さんは家族なのだから、いっしょに親孝行すべきだと述べている。

中譯 針對「諮詢者」的諮詢，有關A和B的回答，正確的是哪一個呢？

1. 不管A或者是B，都對諮詢者表示同情，認為都是弟弟夫妻不好。

2. 不管A或者是B都表示諮詢者有問題，盡孝道不是被人家說才做的事情。

3.A表示盡孝道不是被人家說才做的事情，而且如果諮詢者被做相同的事情將做何感想，認為是諮詢者的問題；B表示諮詢者沒有不對，不對的是弟弟。

4.A表示諮詢者應先打電話跟弟弟談；B表示諮詢者和弟弟是家人，所以應該一起盡孝道。

問題13　次の文章を読んで、後の問いに対する答えとして最もよいものを、1・2・3・4から一つ選びなさい。（請閱讀以下的文章，針對後面的問題的回答，從1・2・3・4中選出一個最合適的答案。）

大きく様変わりするのは、仕事の環境や内容だけではない。仕事に対する私たちの意識も変わる。産業革命は、大量消費市場をつくり出し、消費や富の獲得に対する強い欲求を生み出した。では、テクノロジー（注1）の進化とグローバル化（注2）の進展は、私たちの仕事に対する意識をどう変えるのか。

おそらく、①これから社会に出る世代の働き方は、②これまでと似ても似つかないものに変わるだろう。すでに仕事に就いている世代も、いままで想像もしなかったような形態で働くようになる。再生可能エネルギーやインターネットの発展、働き方に対する意識の変化を土台に、まったく新しい産業が誕生する可能性もある。

未来のあらゆる側面を完全に予測することは不可能だ。将来、コンピュータの処理速度が増し、いまより強靭な（注3）素材が開発され、医学・薬学が進歩して寿命が延びることは、ある程度確信をもって予測できる。しかし、地球規模の人口移動の傾向や地球の気温、世界の国々の政府の政策など、もっと予測しづらい側面もある。私たちが互いにどのように関わり合い、どのような夢をいだくのかという点にいたっては、それに輪をかけて予測が難しい。

不確実性がある以上、柔軟な計画を立てて、さまざまな状況に耐えうる強力なアイデアを追求するのが賢明だ。要するに、不確実性を前提に戦略を練る必要がある。

とはいえ、予測の正確性を磨くこともおこたってはならない。未来を正しく予見できれば、落とし穴を避け、チャンスを手早くつかめる場合があるからだ。どういう能力を身につけ、どういうコミュニティ（注4）や人的ネットワーク（注5）を大切にし、どういう企業や組織と深く関わるべきかを判断する際に、その点が重要になる。

（リンダ・グラットン 著・池村千秋 訳『ワーク・シフト』による）

（注1）テクノロジー：科学技術のこと
（注2）グローバル化：物事が地球規模に拡大発展すること
（注3）強靭な：強くて粘りがあること
（注4）コミュニティ：生活を共にする集団。地域社会。共同体
（注5）ネットワーク：網状組織（network）のこと。

中譯

情勢巨幅改變的，不只是工作的環境或內容。還有我們對工作的意識也改變了。產業革命創造了大量的消費市場，衍生了對消費或財富獲得的強烈慾望。那麼，科技的進化以及全球化的進展，將如何改變我們對工作的意識呢？

恐怕，①接下來出社會的世代的工作模式，②會轉變成和至今看起來很像但其實不像的模式吧。已經就業的世代，也會轉變成以現今無法想像的形態來工作。而以可再生能源或是網際網路發展、對工作模式的意識變化為基礎，全新產業進而就此誕生，這種可能性也是有的。

想對未來各種層面做完全的預測是不可能的。未來，電腦處理的速度會增加，比現在更強而有力的素材會被開發，因醫學、藥學進步而使壽命延長，這些事情在某種程度上是確實可期的。但是，整個地球規模的人口遷移傾向，或是地球的氣溫、世界各國政府的政策等等，仍有難以預測的一面。至於我們彼此會如何互動、懷抱著什麼樣的夢想等這些層面，想要預測更是難上加難。

既然有不確定性，更應該訂定柔性計劃，進而追求可以經得起各種考驗、強而有力的主張才是明智之舉。總而言之，以不確定性為前題，並加以推敲戰略，是有必要的。

儘管如此，對預測的正確性加以琢磨一事亦不可懈怠。因為若能正確預見未來，將可躲避陷阱，迅速掌握機會。在判斷應該要培養什麼樣的能力、重視什麼樣的共同體或人際上的網狀組織、要和什麼樣的企業或組織有深切連結時，這一點便更形重要了。

（取材自Lynda Gratton著・池村千秋 譯『WORK SHIFT』）

（注1）テクノロジー：科學技術（technology）

（注2）グローバル化（か）：事物擴大發展到世界級的規模

（注3）強靭（きょうじん）な：頑強有韌性

（注4）コミュニティ：共同生活的集團。居住於某地區的人組合而成的社會。共同體（community）

（注5）ネットワーク：網狀組織（network）

71 ①これから社会に出る世代を言い換えた場合、ふさわしくないのは次のどれか。

1.まだ仕事に就いていない人たち

2.自分で稼いで生活している人たち

3.大学や専門学校などで学ぶ学生たち

4.親の給料に頼り生活している若者たち

中譯 ①接下來出社會的世代換句話說，不合適的是下列哪一個呢？

1.尚未就業的人們

2.自己工作過活的人們

3.在大學或是技職學校裡學習的學生們

4.仰賴父母親的薪水過生活的年輕人們

72 ②これまでと似ても似つかないものに変わるだろうとはどういうことか。

1.グローバル化が進み、テクノロジーも進化し、人々の働き方に対する意識も変化するなどして、今までとは異なるものになるだろうということ。

2.これから社会に出る世代は、インターネットをよく使用しているので、インターネットがさらに発展するということ。

3.これから産業革命がおこり、大量消費市場をつくり出し、消費や富の獲得に対する強い欲求を生み出す社会になっていくということ。

4.近い将来、地球規模の人口移動がおこり、地球の気温がどんどん上がり、世界の国々で戦争が勃発したりして、地球は破滅するということ。

中譯 ②會轉變成和至今看起來很像但其實不像的模式吧指的是什麼呢？

1.指的是全球化向前推展、科技也進步、人們對工作模式的意識也改變等等變得和現今不同的狀況。

2.指的是接下來出社會的世代，因為經常使用網際網路，所以網際網路越來越有發展。

3.指的是接下來會發生產業革命，創造出大量消費市場，衍生出對消費或財富獲得有強烈慾望的社會。

4.指的是不久的將來，會發生地球規模的人口遷移，地球的氣溫逐漸升高，世界各國間戰爭勃發，進而地球毀滅。

73 筆者がこの文章で一番言いたいことはどんなことか。

1.将来、グローバル化が進み、世界が一つになる時代が来る。世界中の人がいっしょに仕事をするようになるので、英語力がますます重要になる。

2.テクノロジーの進化とグローバル化の進展が、人々の仕事に対する意識を変えていく。世界中が豊かになり、仕事の内容も楽になっていく。

3.これから産業革命がおこる。まずは再生可能エネルギーやインターネットが発展し、今までなかった新しい産業も誕生し、仕事を失う人が増える。

4.これからは仕事の内容や環境が変わり、人々の仕事に対する意識も変わっていく。未来を正しく予見し、柔軟に計画して、チャンスをつかんでほしい。

中譯 作者在這篇文章中最想說的是哪一件事呢？

1.未來，全球化向前推展，世界合而為一的時代即將降臨。由於世界上的人將一起工作，所以英文能力更形重要。

2.科技進步以及全球化的發展，將改變人們對工作的意識。世界會變得更豐富，工作的內容也會變得更輕鬆。

3.接下來會發生產業革命。首先會發展可再生能源或是網際網路，然後誕生至今未有的新產業，失去工作的人將會增加。

4.接下來工作的內容或環境會改變，人們對工作的意識也會隨之變化。希望大家能正確預見未來，柔軟地訂定計劃，掌握住機會。

問題14　次は「トム英会話スクール」のクラス案内である。下の問いに対する答えとし、最もよいものを、1・2・3・4から一つ選びなさい。
（下面是「湯姆英語會話教室」開班導覽。請就以下的問題，從1・2・3・4中，選出一個最合適的答案。）

74 大学二年生の女の子が、来月から、毎週月曜日の朝7時半から9時半までと、水曜日の午後2時から3時まで、中級英会話の授業を受けたいと考えています。彼女は一週間に授業料をいくら払いますか。割引券は持っていません。

1. 5,200円
2. 5,600円
3. 6,100円
4. 6,700円

中譯 大學二年級的女生，打算從下個月開始，上每週一早上七點半到九點半、以及週三下午二點到三點的中級英語會話課。她一週要付多少學費呢？她沒有折扣券。

1.5,200日圓
2.5,600日圓
3.6,100日圓
4.6,700日圓

75 午前10時半から7時まで働いている男性サラリーマンが受けられる時間は、全部でどれだけありますか。英会話学校と会社、自宅を往復する時間は考えなくていいです。

1.4時間半
2.5時間
3.5時間半
4.6時間

中譯 從上午十點半上班到七點的男性上班族可以上課的時間，總共是多久呢？不需要考慮往返英語會話教室和公司、自家的時間。

1. 四個半小時
2. 五個小時
3. 五個半小時
4. 六個小時

トム英会話スクールのクラス案内

☆ 学校の時間について

▶ 学校は午前７時から午前 10時半までオープンしています。

▶ クラス：

・朝の部：7:30〜9:30
・午前の部：9:30〜11:30
・午後の部：13:00〜18:00
・夜の部：19:00〜22:00

☆ 休みについて

日曜日と年末年始（12月 ２ ８日から１月２日まで）。祝祭日もお休みになりますが、ちょうどその日にクラスがあった場合、教師と相談して別の日に授業を行います。

☆ 授業料について

▶ 基礎英会話：１時間１,８ 00円
中級英会話：１時間２,４ 00円
上級英会話：１時間３,000円

▶ 朝のクラスの場合、１時間につき500円安くなります。

▶ 割引券を持参した方には、初回のみ、 10 ％ 割引させていただきます。初めて来校した際に、ご提出ください。

▶ 学生の方には、合計金額から６00円安くさせていただきます（一年間のみの限定です）。さらに、トム校長の書いた『トムの実用英会話』という教材を無料でさしあげます。初めての際に、学生証をご持参ください。

☆ その他

▶ わが校は、英会話専門の学校です。基礎となる文法などの授業は行っておりません。

▶ 教師はすべて欧米系の外国人です。どこの国の先生がいいとか、女の先生がいいなどのご希望がございましたら、受付の事務員までお申しつけください。ただし、ご希望に添えない場合もございます。

▶ 学校の近くに駐車場があります。（2時間半以内は無料です）

トム英会話スクール
TEL：０３-４０-９９８８（担当：久保田）

中譯

湯姆英語會話教室開課導覽

☆ 學校的時間

▶ 學校從上午七點開始開放到晚上十點半。

▶ 班級：

・清晨班：7:30 ～ 9:30

・上午班：9:30 ～ 11:30

・下午班：13:00 ～ 18:00

・夜間班：19:00 ～ 22:00

☆ 放假

星期一及年底年初（十二月二十八日至一月二日）。國定假日也放假，但當日恰巧有課時，會和老師商量擇日補課。

☆ 上課費用

▶ 基礎英語會話：一小時 1,800 日圓
中級英語會話：一小時 2,400 日圓
高級英語會話：一小時 3,000 日圓

▶ 上清晨班者，每小時便宜 500 日圓。

▶ 持有折價券者，僅限初次報名，可打九折。請於第一次來校時提出。

▶ 還在就學者，合計金額後可再扣除 600 日圓（僅限一年）。此外，免費贈送湯姆校長所著之『湯姆實用英語會話』教材。第一次來校時，請攜帶學生證。

☆ 其他

▶ 本校為英語會話專門學校。不教授基礎文法等課程。

▶ 老師皆為來自歐美的外國人士。若有希望哪一國、或是女老師任教的話，請向櫃檯的工作人員申請。但是，有時可能無法完全配合。

▶ 學校附近有停車場。（二個半小時以內免費）

湯姆英語會話教室

TEL：03-40-9988（負責人：久保田）

聽解

（M：男性、男孩　　F：女性、女孩）

問題 1

問題１では、まず質問を聞いてください。それから話を聞いて、問題用紙の１から４の中から、正しい答えを１つ選んでください。

問題1，請先聽問題。接著請聽內容，然後從問題用紙1到4當中，選出一個正確答案。

1番 MP3-65

女の人と男の人がお店で話しています。女の人が買ったのはどれですか。

F：すみません、その大きいりんごはいくらですか。

M：１つ６00円です。

F：えっ、そんなに高いんですか。

M：これは、賞をとったりんごなんです。真ん中に蜜がたっぷり入ってて、シャキシャキして、とてもおいしいんですよ。

F：そうですか。食べてみたいですけど、ちょっと高すぎます。

M：２つで1000円にしますよ。どうですか。

F：２つも買えません。１つだけ買います。でも500円にしてください。

M：分かりました。他にも買ってくださいよ。

F：じゃあ、あと小さいりんごを２つください。お会計、お願いします。

M：小さいのは１つ１２０円ですから、全部で７４０円です。

女の人が買ったのはどれですか。

女人和男人正在店裡說話。女人買的是哪一個呢？

F：不好意思。那個大的蘋果要多少錢呢？

M：一個六百日圓。

F：咦，那麼貴啊？

M：這個是有得獎的蘋果。中間有很多蜜，很脆，非常好吃喔！

F：那樣啊！想吃吃看，可是有點貴。

M：二個算一千日圓喔！怎麼樣？

F：二個（太貴）買不起。只買一個。但是請算我五百日圓。

M：知道了。請也買其他的啦！

F：那麼，請再給我兩個小的蘋果。麻煩結帳。

M：小的一個一百二十日圓，所以總共七百四十日圓。

女人買的是哪一個呢？

答案　3

2番 MP3-66

教室で女の学生と男の学生が話しています。新しい英語の先生はどんな人ですか。

F：ねえねえ、新しい英語の先生、見たことある？

M：ない。岡本さんはあるの？

F：うん、昨日、職員室で。

M：へえ、どんな感じの先生？怖そうじゃない？

F：怖そうじゃなかったよ。眼鏡かけてる女の先生。

M：女の先生？やった！！きれい？

F：う～ん。きれいとは言えない。

M：なんだ、残念。

F：でも背が高くて髪の毛が長くて、スタイルもよかったよ。

M：本当？じゃ、楽しみ。

F：あっ、先生が来たみたい。

新しい英語の先生はどんな人ですか。

教室裡女學生和男學生正在講話。新的英文老師是怎麼樣的人呢？

F：喂喂，新的英文老師，見過嗎？

M：沒有。岡本同學見過？

F：嗯，昨天，在教職員辦公室裡。

M：咦～，是哪種感覺的老師？看起來不恐怖？

F：看起來不恐怖喔！是戴著眼鏡的女老師。
M：女老師？太棒了！！漂亮嗎？
F：這個嘛～。不能說是漂亮。
M：什麼啊，可惜。
F：但是個子高、頭髮長，身材也很好喔！
M：真的嗎？那麼，很期待。
F：啊，老師好像來了。

新的英文老師是怎麼樣的人呢？

答案　2

3番 MP3-67

女の人と男の人が、オフィスで話しています。女の人は日曜日、何をしましたか。

F：（あくびをしている）
M：阿部さん、眠そうですね。
F：ええ、ちょっと寝不足で。昨日、寝るのが遅かったんです。
M：昨日は日曜日なのに、何かあったんですか？
F：いえ、久しぶりに1人でのんびりしてて、気づいたら3時すぎちゃってて……。
M：ははは。学生みたいですね。
F：本当に。今日、会社があるのもすっかり忘れてました。
M：そういえば、ちょっと目が腫れてませんか？
F：分かります？泣いたせいです。
M：感動する映画でも見たんですか。
F：いえ、借りてきたＤＶＤは、土曜日に全部見終わっちゃって、夜は本を読んでたんです。飼ってた犬が死んじゃう話で……。あっ、すみません。思い出しただけで、涙が……。

女の人は日曜日、何をしましたか。

1 絵を描く
2 小説を読む
3 テレビを見る
4 ＤＶＤを見る

女人和男人正在辦公室說話。女人星期日做了什麼呢？

F：（打著哈欠）
M：阿部小姐看起來很想睡呢。
F：是的，有點睡眠不足。昨天睡得晚。
M：昨天明明是星期日，發生什麼事了嗎？
F：沒，很久沒有一個人悠悠哉哉，一不小心，發現的時候已經超過三點了……。
M：哈哈哈。好像學生喔。
F：真的。連今天要上班也完全忘了。
M：話說回來，眼睛是不是有點腫啊？
F：看得出來嗎？因為哭過了。
M：是看了感動的電影嗎？
F：不，借來的DVD星期六就全部看完了，晚上是看書。寫養的狗死掉的故事……。
啊，不好意思。光是想起來，眼淚就……。

女人星期日做了什麼呢？
1 畫畫
2 看小說
3 看電視
4 看DVD

4番 MP3-68

女の学生と男の学生が話しています。男の学生は、何をすることになりましたか。

M：岡田さん、どうしたの？
F：先生に、来週の学園祭の準備を始めるように言われたんだけど、担当者がみんな忙しいって言って、手伝ってくれなくて。
M：ひどいな。
F：そうでしょ。1人でどうやってやればいいのよ。
M：ぼくでよかったら、手伝うよ。
F：本当？じゃ、お願い。ポスター係、まかせてもいい？
M：ポスターを書くの？
F：ううん、印刷するから自分で書かなくてもいいの。でも、内容を考えなきゃならなくて。ここに必要なポイントが書いてあるから、それを元に文章を作ってくれる？

M：うん、分かった。
F：助かった。ありがとう。

男の学生は、何をすることになりましたか。
1 ポスターの文字を書く
2 ポスターに書く内容を考える
3 ポスターの印刷をする
4 ポスターの絵を描く

女學生和男學生正在說話。男學生要做什麼了呢？

M：岡田同學，怎麼了？
F：老師說要開始準備下星期的學園祭，可是負責的人大家都說忙，不肯幫忙。
M：真過分啊！
F：是吧！一個人要怎麼弄才好啊！
M：如果我派得上用場的話，可以幫忙喔！
F：真的？那麼，拜託。可以請你負責海報嗎？
M：寫海報嗎？
F：不是，因為要用印的，所以不自己寫也沒關係。但是，不想一下內容不行。這裡寫有必要的重點，可以以那個為本幫忙作文嗎？
M：嗯，知道了。
F：得救了。謝謝。

男學生要做什麼了呢？
1 寫海報的字
2 想寫在海報上的內容
3 印刷海報
4 畫海報

5番 MP3-69

女の人と男の人がラーメン屋で話しています。男の人は何を注文することにしましたか。

F：ああ、おなか空いた。
M：俺もだよ。
F：何にする？私は塩ラーメン。
M：俺はいつもと同じ、ラーメンと餃子とライス。
F：えっ、またそれ？たまには他のものにしたら？
M：べつにいいだろう。好きなんだから。
F：見て、あのポスター。今月の特別メニューだって。
M：ステーキラーメン？
F：うん、ラーメンの上にステーキがのってるみたい。おいしそうよ。
M：じゃ、それにする。
F：あと餃子とライスでいいわね。
M：ステーキがあるから、そんなに食べられないよ。餃子はいらない。
F：うん。じゃ、注文するね。

男の人は何を注文することにしましたか。
1 ラーメンと餃子とライス
2 ステーキとラーメンとライス
3 ステーキラーメンとライス
4 ステーキラーメンと餃子とライス

女人和男人正在拉麵店說話。男人決定點什麼了呢？

F：啊～，肚子餓了。
M：我也是啊！
F：點什麼？我想要鹽味拉麵。
M：我和平常一樣，拉麵和餃子和飯。
F：咦，又是那個？偶爾點點別的呢？
M：沒什麼不好吧！我喜歡啊！
F：看，那張海報。上面寫這個月的特別菜單。
M：牛排拉麵？

F：嗯，好像是在拉麵上放牛排的樣子。看起來好好吃喔！

M：那麼，就點那個。

F：然後再點餃子和飯就好了吧！

M：因為有牛排，所以吃不了那麼多啦！不要餃子。

F：嗯。那麼，就點了喔！

男人決定點什麼了呢？

1 拉麵和餃子和飯

2 牛排和拉麵和飯

3 牛排拉麵和飯

4 牛排拉麵和餃子和飯

問題2

問題2では、まず質問を聞いてください。そのあと、問題用紙の選択肢を読んでください。読む時間があります。それから話を聞いて、問題用紙の１から４の中から、正しい答えを１つ選んでください。

問題2，請先聽問題。之後，請閱讀問題用紙的選項。有閱讀時間。接著請聽內容，從問題用紙的1到4中，選出一個正確答案。

1番 MP3-70

郵便局で女の人と男の人が話しています。女の人は、荷物をどうすることにしましたか。

F：すみません、この荷物をアメリカに送りたいんです。大きいので、高いですよね。
M：大きさよりも、重さが問題です。かなり重いので、けっこうすると思いますよ。
F：困ったな。航空便って高いですよね。
M：安いエコノミー航空便ってのもありますが……。お急ぎですか。
F：いえ、特に急ぎではないです。
M：中には何が入ってますか。
F：革のジャケットが３枚と靴が１足です。
M：食べ物は入ってませんか。
F：ええ。
M：それなら、船便で送ってはどうですか。かなり安くなりますよ。
F：１か月以内に着きますか。
M：保証はできませんが、その前後です。
F：じゃ、それでお願いします。

女の人は、荷物をどうすることにしましたか。

1 航空便で送る
2 エコノミー航空便で送る
3 船便で送る
4 送るのをやめる

郵局裡女人和男人正在說話。女人決定如何處理包裹了呢？

F：不好意思，我想把這個包裹寄到美國。這麼大，很貴吧！
M：比起大小，輕重才是問題。因為相當重，我想會不少錢喔！
F：傷腦筋。空運很貴吧！
M：也有便宜的經濟空運……。您急嗎？
F：不，沒有特別急。
M：裡面放什麼呢？
F：三件皮夾克和一雙鞋子。
M：沒放食物嗎？
F：是的。
M：那樣的話，用海運寄如何呢？會變得很便宜喔！
F：一個月內到得了嗎？
M：雖然不能保證，但應該就是那前後。
F：那麼，麻煩就那個。

女人決定如何處理包裹了呢？
1 用空運寄
2 用經濟空運寄
3 用海運寄
4 不寄

2番 MP3-71

オフィスで女の人と男の人が話しています。女の人はどうして彼氏と別れることにしたと言っていますか。

F：聞いてください。山本くんってひどいんです。
M：何かあったの？
F：昨日、わたしに黙って、営業の由紀子ちゃんとデパートに行ったんです。
M：えっ、2人だけで？
F：私が直接見たわけじゃないんで、分からないですけど……。
今朝、鈴木さんが教えてくれたんです。ショックで……。

M：もしかしたら、何か理由があるのかもしれないよ。

F：もういいです。別れることにしましたから。

M：えっ、そんな簡単に。あいつ優しいから、由紀子ちゃんに頼まれてとか……。何か理由があるかもしれないし……。

F：慰めてくれなくてもいいですよ。もう決めましたから。

女の人はどうして彼氏と別れることにしたと言っていますか。

1 他の女の子とデパートにいたから

2 自分の友だちと買い物をしていたのを見たから

3 鈴木さんとデパートで買い物したから

4 由紀子ちゃんに頼んでデートしたから

辦公室裡女人和男人正在說話。女人說為什麼決定和男朋友分手呢？

F：請聽我說。山本很過分。

M：怎麼了嗎？

F：昨天，竟然瞞著我，和營業部的由紀子去了百貨公司。

M：咦，就二個人？

F：雖然我沒有直接看到，不是很清楚……。是今天早上鈴木小姐跟我說的。震驚……。

M：說不定，有什麼理由啊！

F：已經無所謂了。因為我決定分手了。

M：咦，那麼輕易就。因為那傢伙很溫柔，所以由紀子就拜託他之類的……。或許有什麼樣的理由也說不定……。

F：你不用安慰我沒關係啦！因為我已經決定了。

女人說為什麼決定和男朋友分手呢？

1 和其他女子在百貨公司的緣故

2 看到和自己的朋友在買東西的緣故

3 因為和鈴木小姐在百貨公司買了東西的緣故

4 因為拜託由紀子約會的緣故

3番 MP3-72

デパートで女の人と男の人が話しています。女の人はどうしてその靴を選んだと言っていますか。

M：決まった？

F：まだ。いっぱいあるから、迷っちゃって。

M：選ぶの、手伝ってあげようか。

F：女性の靴なんて、選べるの？

M：もちろんだよ。たまに母親の買い物につき合わされるから。これなんかどう？

F：ちょっと！！わたし、まだ２６才よ。それって、おばさんの靴じゃない。
それにまっ赤で、超目立っちゃうよ。

M：そうかな。歩きやすくていいと思うけど。

F：歩きやすくなくてもいいの。大事なのは、足が細くみえること。それから、会社に履いていってもおかしくない靴。黒とか茶色とか。

M：じゃ、これは？

F：いいわね。スーツにも合いそう。

M：１万2千円もするけど……。

F：えっ、プレゼントしてくれるんじゃないの？私の誕生日、もうすぐ。

M：ええっ！じゃ、もっと安いのにしよう。

女の人はどうしてその靴を選んだと言っていますか。

1 足が細く見えて、大好きな赤い靴だから

2 足がきれいに見えて、スーツにも合いそうだから

3 会社に履いていって、目立ちそうだから

4 歩きやすそうだし、足が細く見えるから

百貨公司裡女人和男人正在說話。女人說為什麼選了那雙鞋子呢？

M：決定了？

F：還沒。因為好多，所以難以抉擇。

M：我幫妳選吧？

F：女生的鞋子，你會選嗎？

M：當然啊！因為我媽偶爾會叫我陪她買東西。這個怎麼樣？

F：喂！！我，才二十六歲耶！那雙不是阿姨才會穿的鞋子嗎？而且還大紅色，超級顯眼的耶！

M：那樣嗎？我還覺得好走很好。

F：不好走也沒關係。重要的是看起來腿要很細。還有，要就算穿到公司也不會奇怪的鞋子。例如黑或咖啡色之類的。

M：那麼，這個呢？

F：不錯耶！和套裝看起來也很搭。

M：但是要一萬二千元……。

F：咦，不當成禮物買給我？我的生日，就快到了。

M：咦！那麼，就決定便宜點的吧！

女人說為什麼選了那雙鞋子呢？

1 因為看起來腿細，又是最喜歡的紅色鞋子

2 因為看起來腿很漂亮，和套裝也很搭

3 因為穿去公司，看起來很顯眼

4 因為好像很好走，腿看起來又細

4番 MP3-73

家で女の人と男の人が、これから行くレストランについて話しています。男の人は、どうしてそのお店に行きたいですか。

F：たまにはいいじゃない。

M：やだよ。高いだけで、おなかがいっぱいにならないんだもん。

F：でも、結婚記念日なのよ。

M：フランス料理なんて、おいしくないよ。

F：じゃ、何が食べたいのよ。

M：日本人なら、やっぱり和食でしょう。

F：ちょっと！！和食なら私が毎日作ってあげてるじゃない。

M：お前のは和食じゃなくて、ただの家庭料理だよ。俺が食べたいのは、もっと本格的な和食だよ。

F：うそばっかり。本当はあなたの好きな和服女性がたくさんいるからじゃないの？

M：えっ、なんで分かったの？

F：ばかね。何年、夫婦やってると思ってるのよ。

男の人は、どうしてそのお店に行きたいですか。

1 着物を着た女の人がいるから

2 本格的な和食が食べたいから

3 フランス料理が嫌いだから

4 結婚記念日で特別な日だから

在家裡，女人和男人就接下來要去的餐廳說著話。男人為什麼想去那家店呢？

F：偶爾沒關係吧！

M：不要啦！就只是貴，填不飽肚子。

F：但是，是結婚紀念日耶！

M：法國料理什麼的，不好吃啊！

F：那麼，想吃什麼啦！

M：日本人的話，當然還是要吃和食啊！

F：喂！！和食的話，我不是每天都在做給你吃嗎！

M：妳做的哪是和食，只不過是家常菜而已啊！我想要吃的，是更道地的和食啊！

F：一派胡言。其實，難道不是因為有很多你喜歡的和服女性的緣故？

M：咦，妳怎麼知道？

F：傻瓜耶。我們都當幾年夫妻了啊！

男人為什麼想去那家店呢？

1 因為有穿和服的女生

2 因為想吃道地的和食

3 因為討厭法國料理

4 因為是結婚紀念日、特別的日子

5番 MP3-74

会社で女の人と男の人が話しています。女の人は、どうして会社をやめたいと言っていますか。

M：どうしたの？元気がないけど。

F：じつは会社をやめようと思ってるんです。

M：何かあった？

F：私、人と話すのが苦手で……。だから、編集部で文章を書く仕事を希望してたんですけど。今の仕事は営業だから、毎日つらくて。

M：最初のころは慣れなくてたいへんそうだったけど、最近はいい結果も出してるじゃない。

F：それはそうですけど……。本当のこと言うと、取引先の部長がしつこくて。しょっちゅう電話で飲みに誘ってくるんです。

M：本当？もっと早く言ってよ。俺が部長に、担当を換えてもらうように言ってあげるから。

F：えっ、そんなことしてだいじょうぶですか。

M：当たり前だろう。俺にまかせて。

F：すみません。

女の人は、どうして会社をやめたいと言っていますか。

1 本当は編集の仕事がしたいから

2 人と話すのが苦手だから

3 自分の会社の部長がしつこく誘うから

4 取引先の部長がしつこくていやだから

公司裡女人和男人正在說話。女人正在說，為什麼想辭掉工作呢？

M：怎麼了？看起來無精打采的。

F：其實是在想要辭掉工作。

M：發生什麼事了嗎？

F：我，不太會和人說話……。所以一直希望在編輯部門做寫文章的工作。因為現在的工作是業務，所以每天很痛苦。

M：剛開始的時候不習慣，看起來很辛苦的樣子，但是最近不是也有好結果了嗎？

F：話是沒錯啦，但是……。老實說，其實是客戶那裡的部長糾纏不休。經常打電話約喝酒。

M：真的？應該早點講的啊！我來幫妳跟部長說，請他換負責人。

F：咦，可以那樣做嗎？

M：當然啊！交給我。

F：不好意思。

女人正在說，為什麼想辭掉工作呢？

1 因為真的想做編輯的工作

2 因為不太會和人說話

3 因為自己公司的部長一直邀約

4 因為客戶那邊的部長糾纏不休很討厭

6番 MP3-75

スポーツジムで女の人と男の人が話しています。女の人は、どうしてスポーツジムに通うようになったと言っていますか。

M：ずいぶん熱心ですね。

F：せっかく来てるんですから、がんばらないと。

M：でも、がんばりすぎると、体を痛めますよ。

F：えっ、そうなんですか。

M：もちろんですよ。むりはだめです。

F：私、やせたいんです。好きな人にふられちゃって。

M：太ってるから、ふられたんですか？

F：いえ、そういうわけじゃないですけど。でも、ぜったい太ってるせいなんです。だから、やせてきれいになりたいんです。

M：今でも十分きれいだと思うけどな。

F：優しいですね。でも、今は運動するのが楽しくなってきたんです。今までは、運動がこんなに楽しいものだって知らなかったから。

M：じゃ、ふってくれた男性に感謝しなきゃね。

F：そうですね。もっとすてきな男性にも出会えたし……。

女の人は、どうしてスポーツジムに通うようになったと言っていますか。

1 ダイエットしてきれいになりたかったから
2 運動するのが楽しいから
3 スポーツジムにはすてきな男性がいるから
4 好きな男性がやせろと言ったから

健身房裡女人和男人正在說話。女人正在說為什麼她決定固定到健身房呢？

M：很認真嘛！
F：都特地來了，當然要認真啊！
M：但是太認真的話，會弄痛身體喔！
F：咦，會那樣嗎？
M：當然啊！太勉強可不行。
F：我，想變瘦。被喜歡的人甩了。
M：因為太胖，所以才被甩的嗎？
F：不，雖然不是因為那樣的理由。但是，一定是因為太胖的緣故。所以，我想變瘦變漂亮。
M：雖然我覺得妳現在就已經很漂亮了。
F：你人真好。不過，我現在覺得運動好開心。因為我以前都不知道運動是這麼快樂的事情。
M：那麼，要感謝甩掉妳的男生。
F：真的耶。而且還遇到了更棒的男生……。

女人正在說為什麼她決定固定到健身房呢？

1 因為想要減肥變漂亮
2 因為運動很開心
3 因為健身房有很棒的男性
4 因為喜歡的男性要她減肥

問題3

問題3では、問題用紙に何も印刷されていません。まず話を聞いてください。それから、質問と選択肢を聞いて、1から4の中から正しい答えを1つ選んでください。

問題3，問題用紙上沒有印任何字。請先聽內容。接著，請聽問題和選項，然後從1到4中，選出一個正確答案。

1番 MP3-76

パーティーで司会の女性が話しています。

F：本日は、新しい社長を迎えるパーティーですが、じつはもう1つ大事な人の感謝の会でもあります。長いこと私たちのお世話をしてくださっていた木村さんが、定年を迎えることになりました。木村さんは、1965年に入社され、はじめはデザイン担当でしたが、その後、営業に異動になり、貢献されたとうかがっています。そのあと、今の企画開発部で主任にあたられました。中国の上海支社にも何度も出張で行かれ、木村さんの貢献でたくさんの商品が生まれました。長年にわたる木村さんのご指導に、感謝の意を表したいと思います。それでは木村さん、舞台のほうにどうぞ。

司会の女性は、何について話していますか。

1 退職者が社長になった経緯について
2 退職する人のかつての貢献について
3 むりに定年させられる人の歴史について
4 会社が成功するまでの仕事内容について

宴會裡女司儀正在說話。

F：今天雖然是歡迎新社長的宴會，但其實也是另外一位重要人物的感謝會。那就是長久以來照顧我們的木村先生要退休了。木村先生自一九六五年入社以來，先是擔任設計工作，之後調任到營業部門，貢獻良多。在那之後，就是擔任現在的企劃開發部主任。木村先生經常到中國的上海分公司出差，由於他的貢獻，創造出許許多多的商品。在此，我們想對長年指導大家的木村先生表達感謝之意。那麼，我們就請木村先生到舞台這邊來。

女司儀就什麼事情說著話呢？

1 就退休者成為社長的經緯

2 就退休者過往的貢獻

3 就被強迫退休者的歷史

4 就公司成功之前的工作內容

2番 MP3-77

教室で先生が話しています。

F：みんな、よく聞いてください。じつは悲しいお知らせがあります。みんなのかわいがっていたうさぎのピョンピョンが、亡くなりました。今朝、校長先生がうさぎ小屋に行ったとき、発見したそうです。昨日はとても寒かったので、そのせいかもしれません。命のあるものは、いつか死ぬときが来ます。ただ、その時期が早いか遅いかのちがいです。悲しいですが、今できるのはピョンピョンのことを忘れないでいてあげることです。これから、みんなでお墓を作ってあげてはどうでしょうか。

先生は何について話していますか。

1 校長先生がうさぎを殺してしまったことについて

2 飼っていたうさぎが逃げてしまったことについて

3 飼っていたうさぎが死んでしまったことについて

4 みんなでうさぎのお墓参りに行くことについて

教室裡老師正在說話。

F：各位，請仔細聽。其實是有件難過的事情要宣布。大家疼愛的兔子蹦蹦死掉了。聽說是今天早上校長去兔籠的時候發現的。由於昨天非常寒冷，所以可能是因為這個緣故。有生命的東西，總有一天會面臨死亡。只是，其時間的早或晚有別。雖然感到悲傷，但是現在能做的就是不要忘掉蹦蹦。接下來，大家來幫牠造座墳墓好嗎？

老師就什麼說著話呢？

1 就校長殺了兔子的事

2 就飼養的兔子逃走了的事

3 就飼養的兔子死了的事

4 就大家去掃兔子的墓的事

3番 MP3-78

雑誌のインタビューで、ある有名人が話しています。

M：ぼくはね、朝が苦手なんですよ。毎晩、テレビの収録がすんでから、仕事の仲間と食事にいくでしょう。すると、お酒を飲むじゃないですか。お酒を飲むと、話が長くなる。たまには踊りに行ったりもするし、音楽を聴きに行ったりもする、友だちに車を運転してもらってドライブを楽しんだりもする。そうそう、昨日は朝までカラオケしてたっけ。毎日こんな生活を３０年もやってきたからね、朝なんかぜんぜん起きられないんですよ。体によくないのは分かってるんですよ。でもね、習慣っていうのは怖いね。今は、早めに寝ようとしても、まったく眠れないんですよ。

この有名人は何について話していますか。

1 朝が苦手で、起きられないことについて
2 体を壊して、お酒を飲めないことについて
3 お酒の飲みすぎで、病気になったことについて
4 不眠症で薬を飲まないと眠れないことについて

雜誌的採訪裡，某名人正在說話。

M：我呢，早上真的沒辦法啊！因為每天晚上錄完電視後，不是都會和工作夥伴一起去吃飯嗎？如此一來，不是就會喝酒嗎？而一喝酒，話就變多了。偶爾也會去跳跳舞、聽聽音樂、叫朋友開車載我們出去兜兜風。對了，昨天是不是唱卡拉OK唱到天亮啊？因為三十年來每天都過這樣的生活，所以早上完全爬不起來啊！我知道對身體不好啦！但是啊，習慣這種東西真的很恐怖呢。現在，我就算想早點睡，也完全睡不著啊！

這個名人就什麼事情說著話呢？

1 就早上沒辦法，起不來的事情
2 就身體搞壞，不能喝酒的事情
3 就酒喝太多，生病了的事情
4 就失眠症狀，不吃藥就睡不著的事情

4番 MP3-79

教室で、先生が説明しています。

F：当日は、歩きやすい靴を履いてきてください。別に運動靴じゃなくてもかまいませんが、新しい靴より、履きなれた靴がいいですね。もう1度言いますが、新しい靴はだめですよ。足の皮がむけて、痛くなります。ええと、それから、バッグは肩や背中にかけられるものにしましょう。帽子は必ずかぶりましょう。そうそう、女の子はスカートじゃないほうがいいですね。たくさん歩きますから。それに虫もいますから、ズボンのほうがいいです。それじゃ、明日は朝8時に学校の門のところに集合してください。遅刻しないようにね。

先生は、何について説明していますか。

1 遠足でけがしたときの対応について
2 入学式に持っていく道具について
3 運動するとき履く靴について
4 明日のハイキングの服装について

教室裡，老師正在說明。

F：當天，請穿好走的鞋子來。雖然不一定特別要穿運動鞋，但是比起新鞋，穿慣了的鞋子會更好喔！再說一次，不可以穿新鞋喔！腳會破皮，會痛。嗯，然後，包包請用可以肩背或是後背的吧！務必要戴帽子。對了，女生不要穿裙子比較好喔！因為會走很多路。而且因為還有蟲子，所以穿褲子比較好。那麼，明天早上八點請在校門那裡集合。不要遲到喔！

老師，就什麼事情正在說明呢？

1 就遠足受傷時的應對
2 就入學典禮帶去的用品
3 就運動時穿的鞋子
4 就明天健行時的服裝

5番 MP3-80

デパートで案内係がアナウンスしています。

F：本日は雨の中、ご来店いただきましてありがとうございます。お客様にご案内申し上げます。ただ今、当店では、母の日に向けまして婦人用品半額セールを行っております。また、12階の催し物会場におきまして、お母さんの似顔絵入りハンカチのイベントも開催いたしております。いつもお世話してくれるお母さんに感謝の気持ちを込めて、1年に1度の贈り物をしてはいかがでしょうか。どうぞご利用くださいませ。

案内係は何についてアナウンスしていますか。
1 雨に対応する傘のセールについて
2 母の日のセールとイベントについて
3 紳士用品の半額セールについて
4 お母さんを探している迷子について

百貨公司裡導覽部門正在廣播。

F：感謝各位貴賓今日在雨中蒞臨本店。接著為各位貴賓導覽。現在，本店為迎接母親節的到來，正舉辦女性用品半價特賣。此外，十二樓的活動會場也正在舉辦母親肖像手帕的活動。為了對總是照顧我們的母親表達感謝之意，您是否也來準備這一年一度的贈禮呢？歡迎多加利用。

導覽部門就什麼事情廣播著呢？
1 就對應雨天的雨傘特賣
2 就母親節的特賣以及活動
3 就男士用品的半價特賣
4 就正在找媽媽的走失兒童

問題4

問題4では、問題用紙に何も印刷されていません。まず文を聞いてください。それから、それに対する返事を聞いて、1から3の中から正しい答えを1つ選んでください。

問題4，問題用紙上沒有印任何字。請先聽文章。接著，請聽其回答，然後從1到3中，選出一個正確答案。

1番 MP3-81

F：チェックインをお願いします。

M：1 はい、どのようなご用ですか。

2 はい、かしこまりました。

3 はい、失礼いたしました。

F：麻煩幫我辦理住房。

M：1 好的，是什麼樣的事情呢？

2 好的，我知道了。

3 好的，失禮了。

2番 MP3-82

M：おじゃましました。

F：1 たくさん食べましたね。

2 口に合ってよかったですね。

3 また遊びに来てくださいね。

M：打擾了。

F：1 吃了很多嘛。

2 合您的胃口真是太好了。

3 請再來玩喔。

3番 MP3-83

F：伝言をお願いできますか。

M：1 ええ、それは困りましたね。

2 ええ、もちろんいいですよ。

3 ええ、もうすぐですか。

F：可以麻煩你幫我留言嗎？

M：1 是的，那很困擾耶。

2 是的，當然好啊！

3 是的，快到了嗎？

4番 MP3-84

M：待ち合わせ場所は横浜でもいいですか。

F：1 たいへんです。

2 だいじょうぶです。

3 いいことです。

M：碰面的地點在橫濱也沒關係嗎？

F：1 糟了。

2 沒問題。

3 好事情。

5番 MP3-85

F：電話番号を教えてもらえますか。

M：1 電話番号はありません。

2 電話番号はちょっと……。

3 電話番号はやめました。

F：可以告訴我電話號碼嗎？

M：1 沒有電話號碼。

2 電號號碼有點……。

3 電話號碼停了。

6番（ろくばん） MP3-86

F：英語（えいご）がお上手（じょうず）ですね。
M：1 いえ、まだまだです。
　　2 いえ、どんどんです。
　　3 いえ、ますますです。

F：英文講得很好耶！
M：1 沒有，還不夠。
　　2 沒有，接連不斷。
　　3 沒有，更加。

7番（ななばん） MP3-87

M：おじゃまします。
F：1 どうぞおかまいください。
　　2 どうぞお入（はい）りください。
　　3 どうぞお参（まい）りください。

M：打擾了。
F：1 請張羅。
　　2 請進。
　　3 請進。（動詞「参（まい）る」是「来（く）る」（來）和「行（い）く」（去）的謙讓語，只能用在自己身上，不可用於客人。）

8番（はちばん） MP3-88

F：わあ、すてきなおうちですね。

M：1 そんなけっこうですよ。

2 そんなもんですよ。

3 そんなことないですよ。

F：哇，好漂亮的家喔！

M：1 不用那樣啦！

2 就是那樣嘛！

3 沒那回事啦！

9番（きゅうばん） MP3-89

M：おかわりはいかがですか。

F：1 もういい加減（かげん）にしてください。

2 もうおなかがいっぱいです。

3 もう変（か）わらないんですか。

M：要再添一碗嗎？

F：1 請不要太過分。

2 肚子已經很飽了。

3 已經不再變了嗎？

10番（じゅうばん） MP3-90

F：絵（え）がお上手（じょうず）ですね。

M：1 お褒（ほ）めにあずかり、けっこうです。

2 お褒（ほ）めにあずかり、いいです。

3 お褒（ほ）めにあずかり、光栄（こうえい）です。

F：圖畫得真好耶。

M：1 獲得您的讚賞，不用了。

2 獲得您的讚賞，很好。

3 獲得您的讚賞，很光榮。

11番 MP3-91

M：週末、山登りに行きませんか。

F：**1 考えておきます。**

　　2 考えました。

　　3 考えてあります。

M：週末，要不要去爬山啊？

F：**1 我會考慮。**

　　2 我考慮過了。

　　3 我已經有考慮。

12番 MP3-92

F：お会計、お願いします。

M：1 おまかせで。

　　2 よろしいです。

　　3 かしこまりました。

F：麻煩結帳。

M：1 全交給您。

　　2 可以。

　　3 知道了。

問題5

問題5では長めの話を聞きます。この問題には練習はありません。

原稿用紙に何も印刷されていません。まず、話を聞いてください。それから、質問と選択肢を聞いて、１から４の中から、正しい答えを１つ選んでください。

問題5，是長篇聽力。這個問題沒有練習。

問題用紙上沒有印任何字。首先，請聽內容。接著，請聽問題和選項，然後從1到4中，選出一個正確答案。

1番 MP3-93

美容院で、友だち３人が髪型について話しています。

F1：どれにするか決まった？

F2：これなんかどうかな？

M：なんか普通。

F1：うん、私もそう思う。

F2：じゃ、これは？最近、チョー売れてる歌手……。あの、なんて言ったっけ……。

M：木村カナ？

F2：そうそう、その木村カナみたいな髪型。

M：いいんじゃない？おしゃれだし、男にも女にも好かれそう。

F1：私も似合うと思う。由香ちゃん、かわいいよりかっこいい服装が多いから、服にも合うんじゃない？

F2：そうだね。女の子らしいふわふわのパーマとか、かけようと思ったけど、ストレートのこのほうが私らしいね。

M：うん、決まりだね。

F2：うん、これにする。

女の子はどうしてその髪型に決めましたか。

1 いつもの服装に合いそうだから

2 男の子に好かれそうだから

3 大好きな歌手の髪型に似ているから

4 パーマをかけてみたかったから

美容院裡，三個朋友就髮型說著話。

F1：決定哪一個了嗎？

F2：這個怎麼樣呢？

M：怎麼覺得普通。

F1：嗯，我也那麼覺得。

F2：那麼，這個呢？最近超紅的歌手……。那個，叫什麼名字來著的……。

M：木村加奈？

F2：對、對，像那個木村加奈的髮型。

M：不錯耶！不但時髦，而且看起來不管男生女生都會喜歡。

F1：我也覺得很適合。由香，妳酷酷的衣服比可愛的衣服多，所以跟衣服也很搭不是嗎？

F2：真的耶。我本來想燙有女孩子味的蓬鬆頭髮，但是這種直直的更像我啊。

M：嗯，決定囉！

F2：嗯，就決定這個。

女孩為什麼決定那種髮型了呢？

1 因為看起來和平常的衣服很搭

2 因為看起來會受男孩的歡迎

3 因為像非常喜歡的歌手的髮型

4 因為想燙頭髮看看

2番 MP3-94

家族3人が夏休みの旅行先について話しています。

M：ねえ、もうすぐ夏休みだけど、どこ行く？

F2：夏と言えば、海でしょう。

F1：賛成！！海、海。魚もおいしいし、新しいビキニも着られるし。

M：でも、友美は日焼けしちゃだめなんじゃないのか？モデル事務所のマネージャーに言われたんだろう。

F2：やばい。そうだった。

F1：ええっ、日焼けしちゃだめなら、海なんか行けないじゃない。

F2：うん、ごめん。

M：海がだめなら、山はどうだ？うちはまだ富士山に行ったことなかったよな。

F2：富士山かあ。いいね。おいしいものもあるし、温泉もあるって聞いたことある。

F1：じゃ、決まりだね。

どうして富士山に行くことにしましたか。

1 新しいビキニが着られるから

2 おいしいものがあって、温泉もあるから

3 涼しくて、魚がおいしいから

4 山ならきれいに日焼けできるから

家裡三個人正就暑假旅遊點說著話。

M：喂，就快暑假了，要去哪裡？

F2：說到夏天，就是海邊囉！

F1：贊成！！海邊、海邊。魚又好吃，還可以穿新的比基尼。

M：但是，友美不是不能曬黑嗎？模特兒事務所的經紀人有說吧！

F2：糟糕。真的耶。

F1：咦，不能曬黑的話，不就不能去海邊了。

F2：嗯，對不起。

M：海邊不行的話，山上呢？我們家還沒去過富士山吧。

F2：富士山啊。不錯耶。聽說又有好吃的東西，又有溫泉。

F1：那麼，決定囉！

為什麼決定去富士山了呢？

1 因為可以穿新的比基尼

2 因為有好吃的東西，也有溫泉

3 因為涼爽，而且魚好吃

4 因為山上的話就可以曬得很漂亮

3番 MP3-95

兄弟３人が子供たちについて話しています。

F1：これ、和子ちゃんでしょう。しばらく見ないうちに、ずいぶん大きくなったわね。
F2：本当。きれいになった。
M：そうなんだ。ここのところ急にやせて、女らしくなっちゃって。
　　父親としては複雑な気持ちだよ。
F1：そういえば、美香姉ちゃんの家の、雅子ちゃんも同じ年じゃなかったっけ？
F2：うちのはぜんぜん。やせるどころか、太ったままで男みたいだし。
　　毎日バスケットボールの練習が忙しくて、勉強なんかぜんぜん。困ったものよ。
M：若いうちは、やりたいことを一生懸命やったほうがいいよ。雅子は美香に似て運動
　　神経がいいから、将来はオリンピックに出場なんてこともあるかもしれないぞ。
F2：お兄ちゃん、そんな夢みたいなこと……。
M：うちの和子なんか、彼氏とどこにデートに行くとか、もう別れるとか……
　　そんなことばかりで、困ったもんだよ。
F1：それでも、勉強が学校で一番できるんだから、すごいわよ。
F2：ほんと羨ましいわ。
M：どこの家もそれぞれ悩みはあるもんだな。
F1：悪いことしないで健康でいてくれれば、それで十分よ。
F2：本当にそうね。

美香さんはどうして娘さんのことを心配していますか。
1 女らしくなって勉強もせず、健康じゃないから
2 バスケットの練習ばかりして、どんどんやせるから
3 彼氏とデートばかりしていて、勉強しないから
4 男の子みたいで、運動ばかりしているから

兄弟姊妹三個人就孩子們的事情說著話。

F1：這，是和子吧？才一陣子不見，長大好多喔！
F2：真的。變漂亮了。
M：是啊！最近突然瘦下來，變得有女人味了。當爸爸的心情很複雜啊！
F1：說起來，是不是和美香姊家的雅子同年啊？
F2：我們家的完全還沒有。別說瘦了，還胖嘟嘟地像個男生似的。每天忙著練習籃球，
　　完全不讀書。傷腦筋啊！

M：年輕的時候，還是拚命做想做的事情比較好啊！雅子像美香一樣運動神經好，所以說不定將來可以參加奧運呢！

F2：哥哥，那種像夢一樣的事情就……。

M：我們家的和子，不是和男朋友要去哪裡約會，就是已經分手之類的……全都是那種事情，傷腦筋啊！

F1：即使如此，讀書還能全校第一，太厲害了！

F2：真的好羨慕啊！

M：家家有本難唸的經啊！

F1：只要不做壞事、健健康康，就很心滿意足了啊！

F2：真的就是那樣啊！

美香為什麼擔心著女兒的事情呢？

1 因為變得有女人味，不讀書也不健康

2 因為老是在練習籃球，越來越瘦

3 因為老是和男朋友約會，不讀書

4 因為像男孩一樣，老是在運動

4番 MP3-96

同僚3人がお昼について話しています。

F1：ねえ、もうすぐお昼だけど、何食べる？

F2：そうだ、駅前にうなぎ屋さんができたんだけど、行ってみない？

M：うなぎ？高すぎるよ。お金がない。

F1：まだ月末でもないのに、もうないの？

M：車のローンがあるんだよ。

F1：じゃあ、やっぱりラーメンにしようか。

M：いいね、ラーメンなら、安くてうまくて、おなかがいっぱいになる。

F2：これだから、男はいやね。

M：なんだよ、それ。じゃ、京子さんは何が食べたいんだよ。

F2：おしゃれな女性としては、やっぱり焼肉かな。

M：焼肉のどこがおしゃれなんだよ。

F2：私が食べれば、何でもおしゃれなの。焼肉！！焼肉！！

F1：そう言えば、駅前のラーメン屋さん、焼肉定食もあるんだって。部長が先週、言ってた。けっこうおいしいんだって。

M：じゃ、そこに決まりだね。
F2：ＯＫ。

３人はどこに食べに行くことにしましたか。
1 ラーメン屋さん
2 焼肉屋さん
3 うなぎ屋さん
4 定食屋さん

同事三人就午餐說著話。

F1：喂，就快中午了，要吃什麼？
F2：對了，車站前面新開了家鰻魚店，要不要去看看？
M：鰻魚？太貴了啦！沒錢。
F1：明明還沒到月底，已經沒啦？
M：因為有車貸啊！
F1：那麼，決定還是拉麵吧？
M：不錯耶，拉麵的話，便宜又好吃，又能填飽肚子。
F2：就是這樣，男生很討厭耶。
M：什麼嘛！講那樣。那麼，京子小姐想吃什麼啦！
F2：身為時髦的女性，還是要燒肉吧！
M：燒肉哪裡時髦啊！
F2：只要是我吃的，通通都時髦。燒肉！！燒肉！！
F1：說起來，聽說車站前面的拉麵店有燒肉定食。部長上星期說的。他說滿好吃的。
M：那麼，就決定那裡囉。
F2：OK。

三個人決定去哪裡吃了呢？
1 拉麵店
2 燒肉店
3 鰻魚店
4 定食店

國家圖書館出版品預行編目資料

新日檢N2模擬試題＋完全解析 新版 /
こんどうともこ、王愿琦著
-- 四版 -- 臺北市：瑞蘭國際, 2023.03
368面；19 x 26公分 -- （日語學習系列；71）
ISBN：978-626-7274-13-2（平裝）
1.CST：日語 2.CST：能力測驗

803.189 112002732

日語學習系列 71

絕對合格！
新日檢N2模擬試題＋完全解析 新版

作者｜こんどうともこ、王愿琦・責任編輯｜王愿琦、葉仲芸
校對｜こんどうともこ、王愿琦、葉仲芸

日語錄音｜野崎孝男、杉本好美、こんどうともこ、福岡載豐
錄音室｜純粹錄音後製有限公司
封面設計｜劉麗雪、陳如琪・版型設計｜張芝瑜・內文排版｜余佳憓、陳如琪
美術插畫｜鄭名娣

瑞蘭國際出版

董事長｜張暖彗・社長兼總編輯｜王愿琦
編輯部
副總編輯｜葉仲芸・主編｜潘治婷
設計部主任｜陳如琪
業務部
經理｜楊米琪・主任｜林湲洵・組長｜張毓庭

出版社｜瑞蘭國際有限公司・地址｜台北市大安區安和路一段104號7樓之1
電話｜(02)2700-4625・傳真｜(02)2700-4622・訂購專線｜(02)2700-4625
劃撥帳號｜19914152 瑞蘭國際有限公司・瑞蘭國際網路書城｜www.genki-japan.com.tw

法律顧問｜海灣國際法律事務所　呂錦峯律師

總經銷｜聯合發行股份有限公司・電話｜(02)2917-8022、2917-8042
傳真｜(02)2915-6275、2915-7212・印刷｜科億印刷股份有限公司
出版日期｜2023年03月初版1刷・定價｜480元・ISBN｜978-626-7274-13-2

PRINTED WITH SOY INK 本書採用環保大豆油墨印製

瑞蘭國際

瑞蘭國際

瑞蘭國際

瑞蘭國際